La Cueva

DE LA MÊME AUTEURE

ROMANS

Je est une autre, Libre Expression, 2017.

Ma vie est entre tes mains, Libre Expression, 2015.

Fanette, tome 7, *Honneur et disgrâce*, Libre Expression, 2014.

Fanette, tome 6, *Du côté des dames*, Libre Expression, 2013.

Fanette, tome 5, *Les ombres du passé*, Libre Expression, 2012.

Fanette, tome 4, *L'encre et le sang*, Libre Expression, 2011.

Fanette, tome 3, *Le secret d'Amanda*, Libre Expression, 2010.

Fanette, tome 2, *La vengeance du Lumber Lord*, Libre Expression, 2009.

Fanette, tome 1, *À la conquête de la haute ville*, Libre Expression, 2008.

Le Fort *intérieur*, Libre Expression, 2006 ; collection « 10/10 », 2012.

THÉÂTRE

La Nuit des p'tits couteaux, Leméac, 1987.

Suzanne Aubry

La Cueva

Libre Expression

Catalogage avant publication de Bibliothèque et Archives nationales du Québec et Bibliothèque et Archives Canada

Aubry, Suzanne, 1956-, auteur
La cueva / Suzanne Aubry, auteure.
Texte en français seulement.
ISBN 978-2-7648-1284-6
I. Titre.

PS8551.U267C84 2019 C843'.54 C2018-943044-3
PS9551.U267C84 2019

Édition : Marie-Eve Gélinas
Révision et correction : Marie Pigeon Labrecque et Julie Lalancette
Couverture et mise en pages : Clémence Beaudoin
Photo de l'auteure : Julien Faugère

Cet ouvrage est une œuvre de fiction ; toute ressemblance avec des personnes ou des faits réels n'est que pure coïncidence.

Remerciements
Nous remercions le Conseil des Arts du Canada et la Société de développement des entreprises culturelles du Québec (SODEC) du soutien accordé à notre programme de publication.
Gouvernement du Québec – Programme de crédit d'impôt pour l'édition de livres – gestion SODEC.

Financé par le gouvernement du Canada | Canada

Conseil des Arts du Canada Canada Council for the Arts

Les Éditions Libre Expression
Groupe Librex inc.
Une société de Québecor Média
4545, rue Frontenac
3e étage
Montréal (Québec) H2H 2R7
Tél. : 514 849-5259
www.edlibreexpression.com

Dépôt légal – Bibliothèque et Archives nationales du Québec et Bibliothèque et Archives Canada, 2019

ISBN : 978-2-7648-1284-6

Distribution au Canada
Messageries ADP inc.
2315, rue de la Province
Longueuil (Québec) J4G 1G4
Tél. : 450 640-1234
Sans frais : 1 800 771-3022
www.messageries-adp.com

Diffusion hors Canada
Interforum
Immeuble Paryseine
3, allée de la Seine
F-94854 Ivry-sur-Seine Cedex
Tél. : 33 (0)1 49 59 10 10
www.interforum.fr

« Loué sois-tu, mon Seigneur,
pour notre sœur la Mort corporelle,
à qui nul homme vivant ne peut échapper. »
François d'Assise, *Le Cantique des créatures*

« Cet endroit est comme le souvenir d'une ville,
et ce souvenir disparaît peu à peu,
comme s'il n'y avait eu rien d'autre que la jungle. »
Nic Pizzolatto, *True Detective*

PROLOGUE

Le 12 août 1861

Ma chère Sonia,

Si jamais vous lisez ces lignes, c'est que je ne suis plus de ce monde, ou bien très loin de vous. Je me suis résigné à prendre la fuite afin d'échapper à la vindicte du shérif Wallace et à ses sbires. Il est vrai que je n'ai nulle indulgence à attendre de ces hommes, pour qui la justice n'est que la loi du plus fort.

Mille dangers nous guettaient, mon ami Victor Dumas et moi, depuis que nous avions tenté de lever le voile sur la mort de Pietro Battista Alesi. Qui a tué cet homme, que la population locale avait surnommé « el ermitaño », et pour quels motifs ? Les autorités de Mesilla – si on peut appeler « autorités » Wallace et ses acolytes, à la solde des propriétaires terriens et des voleurs de bétail qui s'enrichissent aux dépens des plus déshérités –, au lieu de rechercher le ou les vrais coupables, ont laissé un innocent devenir la victime expiatoire d'un procès bâclé, qui avait toutes les allures d'un lynchage.

Par souci de vérité et en mémoire de mon ami Victor, j'ai éprouvé la nécessité de laisser par écrit mes observations et d'inclure les siennes sur ce mystérieux assassinat. J'ai commencé ce récit à notre retour d'Italie. Je l'ai rédigé au fil de la plume, plongé que j'étais dans des aventures souvent hasardeuses, mais j'ai tout de même pris soin de le diviser en chapitres pour en faciliter la lecture. J'ai intégré également dans mon texte le journal intime de Pietro Battista Alesi, que Dumas a découvert dans des circonstances que j'expliquerai dans cette narration, et qu'il a traduit de l'italien au français. Ce document est d'une grande utilité pour mieux comprendre le passé de cet homme exceptionnel et, surtout, les raisons qui ont pu mener à sa perte.

Je me suis adressé à un hypothétique lecteur pour éviter de vous compromettre, mais vous serez peut-être la seule à me lire, aussi je vous demande votre compréhension quant à mes fautes d'orthographe et à mon style parfois bancal.

Je vous ai d'ores et déjà accordé toute ma confiance dans un pays où il est périlleux de la donner à qui que ce soit. Je vous laisse donc le soin de disposer de cet écrit comme vous l'entendrez.

Des puissances occultes semblent avoir joué un rôle déterminant dans cette ténébreuse affaire. Puisse mon témoignage jeter quelque lumière sur l'un des mystères les plus opaques qu'il m'eût été donné de rencontrer dans ma vie qui, pourtant, a été fertile en péripéties de toutes sortes.

Que Dieu, s'il existe, vous protège, chère amie. J'ose espérer que nos chemins se croiseront de nouveau un jour.

Vôtre à tout jamais,

François-Xavier Comtois

*

Sonia Alvarez replia la missive et la déposa sur son secrétaire, à côté de l'enveloppe en chanvre de Manille que sa bonne lui avait remise, quelques minutes auparavant.

Elle resta immobile, songeuse, la ligne noire de ses sourcils froncée, écoutant distraitement la stridulation mécanique des sauterelles qui lui parvenait de sa fenêtre, dont elle avait entrouvert les volets pour laisser entrer la brise du soir. Ainsi, François-Xavier était en fuite ou, pire, mort. Elle refusa d'envisager cette dernière hypothèse. Où avait-il bien pu se réfugier? Certainement pas à Santa Fe, car ses ennemis ne manqueraient pas de l'y retrouver. Il était sans doute retourné à Québec. Un regret serra le cœur de Sonia, qu'elle réprima aussitôt. Dans cette dangereuse contrée, les sentiments étaient un luxe qu'on ne pouvait se permettre. Elle jeta un coup d'œil anxieux à l'enveloppe, hésita longuement, puis finit par en extirper le contenu, comme s'il s'était agi d'un poison violent, qu'il eût mieux valu manipuler avec des gants. Elle reconnut la même écriture que celle de la lettre, ce tracé droit et vigoureux qui traduisait si bien le caractère de son amant. Ses mains à la fois douces et impérieuses, son sourire goguenard et tendre, sa façon de prononcer son prénom en appuyant sur la première syllabe, *So-nia*... Elle ferma les yeux, s'efforçant de chasser ces images, puis elle tira sur un cordon. Après un moment, une petite femme aux yeux noirs légèrement bridés, dont la robe blanche faisait ressortir la peau cuivrée, entra dans la pièce. Quelques rires sonores et des notes de piano résonnèrent derrière elle.

— ¿Señora?

— Adela, renvoie les clients. Ferme les portes à double tour. Je ne veux pas être dérangée.

Sonia parlait couramment le français, qu'elle avait appris d'un précepteur. Elle l'utilisait lorsqu'elle souhaitait n'être comprise que par sa bonne.

— Si, señora. Voulez-vous que je vous apporte du thé?

Adela avait suivi sa maîtresse lors de sa fuite de l'Espagne, une vingtaine d'années auparavant. Elle l'aurait suivie jusqu'en enfer, s'il l'avait fallu. Mais ce territoire violent et sauvage, sans le moindre raffinement, n'était-il pas déjà une sorte d'enfer ?

— Je veux un café bien fort, ordonna Sonia. J'ai besoin de rester éveillée. Et de l'eau fraîche citronnée.

Adela ne se formalisa pas du ton impératif de sa maîtresse, auquel elle était habituée. Elle inclina la tête et s'éclipsa discrètement.

Sonia Alvarez attendit que la bonne referme la porte avant de tendre la main vers la lampe, dont elle remonta la mèche. Elle entendit soudain des coups de feu, accompagnés de cris, de jurons et d'un martèlement de sabots. Sans doute un vol ou un règlement de comptes. Ce genre d'événement était monnaie courante dans cette ville dominée par un shérif corrompu jusqu'à la moelle, et elle n'y prêtait presque plus attention. Elle plongea dans le récit de son ami, sachant qu'elle n'aurait pas trop de toute la nuit pour le terminer.

PREMIÈRE PARTIE

François-Xavier

I

Récit de François-Xavier Comtois

Cher lecteur, vous me pardonnerez si je m'attarde quelque peu aux raisons qui ont mené à ma présence dans un territoire aussi éloigné et exotique que celui du Nouveau-Mexique, mais je les crois utiles pour la compréhension de ce récit.

Je suis né à L'Ancienne-Lorette, en 1832. Mon père était propriétaire d'un magasin général, et ma mère, enseignante dans une école de rang. Enfant, j'accompagnais souvent mon père lorsqu'il se rendait au port de Québec en carriole pour prendre livraison de ses marchandises. La vue du fleuve, dont les flots scintillaient comme des diamants dans la lumière matinale ou grondaient dans la houle les jours de mauvais temps, les mâts gigantesques des navires qui tanguaient dans le ciel, l'odeur du varech et les cris rauques des goélands produisirent une forte impression sur moi. Je connus très tôt une passion pour tout ce qui a trait aux bateaux et je lus avidement les récits des découvreurs tels Marco Polo, Christophe Colomb et, plus tard, ceux de Jacques Cartier et de Samuel de Champlain. Je rêvais de devenir un grand explorateur, à l'instar de ces héros. Je ne suis devenu qu'un simple commerçant, mais n'anticipons pas…

À l'âge de onze ans, après que j'eus appris à lire à peu près convenablement, mon père m'engagea comme commis dans son magasin général. Je me familiarisai rapidement avec les rudiments du métier, la présentation des denrées afin d'attirer la clientèle, les petites ruses pour inciter celle-ci à acheter davantage, les erreurs de la balance qui, comme par hasard, sont toujours à l'avantage du vendeur...

Les années passèrent. En toute modestie, j'excellais dans mon travail, mais après sept ans de bons et loyaux services j'avais le sentiment d'avoir fait le tour du jardin, comme on dit. Je n'avais pas oublié mes rêves d'enfant et j'éprouvais le besoin de changer d'air, de découvrir d'autres horizons ; mais je savais que mon père comptait sur moi, et je ne voulais pas lui causer de chagrin.

Un événement d'ordre sentimental bouleversa alors le cours de mon existence, raison pour laquelle j'y fais allusion dans ces pages. Je venais tout juste d'avoir dix-huit ans lorsqu'une jolie jeune femme, aux yeux d'un bleu presque violet, entra dans le magasin. J'éprouvai aussitôt ce que ma sœur Léontine appelle un « coup de foudre », comme on les décrit dans les romans à l'eau de rose dont elle est friande. La jeune femme s'appelait Laure Maréchal. J'appris qu'elle était la fille d'un juge bien en vue de Québec.

Laure et moi avons commencé à nous écrire en secret car, m'expliqua-t-elle, son père la destinait à un mariage dans la bonne société de Québec et n'avait que mépris pour les commerçants. Mais lorsque le printemps arriva et que la fonte des glaces permit la réouverture de la navigation, las du secret et des atermoiements de ma dulcinée, je lui servis un ultimatum, ce qui était bien présomptueux de ma part : ou bien elle me permettait de déclarer officiellement ma flamme à ses parents et de demander sa main à son père, ou bien je m'embarquais à l'aventure dans n'importe quel navire pour ne plus jamais revenir à Québec.

Devant ma détermination, Laure finit par céder à mes instances. J'annonçai donc à mes parents mon intention d'épouser la jeune femme, nouvelle qu'ils accueillirent avec joie – surtout ma mère, pour qui cette alliance inespérée avec la fille d'un juge semblait la consécration de tous les efforts qu'elle et mon père avaient consentis pour faire de moi un « homme de bien ». Ce fut toutefois une autre paire de manches du côté des Maréchal. Je ne répéterai pas ici toutes les paroles méprisantes dont Monsieur le Juge me gratifia, sinon que jamais un fils de boutiquier n'entrerait dans sa famille.

J'eus le cœur brisé, mais avec le recul je dois reconnaître que c'était surtout mon orgueil qui avait été blessé par cette rebuffade. Le soir même, je fis part à mes parents de mon intention de quitter le pays pour de bon. Ma mère eut beau me supplier de renoncer à mon projet, me répétant que le temps finit par effacer les peines de cœur, même les plus vives, je ne voulus rien entendre. Mon père était un homme sans grande imagination, mais pragmatique. Constatant que rien ne me ferait changer d'avis, il me parla alors de son frère aîné, Pierre Comtois, qui avait quitté le Québec une trentaine d'années auparavant et tenait un magasin de marchandises dans la ville de Saint-Louis, au Missouri, un État situé dans le Midwest des États-Unis. Son frère et lui se donnaient des nouvelles de temps en temps, à leurs anniversaires respectifs, à Noël et à Pâques.

— Je lui écrirai. Il aura peut-être un poste pour toi à son magasin.

L'idée de visiter cette région, qui avait été découverte par les explorateurs Louis Jolliet et le père Jacques Marquette en 1673, si ma mémoire est bonne, me séduisait. J'acceptai donc aussitôt la proposition de mon père.

— Tu ne connais pas un mot d'anglais ! protesta ma mère, cherchant un argument pour m'empêcher de partir aussi loin.

— J'apprendrai, répliquai-je avec aplomb.

Mon père écrivit sans tarder à son frère. Ce dernier répondit rapidement. Il acceptait avec plaisir de « hire ton garçon », écrivait-il dans un français mêlé d'anglais, en précisant toutefois que ce serait d'abord à titre de simple manutentionnaire, « pour voir si ton fils peut enduré hard work ». Mon père ne fit aucun commentaire sur les anglicismes et les fautes d'orthographe qui parsemaient la lettre, mais il était visiblement outré.

— Te vois-tu placer de la marchandise sur des rayons à longueur de journée, alors que tu sais lire et compter ?

À sa surprise et au désespoir de ma mère, j'acceptai l'offre de mon oncle. La perspective de partir loin de Laure me paraissait plus souhaitable que de continuer de me morfondre à Québec. Et puis surtout, n'était-ce pas la chance de réaliser un premier pas vers la vie de voyageur dont je rêvais depuis si longtemps ?

C'est ainsi que commença une aventure extraordinaire qui allait me mener à Mesilla, au sud du Nouveau-Mexique, la ville de tous les dangers.

II

Le jour de mon départ arriva enfin, le 14 mai 1850. Je n'avais pas fermé l'œil de la nuit, en proie à une excitation irrépressible. Jamais je n'avais quitté la maison familiale, et la seule connaissance que j'avais des pays étrangers résidait dans mes livres. Je n'avais qu'une hâte : découvrir les États-Unis d'Amérique ! C'est donc avec allégresse que je pris place dans la calèche de mon père, qui devait me conduire jusqu'au port de Québec, où m'attendait le bateau à vapeur *The Queen*. Ma mère et ma sœur Léontine avaient tenu à nous accompagner.

À notre arrivée au port, le soleil faisait luire les mâts des voiliers, qui tanguaient doucement sous une brise légère. Je scrutai anxieusement l'horizon et j'aperçus le *Queen*, dont la grosse cheminée se détachait dans le ciel auréolé de nuages blancs.

— C'est mon bateau ! m'écriai-je en sautant de la voiture.

Je courus en direction du débarcadère. Mon père fit signe à deux matelots qui saisirent ma malle et la transportèrent vers le navire.

Mes parents et ma sœur me rejoignirent sur le quai.

— Fais attention à toi, mon garçon, balbutia ma mère en tamponnant ses yeux rougis avec un mouchoir brodé.

Envoie-nous un télégramme dès que tu seras arrivé à destination.

J'avais beau croire qu'à dix-huit ans j'étais un homme et que je ne devais pas laisser paraître mes sentiments, il aurait fallu avoir un cœur de pierre pour ne pas être touché par sa détresse.

— Je n'y manquerai pas.

Je fus sur le point d'ajouter « maman », mais je me retins à temps. Je craignais que le fait de prononcer ce mot m'ôte le courage de me séparer de celle dont je sentais, par un étrange pressentiment, que je ne reverrais pas de mon vivant.

La sirène du bateau retentit. Le son mélancolique se réverbéra dans l'air chargé d'embruns. Des marins allaient et venaient sur le pont encombré de passagers et de valises. Des mouettes virevoltaient au-dessus des cheminées.

— Je dois y aller ! m'exclamai-je.

Mon père me serra dans ses bras.

— Bon voyage, mon fils, dit-il d'une voix enrouée par l'émotion. Fais honneur à ta famille.

Même Léontine, que je n'avais pourtant pas toujours épargnée durant notre enfance, lui jouant toutes sortes de tours pendables, avait la larme à l'œil.

Je m'élançai vers la passerelle juste avant que des marins ne l'enlèvent, puis je m'agrippai à la balustrade et saluai ma famille de la main. Ma mère agita son mouchoir tandis que mon père faisait un salut quasi militaire pour masquer son émotion. Il avait soigneusement planifié mon itinéraire. Le bateau à vapeur faisait route jusqu'à Montréal. De là, je devais monter à bord d'une diligence qui parcourrait plus de trois cents milles jusqu'à New York, s'arrêtant à Burlington, Albany et un chapelet de petites villes entre les deux. De la gare de New York, il me faudrait ensuite prendre un premier train qui se rendrait jusqu'à Philadelphie. Un deuxième train ferait route jusqu'à Chicago et, enfin, un troisième convoi, de la compagnie Pacific Railroad, accomplirait le reste du trajet jusqu'à la gare de la ville de Saint-Louis, située au confluent des rivières Missouri et Mississippi, où mon oncle était censé m'accueillir.

Le bateau s'ébranla, laissant un sillon noir dans l'eau limoneuse du fleuve. Les moteurs rugissaient et une fumée grise giclait en épaisses volutes de la cheminée principale. Bientôt, mes parents et ma sœur ne furent plus que des points minuscules à l'horizon.

III

J'aurais voulu prétendre que le voyage avait été aussi glorieux que dans mes rêves d'enfant, à l'image de ceux des grands explorateurs qui avaient affronté bravement vents et marées. En vérité, je passai piteusement le plus clair du trajet dans la cale du bateau, pâle comme un fantôme et accablé d'un mal de mer à m'arracher les tripes. Je vous épargne les détails du parcours en diligence, sinon qu'il dura près d'une semaine et qu'il fut des plus désagréables. À cause de mon jeune âge, j'eus droit à l'inconfort de la banquette, en compagnie du conducteur, un homme trapu et taciturne qui me traitait avec une totale indifférence, comme si j'avais été un simple colis.

C'est avec une joie indicible que j'aperçus enfin les confins de la ville de New York, dont les innombrables édifices et les clochers d'églises se dessinaient en filigrane dans un ciel embrumé. Une odeur âcre de charbon et de crottin prenait à la gorge. Jamais de ma vie je n'avais vu autant d'immeubles, serrés les uns contre les autres comme s'ils craignaient d'avoir froid, avec des milliers de fenêtres qui brillaient comme des miroirs. Une myriade de piétons allaient et venaient sur des trottoirs de bois, alors que des voitures de toutes sortes roulaient dans tous les sens dans les rues pavées sans se percuter. Le bruit était étourdissant. Aucun livre, aucune illustration n'auraient pu me préparer à un tel spectacle…

La diligence s'immobilisa dans un grincement de roues. La voix du conducteur me parvint comme à travers un brouillard.

— Last stop! End of the line. Everybody out!

Les passagers descendirent de la voiture, les traits tirés et les vêtements froissés. Le conducteur saisit les bagages et les lança sans ménagement sur un terre-plein, indifférent aux protestations des voyageurs. Soudain, je me retrouvai fin seul, avec ma malle trop lourde déposée à mes pieds. Je jetai un coup d'œil à la ronde. J'étais à proximité d'un marché public. Des étals protégés par des auvents se succédaient sans fin, jalonnés par des charrettes et des bogheis. Les boniments des marchands se mêlaient aux caquètements des poules. Un désarroi profond s'empara de moi. J'aurais tout donné pour voir mes parents et retourner chez moi.

Un homme à la mine patibulaire, vêtu d'un paletot qui avait connu des jours meilleurs, s'approcha de moi. Un fort relent d'alcool et de corps mal lavé se dégageait de lui.

— Hey, lad! D'yu ha'a penny?

Dans un mouvement leste, il fouilla dans les poches de ma veste. J'eus si peur que je me mis à pousser des cris d'orfraie.

— À l'aide ! Au secours !

Un homme en uniforme accourut. Il portait un écusson sur son casque à visière et un gourdin à sa ceinture. C'était un policier : j'en avais vu parfois à Québec, lorsque j'accompagnais mon père au marché Champlain. Il chassa le mendiant à coups de matraque et se tourna vers moi.

— What are you doing here? Where are you from?

Je ne compris pas un traître mot de ce qu'il disait.

— Do you speak English?

— Je suis de Québec. Je dois prendre le train !
Il secoua la tête.
— I don't understand.
— Train. *Tchou-Tchou...*
Il sourit.
— Got it! You're going to the train station!
Il désigna un point à distance.
— It's over there, at the end of the market.
Il s'éloigna, faisant tournoyer son gourdin. Je m'assis sur ma malle, en proie au découragement, retenant à peine mes larmes. Comment ferais-je pour me rendre à la gare ? Jamais je ne pourrais transporter mon énorme coffre tout seul... Soudain, j'entendis une voix à proximité.
— Eh, 'tit gars !
Je levai les yeux. Un gros homme portant un tablier blanc maculé de sang était debout à côté de moi.
— Tu veux aller à la gare ?
J'acquiesçai, émerveillé d'entendre parler français.
— Je vas t'y conduire dans ma charrette pour cinq cennes.
Le boucher tint parole et transporta lui-même ma grosse malle vers le compartiment de mon train, ahanant sous le poids, dégoulinant de sueur.
— Ma foi du bon Dieu, t'as-tu mis des roches là-dedans ?
Je n'osai lui avouer qu'il s'agissait de mes précieux récits de voyage. Mon père m'avait recommandé de n'en apporter que quelques-uns, afin de ne pas trop alourdir mon bagage, mais je ne pouvais me résigner à m'en séparer. Ce fut l'une de mes premières leçons de voyageur : n'emporter que l'essentiel.
Une fois installé dans mon compartiment, je m'endormis aussitôt, malgré les bavardages d'une fermière qui transportait un cageot à poules sur ses genoux, l'odeur suffocante qui se dégageait de la pipe d'un passager et les pleurs d'un bébé blotti contre la poitrine de sa mère.

*

Le train du Pacific Railroad s'immobilisa à la gare de Saint-Louis dans un grincement de roues et fut accueilli par des coups de sifflet stridents. Il y avait maintenant près de deux semaines que j'avais quitté le Québec, mais j'avais le sentiment d'être parti depuis une éternité.

De nombreux fiacres étaient garés à proximité des quais. Des portiers s'affairaient, transportant d'énormes piles de bagages dans des charrettes à bras. Des cheminots s'invectivaient tandis que les voyageurs épuisés (dont moi-même) descendaient des compartiments, clignant des yeux à cause du soleil, la mine hébétée.

Étourdi par le tintamarre et le va-et-vient incessant de la foule, ma malle déposée à mes pieds, je regardai autour de moi, me demandant comment j'allais retrouver mon oncle Comtois dans une telle cohue, d'autant plus que je ne l'avais jamais rencontré. Mon père m'avait montré un daguerréotype de son frère avec sa femme, debout devant leur magasin général. Ils regardaient fixement devant eux, sans sourire, sans doute intimidés par la pose, mais le cliché était flou et datait de quelques années, de sorte que je n'étais pas certain de le reconnaître. De mon côté, je devais porter un mouchoir rouge à mon cou.

Mettant une main en visière pour protéger mes yeux de la lumière aveuglante, je vis un homme de grande taille qui semblait scruter la foule. Je sus tout de suite que c'était mon oncle grâce à sa ressemblance étonnante avec mon père : même visage rond, épaisse chevelure poivre et sel qui débordait d'un chapeau à larges bords, et un ventre proéminent qui trahissait son amour de la bonne chère. Il devait avoir plus d'une cinquantaine d'années, mais il ne faisait pas son âge. Je lui fis des signes de la main et me frayai un chemin vers lui. Il s'élança dans ma direction d'un pas alerte et me serra vigoureusement la main.

— C'est ben toé, François-Xavier, le fils à Jacques?

Il avait un fort accent anglais, sans doute dû à son long exil aux États-Unis. Sans attendre ma réponse, il saisit ma malle comme s'il s'était agi d'un fétu de paille et m'entraîna vers son boghei.

— Bienvenue à Saint-Louis!

Il prononçait « Sainte-Louisse »... En route, nous avons croisé une énorme voiture traînée par plusieurs chevaux sur une voie ferrée. Je n'en avais jamais vu de pareille à Québec. Remarquant ma mine effarée, Pierre Comtois me dit en souriant:

— C'est un *street car*, un tramway. Il vient juste d'être... *put into service.* Mis en service.

La circulation était si dense qu'il nous fallut une bonne demi-heure avant de parvenir au magasin général, dont la devanture était surmontée d'une belle affiche en bois: Magasin général Comtois & Fils – General Store.

À l'intérieur, une femme à la mine accorte, portant un bonnet et un tablier immaculés, était installée derrière un large comptoir et servait une cliente. Lorsqu'elle nous aperçut, elle nous sourit et vint à notre rencontre. Elle me serra dans ses bras, comme si elle me connaissait depuis toujours.

— T'es le portrait craché de ton père!

Contrairement à son mari, elle n'avait pas un accent teinté d'anglais. Elle me fit visiter le magasin avec une fierté visible. La salle embaumait le pain frais et le plancher de bois franc était couvert de bran de scie. Je fus agréablement surpris par la quantité de marchandises, présentées de façon à attirer l'œil. Il y avait de tout: d'un côté, les provisions de bouche, bien rangées dans des bocaux et des barils; de l'autre, des outils, un attirail de chasseur, des vêtements et tissus de toutes sortes.

Ma chambre se trouvait à l'étage. Elle était petite, mais confortable.

— C'était la chambre de notre fils, Louis-Joseph, dit ma tante d'une voix émue.

J'appris plus tard par l'un des commis que leur fils unique avait été tué par balle à la suite d'un vol à main armée, survenu quelques années auparavant. Saint-Louis n'était donc pas une ville de tout repos, comme je l'avais d'abord cru…

IV

Comme convenu, je commençai au bas de l'échelle, en tant que simple manutentionnaire. Je me levais à l'aube, transportais des marchandises à longueur de journée et les disposais sur des étagères ou des étals. Mon oncle ne tarda pas cependant à remarquer que je savais lire, écrire et compter – ce qui était plutôt rare – et que j'avais une excellente mémoire. Je fus rapidement placé à la caisse. Les premiers temps, je baragouinais quelques mots d'anglais, ce qui faisait rire les clients, mais je fis vite des progrès, au point de parler convenablement la langue de Shakespeare au bout de quelques mois. À mon grand étonnement, une bonne partie de la clientèle était composée de Canadiens français provenant des quatre coins du Québec, du Nouveau-Brunswick et même du Manitoba. Ils formaient une communauté « tricotée serrée », comme disait mon oncle. Le samedi soir, il n'était pas rare de les voir rassemblés dans la cuisine des Comtois, jouant aux cartes tout en buvant de la bière que mon oncle fabriquait lui-même ou du scotch qu'il importait d'Écosse.

Au fil des jours, en faisant les comptes après la fermeture du magasin, je constatai qu'il y avait souvent un manque à gagner entre le montant des recettes et celui des marchandises vendues. Je mis alors au point un système de comptabilité en partie double, avec deux comptes (l'un débiteur, l'autre créditeur), ce qui permettait d'établir une balance comptable équilibrée et d'éviter les erreurs d'inscription, et même les fraudes. Cette innovation eut l'heur d'impressionner les Comtois, qui subissaient régulièrement des vols de marchandises de la part de certains employés, mais n'avaient jamais pu les prendre sur le fait.

Dorénavant, chaque jour, avant le lever du soleil, j'accompagnais mon oncle au marché public pour l'achat de denrées. Je l'observais marchander avec des commerçants, discutant patiemment les prix jusqu'à ce qu'il obtienne ce qu'il voulait. Grâce à lui, j'appris les subtilités de la négociation. « Pour gagner, me disait-il, il faut être prêt à perdre. »

*

Trois ans s'écoulèrent. Malgré la bonté des Comtois, je ne tenais plus en place. Le dépaysement que j'avais éprouvé durant les premiers mois avait vite cédé le pas à l'ennui. Mes tâches me semblaient de plus en plus routinières et mon rêve de devenir un grand explorateur était bien loin, au point de ressembler à un mirage.

Un matin, au marché public qui jouxtait la gare, je remarquai un immense chariot d'au moins seize pieds de longueur, recouvert d'une bâche. Mû par la curiosité, je m'en approchai et j'engageai la conversation avec le propriétaire, un Canadien français du nom d'Antoine Labonté. Il était originaire de Saint-Jean-sur-Richelieu et avait tout quitté, famille et enfants, pour partir à l'aventure aux États-Unis. Il était désormais marchand et transportait des denrées vers l'Ouest, aussi loin que la Californie. Il m'expliqua qu'il pouvait entasser jusqu'à trois mille articles dans son *chuck wagon*. Un courant d'excitation traversa ma colonne vertébrale. J'avais lu plusieurs récits de voyages en Californie : c'était l'eldorado des chercheurs d'or, racontait-on, un pays fabuleux où l'on pouvait devenir riche d'un simple claquement de doigts...

Le marchand dut s'apercevoir de mon enthousiasme, car il me dit en souriant :

— Un convoi va partir dans une semaine. Si ça t'intéresse...

— Un convoi ? demandai-je, les yeux brillants.

— On fait jamais le voyage avec juste un *chuck wagon*, c'est bien trop dangereux.

Il m'informa que les voyageurs, qu'ils soient commerçants, chercheurs d'or, colons, agriculteurs ou simples passagers, évitaient de faire des trajets seuls et préféraient se joindre à une caravane. Jusqu'à une trentaine de chariots pouvaient ainsi prendre la route en même temps, parfois davantage.

— C'est plus sûr, en cas d'attaque par des Indiens ou des *highway men*, conclut-il.

— Des *highway men* ?

— Des voleurs de grands chemins. C'est une vraie plaie dans la région.

Mon cœur battait à tout rompre. Les dangers d'attaques par des Indiens ou des voleurs de grands chemins, loin de me faire peur, ajoutaient du piment à l'aventure.

— Certain, que ça m'intéresse, balbutiai-je. Qu'est-ce que je dois faire ?

— C'est simple comme bonjour. T'achètes un stock de marchandises. Ça va te coûter entre cinquante et cent piastres pour ton chargement, dépendant de sa grosseur, plus une vingtaine de piastres pour ta nourriture.

J'avais mis un peu d'argent de côté, mais pas suffisamment pour acheter des denrées et payer le voyage. J'allai retrouver mon oncle et je l'aidai à charger des cageots remplis à craquer dans sa charrette. Profitant du trajet de retour, je lui fis part de mon projet.

— Si vous pouviez m'avancer l'argent…

Mon oncle hésita. Je me mépris sur son silence.

— Je suis honnête, je vous rembourserai jusqu'au dernier sou.

Il secoua la tête.

— Je te fais confiance les yeux fermés, mon garçon.

Il m'expliqua que sa femme et lui s'étaient habitués à ma présence, qu'ils me considéraient même comme leur fils… L'embarras me cloua le bec. Je ne m'étais pas rendu compte que j'étais devenu si précieux à leurs yeux.

Le lendemain, mon oncle me prit à part et me remit cent cinquante piastres, ce qui était une somme importante.

— Ça devrait suffire pour un premier chargement.

C'est ainsi que commença ma vie de voyageur.

V

Le convoi prit son départ par une journée chaude de juin 1853. Il comprenait quarante-trois chariots chargés de marchandises et de voyageurs. Mon oncle avait insisté pour me fournir gratuitement l'équipement nécessaire à une telle expédition : couteau de chasse, fusil, vêtements de rechange, provisions sèches, contenants d'eau, sans compter une flasque d'alcool, « pour te réchauffer pendant les nuittes frettes », avait-il commenté avec un clin d'œil.

Par chance, je fis le trajet en compagnie d'Antoine Labonté, qui m'avait invité à prendre place dans son chariot. C'était un homme disert, qui connaissait bien les différents chemins menant à Santa Fe, dans le territoire du Nouveau-Mexique, point de chute pour rejoindre la Californie.

Il nous fallut quarante-cinq jours pour parvenir à Santa Fe. À ma grande déception, nous n'avions subi aucune attaque de la part de quelque bandit ou Indien que ce soit, sinon la visite nocturne d'un coyote qui s'était aventuré près de notre bivouac et qu'Antoine tua d'un coup de fusil. Cependant, j'avais mis à profit les longues heures du trajet pour écouter mon compagnon parler de ses expériences de négociant. J'appris plus avec lui en ces quarante-cinq jours qu'en trois années comme commis et caissier au magasin général des Comtois. Grâce à ses judicieux conseils, non seulement je réussis à vendre toutes mes marchandises, mais je fis un profit inespéré de plus de mille deux cents dollars. Antoine et moi nous sommes liés d'amitié.

*

Pendant le trajet de retour vers Saint-Louis, alors que le convoi s'était arrêté avant la tombée de la nuit, Antoine me proposa de l'accompagner pour explorer les environs. Je dus lui avouer que je n'étais jamais monté à cheval. Il éclata d'un grand rire.

— Ma foi du Saint-Esprit, tu pourras jamais devenir un vrai voyageur si tu sais pas monter à cheval !

Il me prêta sa monture et m'apprit patiemment les rudiments de l'équitation. Au début, je ne montrai guère de talent. La bête, sentant ma maladresse, rua au moment où j'essayais de me hisser sur la selle et me jeta par terre. Après de multiples tentatives, je réussis à me maintenir en position assise, mais le cheval partit alors au galop. Je dus m'agripper à la crinière du pauvre animal, convaincu que ma dernière heure était arrivée.

— On va ben finir par faire un cavalier de toi ! me cria Antoine, hilare.

Pendant les quelque cinquante jours que dura notre retour d'expédition, pas une journée ne passa sans qu'Antoine ne m'oblige à grimper sur sa bête infernale. Il fut surpris de mes progrès rapides. « T'as ça dans le sang, mon vieux », répétait-il, médusé. Une fois surmontées les premières difficultés, j'avais compris que je devais m'imposer comme le maître. Je commençai même à trouver du plaisir à faire des randonnées, explorant les différentes routes qui s'offraient à nous, découvrant les gués les plus praticables, les passages les plus courts.

— Astheure, t'as l'étoffe d'un chef d'expédition, me déclara Antoine lors d'une nuit particulièrement froide, alors que le convoi s'était arrêté pour la nuit à Albuquerque.

C'était une sorte d'adoubement. J'avais enfin trouvé ma voie.

VI

Lorsque le convoi revint à Saint-Louis, trois mois après en être parti, je pus remettre à mon oncle non seulement l'argent qu'il m'avait avancé, mais une somme supplémentaire de deux cents dollars en guise de remerciement pour sa confiance. Il eut beau refuser, je l'obligeai à accepter ce supplément, lui expliquant que j'avais revendu toutes mes marchandises à Santa Fe avec un profit enviable.

La prédiction de mon ami Antoine se réalisa. Pendant les six années qui suivirent, je devins chef d'expédition et mis sur pied douze caravanes, à raison de deux par année, ce qui ne s'était jamais vu dans la région. En général, les marchands n'en faisaient qu'une, à cause des dangers de la route, de la longueur des trajets et de la rudesse du climat. Au fil de mes voyages, je découvris des chemins plus rapides et plus sûrs. Je pouvais dorénavant engager les meilleurs hommes et je me procurais des provisions de bouche de bonne qualité à un excellent prix, car Antoine m'avait conseillé de négocier directement avec des commerçants de New York, ce qui me permettait d'acheter les denrées beaucoup moins cher qu'en faisant affaire avec les marchands locaux. J'étais devenu un cavalier émérite et j'achetai une magnifique jument que je baptisai Jolly, car elle était fougueuse tout en ayant bon caractère.

Je l'écris en toute modestie, de plus en plus de voyageurs souhaitaient se joindre à mes convois, réputés pour être sécuritaires malgré les dangers inhérents à de telles expéditions. Durant l'une d'elles, nous fûmes attaqués en plein jour par des Apaches, qui réussirent à repartir avec plusieurs mules et trois chariots remplis de provisions, blessant grièvement un passager. Peu après, un voyageur fut mordu par un serpent à sonnette et serait mort sans les soins de Miguel, un jeune Indien de la tribu des Piros et l'un de mes guides les plus fiables. Miguel aspira le venin avec sa bouche, le recrachant aussitôt, puis prépara une décoction de pain mélangé avec de la terre glaise qu'il appliqua ensuite sur la plaie. L'homme fut très malade pendant quelques jours, puis il guérit.

Tout cela était sans compter les brusques tempêtes de pluie ou de sable, les nuits glaciales, les jours où la chaleur était si intense que nous avions peine à respirer et, surtout, la soif. Car bien que nous apportions une bonne provision de bidons d'eau, celle-ci venait inévitablement à manquer, étant donné la longueur des voyages et la sécheresse qui est le lot de cette contrée inhospitalière. Je me rappelle qu'une nuit j'avais surpris un passager à voler un contenant d'eau. Je l'avais menacé avec mon arme et abandonné dans le premier village croisé afin de donner une leçon aux autres voyageurs : la solidarité est une condition essentielle à la survie.

Les journaux locaux commençaient à parler de mes expéditions, allant jusqu'à me comparer au célèbre Kit Carson, un aventurier qui avait participé à la conquête de l'Ouest et servi de guide à l'explorateur John Charles Frémont. Cette soudaine notoriété me donna l'idée de placer des annonces dans des gazettes, entre autres le *Santa Fe Republican*, afin d'informer la population à l'avance de la date de passage de mes caravanes. Ce moyen de publicité fut des plus efficaces. Bien avant l'arrivée d'un convoi, les habitants faisaient la queue au marché public pour se procurer mes marchandises. Il y eut même des échauffourées tellement l'achalandage était important. Je pus de cette manière quadrupler, voire quintupler mes mises de départ.

J'entrepris ainsi ce qui allait être, sans que je le sache alors, ma dernière expédition, et de loin la plus ambitieuse. Mon ami Antoine Labonté m'avait informé du fait que la laine et la viande de mouton étaient très prisées dans l'État de la Californie. Le Nouveau-Mexique étant l'un des plus importants éleveurs d'ovins – il y avait plus de quatre millions de moutons dans ce seul territoire –, je décidai de faire l'acquisition de cinq mille bêtes et de les transporter de Santa Fe jusqu'à San Francisco. Je réunis une trentaine d'hommes pour conduire les troupeaux, rassemblai une vingtaine de chariots couverts ; j'achetai mules, chevaux, armes, accessoires de cuisine, provisions et eau en quantité suffisante pour un trajet d'au moins trois mois. Je pris également l'initiative d'emmener un médecin dans le convoi, ce qui, à ma connaissance, ne s'était jamais fait auparavant.

*

Alors que nous nous apprêtions à prendre le départ, par une journée de septembre 1859 si chaude qu'on se serait crus en plein été, j'aperçus un *coach* roulant à toute vitesse dans notre direction. La voiture s'arrêta dans un nuage de poussière. Une femme en descendit. Elle était plutôt petite et portait un chapeau muni d'une voilette ainsi qu'une redingote masculine. Elle vint directement vers moi, comme si elle me connaissait déjà, puis enleva un gant et me serra la main avec une vigueur surprenante.

— Hello, Mr. Comtois. I'm Florence Lightwood. I've heard good things about you. I want to be part of your caravane.

Elle parlait avec une assurance tranquille, comme s'il ne faisait pas de doute dans son esprit que je l'accueillerais dans mon convoi à bras ouverts. Je lui répondis en anglais que les femmes n'étaient pas admises, car il s'agissait d'un trajet dangereux. Elle souleva sa voilette et me foudroya de ses yeux d'un bleu tirant sur le gris. Elle avait des traits sinon harmonieux, du moins énergiques, avec un nez droit et une mâchoire volontaire.

— Je suis une femme, certes, mais j'ai l'habitude de ces expéditions, rétorqua-t-elle dans un excellent français. Mon mari, feu Peter Lightwood, était biologiste et ornithologue, je l'accompagnais partout.

Elle remit son gant, fouilla dans un sac qu'elle portait en bandoulière et en sortit une liasse de billets, qu'elle me tendit. Je compris qu'elle n'abandonnerait pas son projet et pris l'argent en poussant un soupir.

— Bon, j'accepte. Mais si jamais votre présence devient un problème, je vous avertis, je devrai vous laisser à un prochain village.

— Je ne vois pas pourquoi je serais cause de quelque problème que ce soit, dit-elle froidement.

Elle inclina la tête, remit sa voilette et regagna sa voiture, sous les regards curieux ou mécontents des autres voyageurs, ces derniers craignant sans doute qu'une femme ne leur attire des ennuis.

Le convoi s'ébranla enfin. Florence Lightwood nous suivit avec son *coach*. Si je prends la peine de la mentionner dans ce récit, c'est qu'elle y jouera plus tard un rôle important.

*

Je ne vous décrirai pas par le menu toutes les calamités qui nous tombèrent dessus durant le voyage, sinon qu'en cours de route, vers le 13 octobre, une importante chute de neige, à proximité des montagnes de Garrotero, nous immobilisa pendant quelques jours. Plusieurs hommes subirent des engelures, dont l'une fut d'une telle gravité que le médecin dut procéder à l'amputation d'un pied. Ce fut Florence Lightwood qui, avec un sang-froid remarquable, tint la main du pauvre bougre tandis que l'horrible opération avait lieu, et lui fit boire de l'alcool à même une flasque qu'elle gardait toujours attachée à sa ceinture.

Une semaine plus tard, une avalanche de pierres emporta une vingtaine de moutons et, comme si cela n'était pas suffisant, des Indiens nous prirent en embuscade au détour d'un col. Ils parvinrent à s'emparer d'une demi-douzaine de chevaux et tuèrent l'un de mes hommes, Miguel, celui-là même qui avait réussi à sauver la vie d'un voyageur mordu par un serpent. Je fus moi-même atteint d'une flèche à l'épaule, mais, par chance, le médecin put l'extraire facilement et la blessure s'avéra sans gravité. Nous avons dû enterrer le pauvre Miguel au bord du chemin. Je plaçai des pierres en forme de croix à l'endroit de sa sépulture afin de laisser une trace, aussi dérisoire fût-elle, de son bref passage sur terre. Plusieurs de mes hommes voulurent aller à la recherche des « Sauvages », comme ils les appelaient, afin de venger la mort de mon guide. Je refusai, car nous avions peu de chances de les retrouver, et surtout je craignais une embuscade, mais ils insistèrent au point que je dus céder.

Après avoir marché pendant une bonne heure, nous sommes tombés sur une *rancherie*[1] déserte, avec des restes de récoltes de citrouilles et de blé d'Inde, des traces de feux de camp, et même plusieurs carquois avec des flèches.

1. Village ou campement indien.

Le camp avait visiblement été abandonné. Mes compagnons voulurent poursuivre leurs recherches, mais je les en dissuadai. Nous avions déjà perdu un temps précieux et, de toute manière, les Indiens s'étaient sans doute réfugiés dans les montagnes graveleuses qui nous entouraient.

Chaque fois que notre caravane s'arrêtait pour un repas, Florence Lightwood en profitait pour explorer les environs à pied afin d'observer les oiseaux. Elle couvrait son visage d'un voile en tulle pour se protéger des mouches et des moustiques qui nous harcelaient sans répit et portait en bandoulière une étrange paire de lunettes aux lentilles épaisses qui lui permettaient, affirmait-elle, de voir de plus près ce qui était éloigné. Un jour, agacée de marcher avec sa longue jupe qui lui entravait les jambes, elle la découpa à l'aide d'un canif et en cousit les pans pour en faire un genre de pantalon. Elle revenait de ses expéditions les yeux brillants, décrivant avec force détails un picbois qui picorait avec vigueur le tronc d'un pin, ou une chouette rayée, nichée dans le trou d'un peuplier, qui se redressait soudain et restait immobile comme un animal empaillé lorsqu'on s'approchait d'elle.

Un soir où nous bivouaquions près d'une rivière, je la surpris, installée sur la banquette de sa voiture, s'éclairant à l'aide d'une lanterne. Elle dessinait les oiseaux qu'elle avait observés. Ses esquisses étaient admirables de précision. Elle me montra alors un livre de son mari, dont les illustrations ressemblaient en tous points à celles qu'elle venait d'exécuter. Tandis que je lui en faisais la remarque, elle me déclara fièrement, bien qu'avec une pointe de dépit, que c'étaient ses dessins, mais que son mari en avait pris le crédit, « of course ». Sans le vouloir, cette femme hors du commun deviendrait l'instrument d'une grave injustice. Mais encore une fois, n'anticipons pas…

VII

À notre arrivée à San Francisco, le 7 janvier 1860, j'avais perdu seulement trente-deux moutons sur cinq mille et réalisé un profit non négligeable de soixante-dix mille piastres, mais la mort de mon jeune pisteur m'avait laissé un goût amer. Et comme un malheur n'arrive jamais seul, lorsque je retournai à Santa Fe, au printemps de la même année, afin d'y prendre un peu de repos avant d'entreprendre une nouvelle expédition, j'appris la mort de mon père dans une lettre que ma mère m'avait envoyée, poste restante. La douleur de cette perte fut d'autant plus vive que la lettre m'était parvenue plus d'un mois après le décès de mon père, qui avait été enterré dans le petit cimetière de L'Ancienne-Lorette sans que je puisse lui rendre mes derniers hommages.

La pensée de retourner au Québec me tarabusta pendant quelque temps, sans doute nourrie par le remords d'avoir abandonné mes parents à leur sort pendant toutes ces années, mais mes aventures dans le Sud-Ouest américain m'avaient marqué au fer rouge. Le jeune commis souriant et débrouillard avait fait place depuis longtemps à un aventurier aguerri et sans attaches. Je ne pouvais me résoudre à quitter cette contrée à la fois sauvage et libre, où l'on ne savait jamais ce que les lendemains nous réservaient. J'écrivis une longue lettre à ma mère, accompagnée d'une importante somme d'argent afin qu'elle puisse vivre décemment, car le magasin général avait périclité depuis mon départ et elle avait dû le vendre à perte. L'argent ne rachète pas l'absence, mais il a le pouvoir d'adoucir les épreuves.

*

La mort de mon père continuait de me hanter. Une puissante nostalgie m'avait envahi. J'éprouvai soudain le besoin de prendre racine quelque part. À l'orée de l'été de 1860, j'entendis parler par mon ami Antoine de terres qui se vendaient pour une bouchée de pain au sud du Nouveau-Mexique, près du fleuve Rio Grande. Je me rendis à la ville de Mesilla – qui signifie « petite table » –, située à environ quarante-cinq milles au nord d'El Paso, dans l'État du Texas. Je fus saisi par la beauté de la montagne à l'est de la ville que les habitants appelaient « Serrado Mountain », dont les crêtes ocre se découpaient dans un ciel sans nuages. Mesilla, avec ses maisons en terre cuite, modestes mais bien entretenues, sa place centrale, dominée par une jolie église à deux clochers qu'entouraient des commerces aux devantures pimpantes, respirait la paix et une certaine prospérité. Il y avait même un palais de justice, une banque et un bureau de poste.

Grâce au pécule que j'avais accumulé durant mes expéditions, je pus aisément faire l'acquisition d'une maison de ferme située à quelques milles de la ville, avec une écurie, une étable et un champ de cinq cents acres, ce qui me permettrait d'élever du bétail et de cultiver des piments. Peut-être même rencontrerais-je une femme avec laquelle je pourrais couler des jours paisibles, dans ce qui était désormais mon pays d'adoption…

Certes, je devins propriétaire, mais pour tout le reste, rien ne se produisit comme je l'avais imaginé. Ma rencontre avec Victor Dumas me précipita dans une aventure qui fit de moi un paria entouré d'ennemis.

VIII

Je fis la connaissance de Victor Dumas dans un saloon. Nous étions à la mi-juin. Bien que l'après-midi tirât à sa fin, le soleil continuait à plomber la place centrale de Mesilla, blanchissant les façades en adobe[2] des immeubles. La soif m'asséchait la gorge. J'attachai ma monture à une clôture de bois et poussai la porte du saloon. À l'intérieur, il faisait si sombre qu'il me fallut quelques secondes avant que mes yeux s'habituent à l'obscurité. Je distinguai un long comptoir sous lequel s'alignaient une douzaine de tabourets, ainsi que des tables disposées sur un plancher de bois. La salle était presque vide, hormis un serveur à la mine renfrognée et un client attablé au fond.

Je commandai un whisky et m'apprêtais à prendre place au comptoir lorsque le client solitaire me fit signe de le rejoindre à sa table. Intrigué, j'obtempérai.

— Enfin, un peu de compagnie ! s'exclama-t-il en français d'une belle voix de baryton.

Il m'indiqua une chaise, puis me serra vigoureusement la main.

2. Brique rudimentaire de terre mêlée de paille, séchée au soleil.

— Victor Dumas, journaliste, dit-il en souriant. Enfin, c'est un grand mot pour qualifier un scribouilleur qui pond un article de temps en temps dans le *Mesilla Gazette,* un nom pompeux pour désigner une feuille de chou locale dont j'ai l'honneur d'être le propriétaire, ajouta-t-il avec un rire qui découvrit des dents disposées en désordre, tel un jeu de cartes jetées négligemment sur une table.

Son visage rubicond et affable me plut tout de suite.

— François-Xavier Comtois.

— Votre nom m'est familier. N'êtes-vous pas ce célèbre voyageur qui a découvert la route la plus rapide pour se rendre de Santa Fe à San Francisco ?

Je haussai les épaules.

— Disons que je connais bien la région.

— Et modeste, en plus ! Jeune homme, vous m'êtes décidément sympathique.

Il interpella le serveur.

— Two whiskys!

Au fil de notre conversation, j'appris que Victor Dumas (un nom de plume, prit-il la peine de préciser) était natif de la ville de Tours, dans le nord-ouest de la France, où il avait vécu jusqu'à l'âge de dix-neuf ans. Il avait ensuite tenté sa chance dans la grande ville de Paris, « où l'on peut atteindre les sommets et perdre sa chemise dans la même journée », commenta-t-il d'un air philosophe. Son premier geste avait été de changer de patronyme.

— Vous comprendrez qu'avec un nom comme Valentin Vergougnoux, je n'aurais eu aucune chance de devenir célèbre ! s'écria-t-il avec un autre rire à faire éclater nos verres.

Dumas avait commencé à connaître une certaine notoriété comme journaliste et avait publié un premier roman qui avait connu un succès d'estime, lorsqu'un article qu'il avait eu la malencontreuse idée d'écrire contre la monarchie de Juillet lui avait valu les foudres des royalistes au pouvoir. Averti par des amis qu'on s'apprêtait à l'arrêter, il avait pris la fuite et s'était réfugié à Montréal. Ne pouvant supporter le froid sibérien qui y régnait durant l'hiver et ayant entendu parler de la ruée vers l'or qui attirait des aventuriers dans le sud-ouest des États-Unis, il avait décidé de tenter l'aventure.

— Je n'ai pas trouvé d'or, mais je suis tombé amoureux. Qui prend femme prend pays !

Son regard vif s'assombrit.

— Mathilda est morte en couches. L'enfant n'a pas survécu.

Il but une gorgée de whisky pour se donner une contenance.

— J'ai pensé retourner en France, mais pour y retrouver quoi ? Un pays qui m'avait rejeté, traité en criminel ? Mes parents étaient morts, je n'avais ni sœurs ni frères, rien qui ne m'attendît là-bas, sinon la prison. J'ai décidé de rester ici. Cette région a beau être truffée de bandits, être infestée de serpents à sonnette et de tarentules, être corrompue jusqu'à la moelle par un shérif qui fait passer son propre intérêt avant celui des citoyens, cette région, répéta-t-il, les yeux brillants, a quelque chose de... comment dirais-je ? *Magique.* Une fois qu'on y met les pieds, on ne peut plus la quitter. On l'a dans le sang...

On l'a dans le sang. C'était pour ainsi dire les mêmes mots que mon ami Antoine avait prononcés en constatant mon aptitude à monter à cheval. Les paroles du journaliste me firent réfléchir. J'avais l'impression étrange que c'était de moi qu'il parlait. Certes, ma mère et ma sœur étaient encore de ce monde, mais qu'irais-je faire à Québec ? La simple perspective de retourner à la vie monotone d'un épicier, emprisonné entre quatre murs, faisant ses comptes à la fin d'une journée fastidieuse, pareille à toutes les autres, me paraissait insupportable.

— Vous ne semblez pas avoir une haute opinion du shérif, lui fis-je remarquer.

Le journaliste regarda à la ronde pour s'assurer qu'il n'y avait pas d'oreilles indiscrètes et se pencha vers moi.

— Bill Wallace est un escroc, dit-il à mi-voix. Ses deux adjoints participent activement à des vols de chevaux et de bétail, et il les laisse faire tout en exigeant une ristourne pour chaque cheval volé. J'ai écrit plusieurs articles sur la question, et le shérif m'a à l'œil.

C'est alors qu'un homme entra dans le saloon, laissant la porte entrouverte. Sa maigre silhouette se découpa dans un rayon de lumière ocre. Il portait une robe de bure munie d'un capuchon et entourée à la taille d'une corde de chanvre, d'où pendait un chapelet de bois. Une barbe blanche tombait jusqu'à sa ceinture et une branche grossièrement sculptée lui servait de canne.

L'homme resta debout, les yeux baissés. Le serveur vint vers lui et lui adressa rudement la parole :

— We don't do charity! Get out!

Le vieillard releva la tête et lui répondit d'une voix étonnamment douce et claire.

— Je ne suis pas un mendiant. Je suis un serviteur de Dieu. Si vous aviez la gentillesse de m'apporter un verre d'eau, je vous en serais reconnaissant.

Il s'exprimait dans un bon anglais, mais avec un fort accent que je crus espagnol (en réalité, c'était un accent italien, comme je l'appris plus tard). Le barman resta bouche bée, puis inclina la tête presque malgré lui et alla chercher un verre d'eau.

Cet étranger arborait une dignité qui forçait le respect. Il dégageait même une sorte de magnétisme. Qui était-il ? Que faisait-il dans les parages ? Il but son verre d'eau à petites gorgées. Je remarquai que sa main gauche était difforme : le majeur et l'index semblaient plus petits que les autres doigts. Il déposa le verre sur le comptoir, remercia poliment le serveur et sortit.

Je le suivis des yeux, fasciné.

— Un être remarquable, n'est-ce pas? murmura le journaliste. Il s'appelle Pietro Battista Alesi. D'après la rumeur, il est né quelque part dans le Piémont et serait le fils d'un comte italien.

Le journaliste raconta avec verve que celui qu'on surnommait « el ermitaño », l'ermite, avait parcouru l'Europe à pied et séjourné en Amérique du Sud ainsi qu'en Amérique centrale, où il aurait appris l'art de guérir avec des plantes. Ses pas l'avaient mené au Mexique, puis au Texas et, enfin, dans le territoire du Nouveau-Mexique. Il était arrivé à Mesilla quelques semaines auparavant et avait trouvé refuge dans une grotte, la Cueva, quelque part dans la montagne Serrado.

— On dit qu'il a des dons de guérisseur. Un jeune berger prétend même qu'il l'a sauvé d'une mauvaise fièvre en lui administrant une décoction d'herbes. La population locale le vénère comme un saint.

Le portrait que mon nouvel ami venait de tracer de cet ermite eut le don de piquer ma curiosité.

*

J'eus l'occasion de revoir Pietro Battista Alesi peu de temps après. Je m'étais rendu au marché public de Mesilla pour y acheter des provisions lorsque j'aperçus « el ermitaño », toujours vêtu de sa robe de bure, qui marchait pieds nus. Son chapelet cliquetait à chacun de ses pas. J'entrevis la forme ronde de Victor, qui suivait l'ermite de près tout en prenant des notes dans un calepin.

Une femme, dont les cheveux noirs et le teint bistre indiquaient qu'elle était d'origine mexicaine ou indienne, s'approcha du vieillard et se jeta à ses pieds en pleurant.

— Salvó la vida de mi hijo Ernesto. ¡Que Dios lo bendiga!

Vous avez sauvé la vie de mon fils Ernesto. Que Dieu vous bénisse ! L'ermite l'aida à se relever avec douceur. Des badauds s'étaient rassemblés autour d'eux. Une voix masculine s'éleva :

— ¡Que Dios lo bendiga, Padre! ¡Usted es un santo!

Que Dieu vous bénisse, mon père ! Vous êtes un saint !

Des exclamations saluèrent ces paroles.

— Si, es verdad. ¡Él es un santo! ¡Que Dios lo bendiga!

Oui, c'est vrai ! C'est un saint ! Que Dieu vous bénisse !

Des femmes se mirent à prier. Pietro Battista Alesi fit des signes de croix pour bénir la foule de plus en plus nombreuse. Une vieille femme s'agenouilla et lui baisa les pieds. Un marchand se prosterna devant lui et lui remit un panier rempli de légumes frais et de tortillas.

— God bless you, padre.

Le rassemblement était devenu si compact qu'on aurait pu croire qu'il s'agissait d'un début d'émeute. Celui que le marchand avait appelé « padre » éleva à nouveau les mains, mais cette fois c'était en signe d'apaisement.

J'entendis alors des claquements de sabots accompagnés de cris. Trois cavaliers venaient de surgir, fonçant vers la foule, qui se dispersa dans la panique. Des pleurs d'enfants s'élevèrent. Une mère, tenant un petit garçon par la main, le prit dans ses bras et courut pour échapper à la ruade d'un cheval. En levant la tête, je vis le cavalier menant la charge se diriger tout droit vers le *padre*.

Sans réfléchir, je me précipitai dans cette direction et je n'eus que le temps de saisir les rênes du cheval avant qu'il n'atteigne l'ermite, qui était resté debout, stoïque, comme s'il n'éprouvait aucune peur. Le cheval rua, projetant Victor au sol. Le cavalier, un homme de grande taille, aux épaules larges et au regard d'acier, pointa un fusil vers moi. J'entendis le déclic de la gâchette. Je vous le confesse, cher lecteur, j'étais mort de peur, ce qui ne m'empêcha pas de remarquer que l'homme portait une étoile dorée sur le revers de sa veste. Une étoile de shérif… Malgré mon état de panique, je m'efforçai de déchiffrer le nom qui y était gravé. *Bill Wallace.* Celui que Dumas m'avait dit être un escroc…

— Who are you? What the fuck are you doing here? aboya Wallace.

J'eus le réflexe de ne pas me nommer. Je me contentai de lui expliquer, en tâchant de recouvrer mon calme, que j'avais simplement tenté de protéger le vieillard, craignant qu'il ne soit blessé par son cheval.

— Next time, just mind your own business.

Le shérif fit un signe de tête aux deux hommes qui l'accompagnaient. Le trio s'éloigna sous les murmures effrayés des quelques badauds qui ne s'étaient pas enfuis. J'aidai Victor à se relever.

— Vous n'êtes pas blessé ?

Le journaliste pesta en brossant de la main la poussière sur son pantalon.

— Nom d'une pipe ! Vous avez vu ? Il m'a foncé dessus exprès !

Je cherchai l'ermite des yeux. Il avait disparu, comme s'il s'était volatilisé.

IX

Journal de Pietro Battista Alesi

Je suis né le 8 septembre de l'an de grâce 1800 dans la ville de Novara, située dans la région du Piémont, au nord de l'Italie. Mon père était un riche tisserand, qui avait d'abord fait fortune dans le commerce de la soie. Son mariage avec ma mère, Artemisia de Novellara, arrière-petite-fille d'un comte dont la famille avait sombré dans la pauvreté, lui avait donné sinon une dot, du moins un vernis aristocratique. Trop heureux d'étaler sa fortune, mon père avait fait construire une belle maison en pierre entourée de cyprès, qui dominait la vallée. Je ne sais si cette demeure existe toujours.

J'étais fils unique, avec comme signes distinctifs une tache de naissance sur la poitrine à droite ainsi qu'une étrange déformation de la main gauche, dont le majeur et l'index étaient atrophiés. Selon le récit que Gisela, ma nourrice, me fit lorsque j'eus sept ans (considéré comme l'âge de raison), j'étais né avec cette difformité. Ma mère, craignant que ces particularités n'entraînent une forme de rejet de la part de mon père, qui était dévot, superstitieux et aurait peut-être cru que ces marques étaient celles du démon, couvrait chaque jour ma tache de naissance d'une pâte blanche dont elle se servait pour les soins de son visage et me mettait toujours des gants lorsque j'étais en présence de mon père ou que nous nous rendions dans un lieu public. Elle insista même pour engager un précepteur afin que je ne sois pas obligé de fréquenter l'école. Ce stratagème sembla fonctionner, car mon père ne fit jamais de commentaires sur le fait que je n'étais pas un garçon comme les autres. Il faut dire qu'il était rarement à la maison, voyageant le plus souvent à travers l'Italie et parfois même en Asie afin de se procurer de la soie et du coton pour la fabrication des tissus qui avaient fait sa fortune.

Ce ne fut que quelques années plus tard, vers l'âge de dix ans, que je m'intéressai à ce signe curieux sur ma poitrine. Ma nourrice prétendait que c'était la représentation d'une mandragore, une plante magique qui pouvait guérir tous les maux, mais également apporter la mort si elle n'était pas cueillie selon des rituels appropriés. Elle m'apprit que mon grand-père, Alberto Battista Alesi, décédé avant ma naissance, connaissait toutes les vertus des plantes et avait la réputation d'être un guérisseur. Certains affirmaient qu'il était un peu sorcier... Je me souviens d'avoir rapporté les propos de Gisela à ma mère. Son visage habituellement serein s'était rempli de frayeur.

— Ce sont des bêtises ! s'était-elle exclamée. Ton grand-père était un simple commerçant, comme ton père.

— Pourquoi ne m'avez-vous jamais parlé de lui ?

— C'était un homme pieux, mais il avait des idées étranges. Il croyait qu'un nouveau messie allait revenir sur terre. Mais il n'aurait jamais fait de mal à quiconque. Il a toujours fait preuve de bonté à mon égard.

Elle s'était attardée avant d'éteindre la lampe.

— Ce serait préférable que tu ne fasses pas allusion à ton grand-papa devant ton père. Ils ne partageaient pas les mêmes opinions. Si ton père apprend que Gisela t'a parlé de lui, il sera très fâché, il risque de la renvoyer et de te punir sévèrement.

J'entendis ses pas s'éloigner et le grincement de la porte qui se refermait. J'étais bouleversé par la consigne du silence de ma mère, elle qui m'avait toujours encouragé à dire la vérité, et non à la taire. Pourquoi ce secret entourant mon grand-père ? Était-il vrai qu'il avait le pouvoir de guérir avec des plantes, et qu'il était même « un peu sorcier » ? J'avais à peine réussi à m'endormir que le son d'une dispute me réveilla. Je me dressai sur mon séant et tendis l'oreille. « Si jamais je te reprends à répéter ce genre de bêtises à mon fils, je devrai me résoudre à me séparer de toi ! » « Pardon, madame Alesi, je ne voulais pas mal faire. Je vous promets de ne plus jamais en parler. »

Deux années s'écoulèrent pendant lesquelles je ne pensai plus à cet incident. Constatant mes progrès dans toutes les matières, ma mère prit la décision de me faire admettre à l'école communale de Novara. Je pleurai toutes les larmes de mon corps, mais elle insista :

— Tu as douze ans, tu es un grand garçon, maintenant. Il faut que tu apprennes à vivre en société.

Ma première journée à l'école fut un véritable supplice. Dès que je fis mon entrée dans la classe, je sentis les regards moqueurs ou hostiles de mes camarades. Je cachai ma main difforme dans la poche de mon habit. À la récréation, je restai seul dans mon coin, malheureux comme les pierres, ne souhaitant qu'une chose : rentrer à la maison. Ma seule consolation fut le cours de botanique, donné par le père Falcone, un petit homme aux yeux vifs et au crâne dégarni. Je fus fasciné par la mystérieuse beauté de la nature, l'extraordinaire complexité des plantes, dont chacune avait ses propriétés distinctes et en même temps participait à un tout parfaitement harmonieux. Le père Falcone disait que c'était « le grand schéma de Dieu ».

Dans les mois qui suivirent, je fus la proie de la persécution constante de mes camarades. Chaque jour, ils trouvaient des façons ingénieuses de m'importuner. L'un glissait des orties dans mon pantalon, l'autre me lançait des boulettes de papier en classe ou renversait un encrier sur mon cahier. Dans la cour de récréation, c'était encore pire : on me tirait par les cheveux, on se moquait de ma main en chantant « Pietro-nella-la-mano-deforme », Pietro-à-la-main-difforme. Le plus cruel d'entre eux s'appelait Fabio Garaffo. C'était lui, le meneur de la meute. Il rivalisait d'imagination pour me rendre la vie impossible. Sa tactique de prédilection était de m'entourer avec une bande de camarades afin que le père surveillant ne remarque pas son manège et de me donner des coups de poing dans le ventre. La douleur était parfois telle que je vomissais sous les moqueries des élèves.

Je subissais ces humiliations et ces tortures en silence, Garaffo m'ayant menacé de représailles si j'en parlais aux autorités du séminaire ou à mes parents. Ma mère commençait toutefois à se douter que tout n'allait pas pour le mieux, car j'avais perdu l'appétit et mes résultats scolaires étaient médiocres, sauf en botanique, mais je refusais obstinément de dénoncer mes tortionnaires, en espérant qu'un jour ce harcèlement cesserait.

Mais cela ne cessa pas. Le seul endroit où je trouvais une certaine paix était le cours de botanique. Le père Falcone avait remarqué ma passion pour les plantes et s'était pris d'affection pour moi. Parfois, après les classes, il m'emmenait faire des expéditions en forêt pour y apprendre à reconnaître les plantes et leurs vertus médicinales.

Lors de l'une de ces excursions, le prêtre me parla de plantes médicinales célèbres utilisées à travers les âges. L'une d'elles était la mandragore, la *Mandragora officinarum*, dont la racine avait une forme vaguement humaine et qui avait des propriétés sédatives et même hallucinogènes. Mon attention fut immédiatement happée. Je me rappelai ce que ma nourrice m'avait révélé au sujet de cette mystérieuse plante.

— Peut-on en trouver dans la région ? demandai-je, les yeux brillants.

— Oui, mais elle est rare. Pour ma part, je n'ai jamais réussi à mettre la main dessus, et ce n'est pas faute d'avoir cherché…

Dès mon retour à la maison, je trouvai un livre de Pline l'Ancien sur la botanique qui prenait la poussière dans la bibliothèque de mon père. Je m'enfermai dans ma chambre et feuilletai fébrilement le traité afin de glaner des renseignements sur la mandragore. Je finis par repérer un passage qui s'y consacrait. Selon Pline, la mandragore était originaire du bassin méditerranéen et on pouvait la trouver en Grèce, au Portugal et en Italie, et jusqu'en Afrique du Nord. Elle poussait dans des forêts clairsemées, des oliveraies, ou aux abords de routes ou de ruines. Je décidai alors de me mettre à sa recherche.

Profitant des rares moments de liberté que me laissaient mes cours, je partais en expédition, observant les abords des sentiers, parcourant les sous-bois qui entouraient la ville. C'était devenu une véritable obsession, dont je ne soufflais mot à personne, pas même à ma nourrice ni surtout à ma mère, car je n'avais jamais oublié ses mises en garde sévères, et je sentais confusément que ma quête avait quelque chose de sulfureux, voire d'interdit. Si j'avais su où me mènerait cette… *(Note de Victor Dumas : le reste de la phrase était à moitié effacé, je n'ai donc pu la traduire en entier.)*

À la fin de l'été, alors que je venais tout juste d'avoir treize ans, je marchais sur un sentier moussu qui traversait un boisé de chênes lorsque j'aperçus une chapelle en ruine. Seul un mur tenait encore debout, devant lequel se dressait un autel presque intact, surmonté d'une croix. J'écoutais avec ravissement le chant mélodieux d'un rossignol et la stridulation des cigales. Ce lieu devint mon refuge secret. Je m'y sentais en sécurité, protégé par les arbres dont les branches formaient une voûte bienveillante, à l'abri de la méchanceté de mes camarades. Dans cette solitude bénie, je pouvais laisser libre cours à mes rêveries en toute liberté, sans encourir les remontrances de ma nourrice, qui me disait souvent qu'à force d'être dans la lune je finirais par y demeurer.

Jusque-là, mes recherches pour trouver la mandragore n'avaient pas été couronnées de succès. Toutefois, à quelques jours de la rentrée scolaire, alors que je me rendais à la chapelle, j'aperçus une plante qui poussait près d'un rocher. Je me penchai pour l'examiner. Elle était pourvue de longues feuilles de forme ovale et sa corolle était formée de cinq pétales bleus tirant sur le mauve. Cette plante ressemblait en tous points aux illustrations du traité de botanique de Pline l'Ancien. Je la respirai. Le parfum était âcre, comme le décrivait le livre. Le cœur battant d'excitation, je pris un canif que je gardais toujours dans ma poche et creusai délicatement la terre autour de la plante afin d'en dégager la racine. Celle-ci avait une forme vaguement humaine. C'était bel et bien une mandragore ! Je l'entourai d'un mouchoir blanc sur lequel ma mère avait brodé mes initiales et l'enfouis dans ma poche en prenant garde ne pas l'abîmer.

Aussitôt parvenu à la maison, je sortis la précieuse plante de ma poche et la déposai sur mon secrétaire. Une odeur forte d'humus envahit ma chambre. Mes lectures m'avaient appris différentes méthodes pour exploiter les vertus pharmacologiques de la mandragore. Il suffisait de faire bouillir la tige et les feuilles pendant une quinzaine de minutes, puis de laisser refroidir le liquide, qui pouvait faciliter le sommeil ou atténuer les douleurs. Quant à la racine, le livre de Pline recommandait de la couper en morceaux et de faire macérer ceux-ci dans du vin de miel. Je savais que notre cuisinière, *signora* Agnello, gardait de l'hydromel en réserve dans une grande armoire en chêne, près de l'évier en grès.

À la faveur de la nuit, muni de ma précieuse mandragore et d'une lanterne, je me rendis à la cuisine – une immense pièce au carrelage noir et blanc, où une panoplie de marmites en cuivre était suspendue devant le poêle à bois. Je me hissai sur un tabouret et m'emparai d'une petite casserole. Par chance, il restait encore de la braise dans le poêle, de sorte que je pus faire chauffer de l'eau, que je puisai dans une jarre. Lorsque l'eau bouillonna, j'y jetai la tige et les feuilles. Une odeur pestilentielle commença à se répandre. Je lançai un coup d'œil inquiet du côté de la porte donnant sur la chambre de *signora* Agnello, mais un ronflement sonore me parvint, ce qui me rassura. J'avais entendu dire par Gisela que les odeurs, même les plus désagréables, ne pouvaient pas réveiller un dormeur.

Suivant à la lettre les instructions du traité de botanique, je tranchai la racine en fines rondelles que je plaçai dans un récipient en verre. J'ouvris l'armoire de chêne et trouvai une bouteille d'hydromel, dont je versai un quart de tasse dans le même récipient. Bien sûr, tous ces gestes étaient ceux d'un néophyte. Je n'avais pas la moindre idée si mes « remèdes » auraient quelque pouvoir que ce soit.

Une fois que le liquide dans lequel avaient bouilli la tige et les feuilles de la mandragore eut refroidi, je le transvasai dans un des pots de céramique que *signora* Agnello rangeait sur le comptoir. Je lavai et séchai soigneusement la casserole, la remis à sa place, puis repris ma lanterne ainsi que les deux viatiques et remontai dans ma chambre. Je les cachai sous une pile de vêtements dans mon armoire, ne sachant pas ce que j'en ferais.

Le lendemain matin, Gisela, en entrant dans ma chambre, poussa une exclamation de dégoût et s'empressa d'ouvrir les volets.

— Pouah ! Quelle odeur épouvantable ! Tu n'as pas été malade, j'espère ?

— Mais non, Gisela. Je vais très bien.

J'attendis qu'elle reparte, puis je repris les deux flacons et les rangeai dans mon sac d'école, dans l'intention de les montrer au père Falcone. C'était la seule personne à qui je pouvais confier mon secret sans crainte de représailles.

*

Après le cours de botanique, je profitai du fait que les élèves avaient quitté la classe pour montrer les fioles à mon professeur.

— De quoi s'agit-il? demanda-t-il en fronçant ses épais sourcils.

— Des décoctions de mandragore, chuchotai-je avec une mine de conspirateur.

Le père Falcone crut que je blaguais, car il éclata de rire en hochant la tête. Vexé, je me lançai alors dans des explications détaillées sur ma découverte de la fameuse plante et les différentes opérations que j'avais effectuées pour en tirer ces substrats, en suivant à la lettre les instructions du traité de Pline. Le prêtre, d'abord sceptique, devint de plus en plus attentif. Lorsque j'eus terminé mon récit, il prit délicatement les flacons, se dirigea vers une fenêtre et les observa dans la lumière, puis il déboucha l'une des fioles et en respira le contenu.

— Mon Dieu, c'est bel et bien de la mandragore, murmura-t-il. Où l'avez-vous trouvée?

— Près d'une chapelle en ruine, non loin de chez moi.

Mon professeur, qui avait déjà un teint cireux, devint blême.

— Vous voulez dire la chapelle du Saint-Esprit?

— Je ne sais pas, balbutiai-je. Il y a un autel de marbre, surmonté d'une croix.

Il revint vers moi, son visage anguleux empreint de gravité.

— Me permettez-vous de garder ces deux fioles ? J'en prendrai le plus grand soin.

— Bien sûr.

Il glissa les flacons dans la poche de sa soutane.

— La chapelle du Saint-Esprit est un lieu sacré, reprit-il à mi-voix. Votre grand-père, Alberto Battista Alesi, y a été enterré.

Je le regardai, médusé. Ainsi, mon professeur connaissait l'existence de mon grand-père… Comment se faisait-il que mon ancêtre ait été enterré dans cet endroit ? Et comment le père Falcone l'avait-il su ?

Le prêtre sembla deviner mon agitation, car il mit une main rassurante sur mon épaule.

— Je vous expliquerai tout cela. Rendez-vous à la chapelle ce soir, à minuit. La lune sera pleine, vous n'aurez pas besoin de lanterne. *Surtout, n'en parlez à personne.*

X

Journal de Pietro Battista Alesi

Je me mis au lit comme d'habitude, mais en proie à une fébrilité teintée d'anxiété. *Surtout, n'en parlez à personne.* Ma mère m'embrassa tendrement et me souhaita bonne nuit, puis elle baissa la mèche de ma lampe sans l'éteindre, comme elle le faisait chaque soir. Je fus sur le point de tout lui raconter, puis je me ravisai. Je détestais lui mentir, mais si je me contentais de ne rien lui révéler, était-ce vraiment un mensonge ?

En fin de compte, la curiosité et le goût de l'aventure surpassèrent mon sentiment de culpabilité. Je restai éveillé jusqu'à ce que l'horloge qui se trouvait sur le palier sonne onze coups. Je me levai furtivement et m'habillai en tâchant de ne pas faire de bruit. Par chance, mon père était en voyage. La chambre de ma mère était située au bout du corridor, et la possibilité qu'elle m'entende était mince, mais je ne voulais prendre aucun risque. Je laissai donc la lampe avec la mèche au plus bas, pris soin de placer quelques coussins sous mon édredon pour donner l'illusion que j'étais dans mon lit, puis je me glissai hors de ma chambre en refermant doucement la porte pour éviter de faire grincer les gonds. Je descendis l'escalier en retenant mon souffle, me tenant à la rampe pour ne pas trébucher, car il faisait sombre. Je décidai de sortir par la cuisine en laissant la porte déverrouillée. Ainsi, à mon retour de la chapelle, je pourrais entrer chez moi sans problème.

La nuit était plus fraîche que je ne l'aurais cru, mais le père Falcone avait eu raison, la lune était pleine et éclairait la route presque comme en plein jour. Je regardai autour de moi pour m'assurer qu'il n'y avait personne et marchai à pas rapides, en rentrant les épaules, comme si cela pouvait m'éviter d'être vu. J'entendais les battements de mon cœur qui résonnaient jusque dans mes tempes. Je faillis rebrousser chemin à plusieurs reprises, mais je me morigénais intérieurement: après tout, je ne faisais rien de mal!

Il ne me fallut qu'une quinzaine de minutes pour parvenir à la chapelle. Un rayon de lune jetait une lumière blême sur le mur. Une créature noire voleta tout à coup autour de ma tête. Une chauve-souris... Je la chassai d'un geste nerveux. Mon pouls s'était accéléré, j'avais le souffle court, et la peur me serrait le ventre.

Le vent était tombé, un silence profond régnait. J'entrai dans la petite église et attendis près de l'autel. Soudain, une voix me fit sursauter.

— Monsieur Alesi...

Je me retournai brusquement. Le père Falcone était debout tout près de moi. Il avait un quinquet à la main, qui faisait un cercle de lumière autour de lui.

— Je suis désolé de vous avoir effrayé.

Je poussai un soupir de soulagement.

— Bonsoir, mon père.

Il me regarda avec une note d'admiration dans les yeux.

— Vous avez fait preuve de bravoure en venant ici. Je suis fier de vous.

Une joie enfantine m'envahit. Le sentiment de duplicité que j'avais éprouvé en cachant cette expédition à ma mère se dissipa.

— J'ai été un grand admirateur de votre grand-père, poursuivit mon professeur. C'était un homme d'exception. Il a fondé un mouvement religieux, Résurrection du Christ, qui avait de nombreux adeptes. La plupart sont morts aujourd'hui, mais je continue à prier pour leur âme, et pour ceux qui sont encore en vie.

Il désigna un endroit sous l'autel.

— La dépouille de votre grand-père repose dans une crypte. Désirez-vous la voir ?

Un frisson d'excitation me parcourut l'échine.

— Bien sûr, balbutiai-je.

Mon professeur fit quelques pas vers l'autel et souleva une trappe.

— Par ici.

Il me fit signe de le suivre. Je m'engageai derrière lui dans un escalier de bois, vaguement éclairé par la lanterne. Une forte odeur de terre et d'humidité me prit à la gorge. Après avoir descendu une demi-douzaine de marches, je sentis un sol dur sous mes pieds.

— Nous y sommes, dit le père Falcone.

Nous étions dans une pièce rotonde, tapissée de pierres.

— La tombe de votre grand-père est ici.

Le prêtre éleva sa lanterne. J'aperçus un tombeau en marbre. Une étrange inscription était gravée sur la dalle.

— C'est du latin, poursuivit le père Falcone. *Hic iacet Alberto Battista Alesi qui, ad salvandos homines a peccato et ad regnum Christi restituendum in tempore opportuno, in Terram revertetur.*

« Ci-gît Alberto Battista Alesi, qui reviendra à son heure sur la Terre pour sauver les hommes du péché et rétablir le règne du Christ. » Votre grand-père était un prédicateur merveilleux. Je crois en Lui, en sa Parole, en sa Lumière. Il reviendra. Il est revenu ! Vous serez le messager de sa foi !

Il y avait une telle exaltation dans le ton de mon professeur qu'une peur irraisonnée me serra la poitrine. Je commençai à trembler et à claquer des dents. Mes mains étaient moites et glacées. Le prêtre s'en rendit compte.

— Pauvre enfant, vous avez froid. J'ai apporté du thé, cela vous réchauffera.

Il me tendit une gourde. Je la pris avec reconnaissance et bus une longue gorgée. Le liquide était tiède et dégageait une odeur âcre. Je sentis une brûlure dans ma gorge. Puis je tombai dans un puits noir sans fond.

*

Ma tête explose. Je vois des milliers d'étoiles éblouissantes, puis un chemin apparaît devant moi. Je commence à marcher sur ce chemin, qui mène tout en haut d'une montagne verdoyante environnée de nuages blancs. Plus je marche, plus je suis habité par un sentiment de paix, de bonheur, comme je n'en ai jamais éprouvé auparavant. J'entends soudain une voix, mais elle semble parler à l'intérieur de ma tête. « Suis ton chemin, et tu accompliras la volonté du Dieu tout-puissant. » Puis je retombe dans un puits sombre et sans fin. J'ai un voile noir devant les yeux, comme si j'étais devenu aveugle. Mes membres sont engourdis au point que je ne les sens plus. Puis une douleur atroce me transperce le corps. J'ai mal, j'ai si mal…

*

— Pietro…

La voix me parvenait de loin. Mes tempes étaient tellement douloureuses que j'avais l'impression qu'un être malfaisant vivait dans mon crâne et y donnait des coups de marteau.

— Pietro !

C'était la voix de ma mère. Lorsque j'ouvris les yeux, je ne vis d'abord rien, puis peu à peu je distinguai des formes vagues. Une main fraîche se posa doucement sur mon front. Je revins tout à fait à moi, surpris et soulagé d'être encore de ce monde. Le visage de ma mère était au-dessus du mien. Je voyais maintenant ses beaux yeux noirs rougis par les larmes et cernés par le manque de sommeil.

— Que s'est-il passé, pour l'amour du ciel ? s'écria-t-elle.

Je n'avais gardé aucun souvenir de ce qui m'était arrivé.

— Je ne sais pas.

— Lorsque Gisela est entrée dans ta chambre, ce matin, ton lit était vide. Elle t'a cherché partout et t'a finalement trouvé sur la route, étendu au bord d'un fossé. Elle a cru que tu étais mort ! Tu dois me dire ce que tu as fait, Pietro.

Ses paroles me troublèrent. Que s'était-il donc produit ? Comment m'étais-je retrouvé au bord du chemin, et dans un tel état ? Je me rappelais vaguement m'être retiré tôt dans ma chambre, mais qu'avais-je fait ensuite ? Des images éparses me revinrent. La chapelle, le mur éclairé par la lune, une trappe... Un chemin... Le thé dont l'odeur et le goût étaient nauséabonds, mais après, plus rien, un trou noir. Je tentai de rassembler mes esprits. Ma voix s'éleva, sonnant faux comme une cornemuse manquant d'air.

— Je ne sais pas.

Ma mère prit ma main et la serra dans la sienne.

— Par chance, ton père ne revient que dans quelques jours.

Un profond remords me saisit sans que j'en comprenne la cause. Si seulement je pouvais me souvenir, ne serait-ce qu'une bribe, de cette nuit ! Ma mère, sentant mon désarroi, poursuivit avec douceur :

— Nous reparlerons de tout cela plus tard. Il faut que tu te reposes, Pietro.

Elle rafraîchit mon visage à l'aide d'un linge humide, puis m'embrassa tendrement et sortit. Je sombrai aussitôt dans un sommeil sans rêves.

Le chant enroué d'une alouette me réveilla. Ma tête était plus légère, je n'avais plus cette sensation affreuse de coups assénés sans répit dans mon crâne. Quelques fragments de souvenirs apparurent dans ma conscience : la lumière d'un quinquet, puis l'image d'un tombeau, la voix du père Falcone, « pour sauver les hommes du péché », puis un chemin menant à une montagne, qui se volatilisa, comme ces rêves qui paraissent si clairs, mais se dissolvent dès le réveil, puis une douleur aiguë, puis plus rien.

Gisela m'apporta un repas sur un plateau. Habituellement, elle était d'humeur égale et arborait une mine joviale, mais cette fois son visage rond comme une pleine lune était désapprobateur.

— Cette idée de sortir au beau milieu de la nuit ! s'exclama-t-elle. Mange, tu dois reprendre des forces et ne plus causer de soucis à ta mère.

Je m'efforçai d'obéir à l'objurgation de Gisela, mais la nausée me serra la gorge et je ne réussis à avaler qu'une bouchée. Un peu plus tard, je reçus une autre visite de ma mère. Elle posa une main sur mon front.

— Tu sembles te porter mieux, dit-elle, soulagée.

Elle hésita, puis poursuivit, visiblement mal à l'aise.

— Tu n'as gardé aucun souvenir de ce qui s'est passé la nuit dernière ?

Le remords que j'avais ressenti la veille me revint. Je secouai la tête.

— Non, rien.

Ma mère prit place près de mon lit.

— Tu sais que tu peux me faire confiance.

J'acquiesçai en silence.

— Si quelque chose de mal s'était produit, tu me le dirais, n'est-ce pas ?

Le mur de la chapelle. L'escalier en bois. La tombe… Le thé qui avait un goût de fiel, puis cette sensation que ma tête éclatait et que je tombais dans un puits sans fond… La vision du chemin qui serpentait dans une montagne, cette voix qui semblait provenir d'outre-tombe : « Suis ton chemin, et tu accompliras la volonté du Dieu tout-puissant. »

J'acquiesçai de nouveau sans parler. Je sentis une boule serrer ma gorge. Ma mère attendit, puis poussa un soupir.

— Ton père… Il ne faudra rien lui dire de ton escapade.

Après une semaine, je fus suffisamment remis pour retourner à l'école. Un étrange malaise me saisit lorsque je revis mon professeur de botanique. Ce dernier me prit à part à la fin du cours. Il avait le teint un peu plus cendreux que d'habitude.

— Surtout, ne parlez à personne de ce qui s'est passé l'autre nuit, chuchota-t-il. Je ne voudrais pas que vous ayez des ennuis.

En rentrant chez moi, j'allai aussitôt voir ma mère.

— Je ne veux plus retourner à l'école.

— Mais, Pietro…

— Je vous en supplie. Je ne veux plus y aller.

Elle secoua la tête, désemparée.

— Parfois, je ne sais plus quoi faire de toi.

Suis ton chemin, et tu accompliras la volonté du Dieu tout-puissant.

— Je souhaite aller au séminaire. Je songe à devenir prêtre.

Un étonnement sans nom se manifesta sur son visage, mais elle ne dit rien, se demandant sans doute si ce souhait n'était qu'une autre lubie de ma part.

XI

Récit de François-Xavier Comtois

Peu après l'incident du marché, pendant lequel le shérif et ses hommes avaient failli piétiner l'ermite, je revis Victor Dumas au saloon. Il semblait s'être parfaitement remis de la ruade de cheval, mais ne décolérait pas :

— Je commence à en savoir un peu trop sur son petit trafic. Wallace a cherché à me faire peur… mais je ne suis pas une mauviette !

Au fil des rencontres, Victor et moi sommes devenus amis. Le journaliste me tenait au courant de tous les ragots, rumeurs, événements, importants ou non, qui ponctuaient l'existence des habitants de Mesilla : l'achat d'une terre, la crainte d'une sécheresse ou d'une infestation de sauterelles. La dernière nouvelle concernait l'arrivée récente à Mesilla d'une femme que l'on disait d'une grande beauté, et qui était la « madame » de ce qu'on nommait pudiquement la *cathouse*, autrement dit une maison close.

Victor n'avait jamais vu cette femme en personne, mais le directeur de la banque, un certain Ed Caldway, lui avait confié avoir reçu la visite d'une dame fort bien habillée dont le visage était couvert d'une voilette, et qui souhaitait faire l'acquisition d'une maison à Mesilla. Le directeur avait entendu parler de la vente de succession d'une propriété ayant appartenu à un marchand prospère, tué par balles à la suite d'une rixe dans un saloon. Ce genre de querelles se produisait régulièrement dans la région. Sa cliente avait acheté la propriété en argent comptant, ce qui l'avait bien sûr étonné, car la somme n'était pas négligeable. Selon le directeur, elle devait être sinon riche, du moins à l'aise financièrement pour faire l'acquisition d'une maison en argent sonnant et trébuchant.

Ma curiosité fut piquée par cette femme auréolée de mystère. Comment s'appelait-elle ? Dans quelles circonstances s'était-elle retrouvée « madame » d'une maison close, dans une ville reculée comme Mesilla ? Mon ami Dumas devina sans peine mon intérêt pour la dame, car il commenta en souriant :

— Elle s'appelle Sonia Alvarez, mais c'est sans doute un nom d'emprunt. Selon le directeur de la banque, c'est la fille d'une famille d'aristocrates de Madrid, et elle est veuve.

Je ne savais pas alors que nos chemins se croiseraient bientôt, dans des circonstances dramatiques.

*

Nous étions au début de juillet 1860. Après plusieurs mois de chaleurs intenses et d'une sécheresse impitoyable, une pluie torrentielle avait déferlé sur la région, remplissant les citernes et les fossés. Le fleuve, presque à sec à certains endroits, s'était remis à couler, au grand soulagement des paysans, qui trimaient dur pour cultiver du coton, du maïs, de la betterave à sucre et des piments, et avaient craint de perdre leurs récoltes. Toutefois, le toit de ma maison de ferme n'avait pas résisté aux trombes d'eau et s'était effondré.

J'attelai mon cheval à mon boghei et je me rendis au magasin général de Mesilla pour y acheter des matériaux afin de réparer mon toit, tâchant d'éviter les ornières boueuses qui s'étaient formées sur la route. Alors que j'attachais les rênes à une clôture, j'aperçus Victor, un cartable de cuir sous le bras, sortant du magasin. Il me salua de la main et vint à ma rencontre. Il était légèrement essoufflé et ses yeux brillaient d'excitation.

— Es-tu au courant de la dernière nouvelle ?

J'attendis qu'il poursuive, avec l'espérance qu'il me reparlerait de la mystérieuse Espagnole.

— Pietro Battista Alesi a accompli un miracle.

Cette affirmation de Victor me prit totalement de court. Je connaissais mon nouvel ami depuis peu, mais il avait démontré jusqu'à présent un esprit plutôt cartésien et, en bon journaliste, il semblait être allergique à toute forme de superstition et n'accorder de l'importance qu'aux faits.

— Un miracle, répétai-je, ne pouvant m'empêcher de montrer mon scepticisme.

Victor parut vexé par ma réaction.

— En tout cas, l'ermite a sauvé la vie d'Alonso Gonzales, le curé de Mesilla, qui était à l'article de la mort. Je tiens l'histoire de son bedeau, qui m'a tout raconté. J'ai interrogé le curé en personne : il m'a confirmé sa guérison en utilisant lui-même le mot « miracle ». Tiens, tu n'as qu'à lire mon article !

Il sortit un exemplaire du *Mesilla Gazette* de sa poche et me le tendit. La nouvelle du présumé « miracle » y était annoncée en anglais dans une manchette accrocheuse. Je fus sur le point de dire à mon ami que ce n'était pas parce qu'une chose était relatée dans un journal qu'elle était vraie pour autant, mais je me retins pour ne pas le vexer davantage.

Constatant qu'il ne m'avait pas convaincu, Victor me traita de « saint Thomas » et insista pour que je l'accompagne chez le curé, afin que j'entende l'histoire de sa bouche. Sentant qu'un refus eût mis notre amitié en péril, j'acceptai son offre tout en déplorant intérieurement cette perte de temps, car je devais impérativement réparer mon toit avant que ma maison ne fût envahie par des scorpions, des serpents à sonnette et autres bestioles tout aussi charmantes…

*

Le presbytère était adossé à l'église aux deux clochers. Le bedeau, un petit homme maigre, au teint bilieux et au regard sournois, nous ouvrit la porte. Lorsque Victor lui fit part de notre souhait de voir le curé, le bedeau secoua la tête, prétendant que le prêtre se reposait. Victor insista, mais l'employé refusa avec obstination.

— Monsieur le curé ne veut pas être dérangé.

Mes doutes sur la véracité de cette histoire ne firent que s'accentuer. Peut-être que Victor, ayant un peu trop abusé du scotch, l'avait imaginée de toutes pièces… Vivement contrarié, le journaliste revint à la charge :

— Mon ami, ici présent, ne croit pas que votre curé a été guéri par Pietro Battista Alesi. Je voudrais que vous lui fassiez le même récit que vous m'avez fait sur les circonstances de sa guérison.

Le bedeau hésita longuement, puis finit par se résoudre à parler, avec une réticence évidente. Voici son témoignage, que j'ai retranscrit de mémoire. Je n'avais pas compris alors qu'il constituait le premier acte d'une tragédie qui se mettait inexorablement en place.

XII

Témoignage du bedeau

Monsieur le curé Gonzales se plaignait depuis un certain temps de maux à l'estomac. Il avait perdu l'appétit et il était pâle et anémique. Puis un matin, il s'est mis à cracher du sang. Inquiet, j'ai couru chercher le médecin de Mesilla, le Dr Jones, un homme d'une soixantaine d'années, dont le teint rougeaud, le regard vague et la démarche hésitante trahissaient l'abus d'alcool. Le médecin a examiné le prêtre et déclaré qu'il souffrait d'un grave ulcère d'estomac et qu'il ne pouvait rien faire pour lui.

L'état du curé empirant de jour en jour, je me suis décidé, en désespoir de cause, à aller voir Pietro Battista Alesi, dit « el ermitaño », dont j'avais entendu parler par la ménagère du curé, Mme Rodriguez, qui disait à qui voulait l'entendre qu'il était un saint et un guérisseur.

L'ermite habite dans une grotte située dans la montagne Serrado, que les gens de Mesilla ont surnommée « la Cueva del hombre santo », la grotte du saint homme. J'ai entrepris le trajet dans le boghei appartenant à monsieur le curé. Le chemin était sec et rocailleux et une roue a failli se briser dans un nid-de-poule.

En route, j'ai croisé une voiture conduite par une femme qui portait un chapeau à voilette. Un étrange instrument, muni de deux cylindres, était suspendu à son cou. Un chevalet était placé sur le banc à côté d'elle. Elle m'a salué d'un geste sec, puis a fouetté son cheval et a poursuivi son chemin.

Après un trajet d'une dizaine de milles, je suis parvenu au pied de la montagne, mais j'ignorais où se trouvait la caverne de l'ermite. Un jeune berger, Ernesto Flores, qui passe pour être faible d'esprit, promenait son troupeau de moutons. Il m'a montré un sentier sinueux au bout duquel on pouvait distinguer une anfractuosité dans la roche.

— ¡La Cueva del hombre santo! a-t-il dit avec une ferveur naïve dans le regard.

Le sentier était trop étroit pour que je puisse y engager la voiture. J'ai dû la laisser sur place et j'ai demandé au berger de surveiller l'équipage moyennant une pièce de cinq sous, qu'il a acceptée avec une joie enfantine. J'ai marché sous un soleil de plomb jusqu'à une caverne sombre, qui semblait inhabitée. Je suis resté sur le seuil, intimidé par le silence, puis je me suis décidé à entrer. Une fraîcheur bienfaisante régnait à l'intérieur. Mes yeux se sont habitués peu à peu à l'obscurité, et j'ai cru voir une forme prosternée au fond de la grotte.

En m'approchant, j'ai aperçu un homme à genoux devant un petit autel rudimentaire fait d'une planche de bois posée sur des rochers, et sur lequel une croix en bronze avait été placée. Une chandelle jetait des lueurs étranges sur le mur de pierre. L'homme, vêtu d'une simple robe de bure attachée à la taille par une corde de chanvre, psalmodiait à voix très basse une prière dans une langue étrangère. Je n'ai pas osé m'avancer vers lui de crainte de le déranger, mais, comme s'il avait senti une présence, il s'est tourné dans ma direction. Un faible rayon de soleil s'était insinué dans la caverne et illuminait son visage émacié, qu'une longue barbe blanche rendait encore plus austère.

— Que voulez-vous, mon enfant ? demanda-t-il.

Son anglais était teinté d'un fort accent, mais il avait une voix claire pour son âge. Je lui ai expliqué que le curé Gonzales souffrait d'un ulcère d'estomac et qu'il était à l'article de la mort. L'ermite a gardé un silence pensif, puis il s'est levé lentement, en s'appuyant sur une branche qui lui servait de canne. Il a pris une besace en cuir qui était suspendue à une aspérité rocheuse et il s'est tourné de nouveau vers moi.

— Attends-moi ici.

Il est sorti de la grotte d'un pas étonnamment leste. Le silence est devenu oppressant. Je n'entendais que le son de gouttelettes d'eau qui s'écoulaient du plafond.

Le vieil homme est revenu après un temps qui m'a semblé bien long.

— Mène-moi au curé Gonzales, a-t-il dit. Je crois que je pourrai l'aider.

Nous nous sommes engagés dans le sentier. L'ermite marchait si rapidement que j'ai dû presser le pas pour le rattraper.

Le jeune Ernesto attendait fidèlement près de la voiture. Je lui ai donné une pièce supplémentaire pour le remercier de ses bons services. Il y avait une telle dévotion dans le regard qu'il a porté sur l'ermite que j'en ai été ému malgré moi. J'ai voulu aider le vieil homme à prendre place dans le boghei, mais il est monté sans l'ombre d'un effort. Nous avons roulé à bon train vers Mesilla.

Quand nous sommes arrivés au presbytère, la ménagère nous a accueillis en pleurs.

— ¡Nuestro buen padre se está muriendo! a-t-elle articulé entre deux sanglots.

Notre bon père se meurt... Lorsque je suis entré dans la chambre du curé, j'ai vu son visage exsangue et une bassine remplie de sang sur la table de chevet, ce qui m'a convaincu que Mme Rodriguez avait raison et que notre cher prêtre vivait ses derniers instants. *El ermitaño* s'est penché vers le malade, lui a pris délicatement la main et l'a gardée ainsi pendant un long moment dans la sienne. Puis il a demandé à la ménagère d'apporter une cruche d'eau tiède et un verre. La servante a obéi en silence, subjuguée par la voix douce mais ferme du vieil homme en robe de bure. L'ermite a alors sorti des herbes de sa besace. J'ai été frappé par le mélange d'odeurs, à la fois âcres et suaves, qui s'en dégageaient. La ménagère est revenue avec un carafon et un verre. Le vieil homme a émietté les différentes herbes dans le récipient, les nommant au fur et à mesure, comme une litanie : « Achillée millefeuille, basilic, camomille, fenugrec et menthe poivrée, poivre de cayenne. » Il s'est adressé à Mme Rodriguez :

— Il faut laisser ces herbes et épices macérer pendant une heure, et en faire boire au curé un verre, trois fois par jour. Nourrissez-le uniquement de soupe au chou tiède pendant une semaine. Revenez me voir si son état de santé ne s'améliore pas.

Il a repris sa besace en cuir et s'est avancé vers la sortie. Je lui ai offert de le conduire à la Cueva, mais il a refusé gentiment. Le lendemain, les douleurs ressenties par monsieur le curé avaient diminué, et les saignements avaient cessé. Trois jours plus tard, il avait retrouvé un peu de couleurs. Après quelques semaines, les symptômes d'ulcère avaient complètement disparu.

XIII

Récit de François-Xavier Comtois

La nouvelle de la guérison quasi miraculeuse du curé Gonzales se répandit comme une traînée de poudre. Il faut dire que l'article de Victor avait fait beaucoup de bruit. Les gens s'arrachaient les copies de la *Gazette*, et mon ami, pour sa plus grande satisfaction, dut procéder à plusieurs tirages. La réputation de l'ermite se propageait au point que des journaux parlèrent de lui jusqu'à Santa Fe et même San Francisco. On l'appelait désormais « san ermitaño », le saint ermite. De plus en plus de malades, riches ou pauvres, se rendaient à la Cueva pour le voir et être soignés par lui, certains à pied, se soutenant avec une canne ou une béquille, d'autres dans une charrette ou une voiture luxueuse. Des convois interminables se formaient sur la route menant à sa grotte.

Lorsque je croisai Victor au saloon, il ne se gêna pas pour se moquer gentiment de mon scepticisme :

— Alors, *monsieur* a-t-il suffisamment de preuves que mon ermite n'est pas un charlatan ? Lui faut-il en plus voir apparaître les stigmates du Christ sur ses mains ou une auréole au-dessus de sa tête ?

Sans l'avouer à mon ami, je commençais moi-même à croire que cet homme avait un véritable don de guérisseur.

*

La rumeur de ces guérisons « miraculeuses » parvint aux oreilles de l'évêque de Santa Fe, Mgr Lamy. En chaire, le prélat dénonça en termes vigoureux « ce faux prêtre, ce charlatan qui usurpe les pouvoirs divins pour faire croire à la population qu'il peut la guérir », et menaça ses paroissiens des « foudres de Dieu » s'ils se rendaient à la Cueva pour y être soignés par ce « suppôt de Satan ».

Victor, indigné, prit la défense de l'ermite dans un papier incendiaire, qu'il écrivit en anglais avec une traduction en espagnol pour toucher le plus de lecteurs possible : « Notre population souffre déjà de conditions d'existence pénibles. Quand ce n'est pas la sécheresse ou les sauterelles qui déciment nos récoltes, ce sont les maladies de toutes sortes qui nous assaillent. Et lorsque d'aventure se présente un être bon, qui tend une main compatissante pour soigner les gens et soulager leur misère, l'Église ne trouve pas mieux que de condamner ses actions charitables ! »

Ne se contentant pas de sa diatribe, mon ami retourna voir le curé Gonzales afin de lui demander de se porter à la défense de Pietro Battista Alesi, mais le prêtre, par l'intermédiaire de son bedeau, refusa de le recevoir.

Le dimanche suivant, Victor décida d'assister à la messe dans l'espoir que le curé Gonzales prendrait fait et cause pour l'ermite, et il insista pour que je l'accompagne. Au moment de l'homélie, le prêtre, dont le visage était blanc comme un cierge, accusa d'une voix chevrotante le « faux prêtre », le « charlatan » qui prétendait prendre la place de Dieu en sauvant des vies humaines, reprenant à peu près les termes dont s'était servi l'évêque de Santa Fe dans son sermon.

Malgré la solennité du lieu, beaucoup de paroissiens protestèrent, certains exhibant même une jambe ou un bras guéri par l'ermite, d'autres affirmant qu'ils avaient été mordus par un scorpion ou un serpent à sonnette et que le « saint » leur avait sauvé la vie.

Ernesto, le jeune berger, se leva.

— ¡El ermitaño salvó mi vida! ¡Él salvó su vida! ¡Él es un santo! s'écria-t-il, la voix tremblante d'indignation.

L'ermite m'a sauvé la vie ! Il vous a sauvé, vous aussi ! C'est un saint ! Le curé éleva la voix pour tenter de calmer ses ouailles, mais la messe se termina dans un tumulte qui avait presque les allures d'une rébellion.

Les paroissiens poursuivirent leurs discussions enflammées sur le parvis de l'église, au son des cloches qui sonnaient à toute volée. Bientôt, on entendit un claquement de sabots. Le shérif, accompagné de ses deux éternels acolytes, dispersa les gens à coups de cravache, indifférent aux cris de douleur et aux récriminations qui provenaient de la foule. Victor tenta de s'interposer et s'empara des rênes de la monture du shérif, mais il reçut la pointe d'un fouet dans l'œil droit et s'écroula dans la poussière soulevée par les chevaux. Je me précipitai vers lui, en évitant de justesse les ruades des bêtes excitées par leurs cavaliers, puis je le saisis par les épaules, l'aidai péniblement à se remettre debout et l'entraînai vers une rue déserte, longée par des maisons en adobe. Victor était lourd, et une lumière blanche m'aveuglait. C'est à peine si je voyais les jardins où poussaient des cactus, des yuccas et des créosotiers, dont les grosses fleurs formaient des taches jaunes comme des soleils.

Nous sommes parvenus au bout de la rue, où se trouvait une maison de briques à deux étages, entourée par un muret de pierre que surmontait un portail en fer forgé. Je tentai de l'ouvrir, mais il était verrouillé. J'avisai une corde qui faisait office de sonnette et je tirai dessus avec l'énergie du désespoir, au risque de la briser. Un son aigrelet de clochettes se fit entendre, mais personne ne vint répondre.

Je regardai derrière moi, au cas où le shérif et ses hommes nous auraient suivis, mais la rue était toujours déserte et silencieuse, hormis un chien qui se mit à aboyer, imité par une myriade d'autres.

Une silhouette de femme apparut derrière le portail.

— ¿Qué quiere? demanda-t-elle d'un ton rude.

J'entendis la rumeur d'une cavalcade qui s'approchait. Je tournai la tête et vis surgir trois chevaux à distance. La panique me gagna.

— Mon ami est blessé ! m'écriai-je. Mi amigo está lesionado. Aidez-nous ! ¡Por favor!

La femme ne répondit pas. Je crus qu'elle refusait de nous ouvrir et jetai un coup d'œil désespéré du côté de la rue. Le groupe de cavaliers venait vers nous, entouré d'un halo de poussière. Victor pesait de plus en plus lourd dans mes bras. Je remarquai qu'un filet de sang s'écoulait de son œil blessé. À cet instant, je me dis que notre dernière heure était venue. J'eus une pensée pour ma mère. Elle aurait mérité mieux que d'avoir un fils ingrat qui l'avait abandonnée pour devenir un aventurier, et dont la vie se terminerait bêtement sur le seuil de ce portail, dans une ville étrangère, avec pour toute musique funéraire un concert d'aboiements et le bruit d'une cavalcade...

J'entendis alors le son d'une clé qui tournait dans une serrure. Les grilles s'entrouvrirent. Le visage d'une femme à la peau burinée par le soleil, dont la tête était entourée d'un foulard coloré, apparut dans l'interstice.

— ¡Pronto! siffla-t-elle.

Je ne me le fis pas dire deux fois et puisai toute l'énergie qu'il me restait pour traîner le pauvre Victor à l'intérieur. La femme referma les grilles et les verrouilla, puis elle fit un geste de la main.

— ¡Sígame! Suivez-moi.

Je n'eus pas le temps de m'étonner qu'elle parle français et lui emboîtai le pas, soutenant toujours Victor, qui gémissait doucement. Nous étions dans une *loggia* au milieu de laquelle bruissait une fontaine, entourée de vases regorgeant de fleurs. La femme au foulard traversa la cour intérieure d'un pas vif, faisant tinter le trousseau de clés qu'elle portait à la ceinture. J'avais du mal à la suivre. Elle s'immobilisa devant une porte ornée de fleurs sculptées, l'ouvrit, puis se tourna dans ma direction.

— Venez.

Malgré mon épuisement, je pris Victor dans mes bras et suivis la servante à l'intérieur de la maison. La pièce dans laquelle nous venions d'entrer était plongée dans une demi-pénombre. Des rayons de soleil s'insinuaient à travers les volets. La femme monta la mèche d'une lampe. Un salon élégant se révéla sous mes yeux endoloris par la lumière du dehors. Plusieurs divans drapés de damas, garnis de coussins aux couleurs chatoyantes, étaient adossés aux murs lambrissés de soie. Un magnifique tapis de Perse couvrait le sol. On se serait cru dans un décor des Mille et une nuits. La femme désigna une ottomane.

— Installez-le ici. Je vais chercher la señora.

Je déposai Victor sur le canapé et dus mettre ses pieds sur le bras latéral de l'ottomane, car il était trop grand pour la taille du meuble. J'avisai un jeté en satin posé sur un fauteuil et m'en servis en guise de couverture. Mon pauvre ami continuait à gémir. Je remarquai que son œil droit était tuméfié. Du sang formait une fleur pourpre sur sa joue.

— Soif… réussit à articuler Victor.

Je m'apprêtais à aller demander de l'eau lorsqu'une porte s'ouvrit et des pas légers s'approchèrent. J'aperçus une femme dont les cheveux noirs entouraient un visage étonnamment basané pour une femme d'allure bourgeoise. Ses yeux étaient aussi clairs qu'un ciel d'été. Jamais, je l'avoue, je n'avais vu une femme aussi belle. Elle me regarda longuement, comme si elle cherchait à me jauger.

— Qui êtes-vous ?

Je fus saisi par son ton glacial. Elle semblait avoir érigé une barrière invisible autour d'elle.

— François-Xavier Comtois. Et voici mon ami, Victor Dumas. Il a été blessé par le shérif dans une échauffourée, à la sortie de l'église.

À l'évocation du shérif, elle serra les lèvres. Une lueur de mépris alluma ses prunelles grises.

— Je m'appelle Sonia Alvarez. Vous êtes à l'abri chez moi.

Sonia Alvarez. C'était la mystérieuse Espagnole dont Victor m'avait parlé ! Je fus étonné par son excellente maîtrise du français, et lui demandai où elle l'avait appris. Sans me répondre, elle se tourna vers la femme au foulard, qui l'avait suivie.

— Adela, conduis ces messieurs à la chambre bleue. Ne laisse surtout entrer personne.

Celle que la maîtresse de maison avait appelée Adela nous guida vers un escalier. J'étais à bout de forces, mais la nécessité d'échapper au shérif et à ses hommes me galvanisa. Une fois que nous fûmes parvenus à l'étage, Adela nous ouvrit une porte qui donnait sur une pièce entièrement tapissée de soie bleu pâle. Elle m'aida à étendre Victor sur le lit à baldaquin couvert d'une couette de satin damassé de la même couleur.

— Je vais chercher de l'eau, dit-elle d'un ton plus amène.

Je m'installai au chevet de mon ami. Je le voyais mieux dans la lumière qui entrait à flots par la croisée entrouverte. Son œil droit était complètement fermé et une vilaine boursouflure déformait sa paupière.

Tout à coup, un bruit de métal retentit en contrebas, comme si quelqu'un tentait de défoncer les grilles. Une voix de stentor s'éleva.

— In the name of the law, let us in!

C'était le shérif. La peur me glaça le sang. J'avais laissé mon pistolet chez moi, et je n'avais rien pour nous défendre. Je cherchai instinctivement quelque chose qui put faire office d'arme, mais il n'y avait qu'une lampe à huile et quelques bibelots. Soudain, une voix à la fois claire et ferme se fit entendre. Je reconnus Sonia Alvarez. Je ne compris pas ses paroles, mais il sembla qu'elle ait fait montre d'éloquence, car bientôt je perçus un bruit de galopade qui s'éloignait.

Quelques minutes plus tard, Adela revint avec une carafe d'eau et un verre, qu'elle déposa sur une table de chevet. Elle sortit sans prononcer un mot. Je fis boire Victor en prenant soin de soulever doucement sa tête, puis j'humectai un mouchoir avec lequel je tentai de nettoyer délicatement sa plaie. Il gémit de douleur et fit un mouvement pour se redresser sur le lit, mais je l'en empêchai.

— Du calme, Victor. Tu dois te reposer.

— Où sommes-nous ? balbutia-t-il. Je ne vois plus rien !

— Chez Sonia Alvarez.

— Dieu est bon. S'il existe, lâcha-t-il avant de perdre connaissance.

Je songeai que mon ami n'avait pas la foi, mais croyait tout de même aux miracles...

La porte s'ouvrit de nouveau. Sonia Alvarez entra dans la pièce, suivie par Adela, qui apportait une bassine et des linges propres.

— Adela soignera votre ami, annonça la maîtresse de maison.

La servante s'approcha du lit. Je m'éloignai pour lui laisser la place. Elle examina attentivement l'œil droit de Victor. Ce dernier n'était pas encore revenu à lui. Elle hocha la tête.

— El ojo derecho está perforado. Tu amigo ahora solo tiene un ojo.

La mine de Sonia Alvarez s'assombrit. Elle traduisit en français ce que sa bonne venait d'expliquer :

— L'œil droit a été crevé. Votre ami est désormais borgne.

Je serrai les poings et fis un mouvement vers la porte. Sonia Alvarez m'arrêta d'un geste de la main.

— Vous ne pouvez rien contre le shérif pour le moment. Wallace est un homme dangereux, qui fait la pluie et le beau temps à Mesilla.

Je restai silencieux, ruminant mes intentions belliqueuses. Elle attendit que je recouvre mon calme, puis me fit signe de la suivre. Elle me guida vers un boudoir à l'allure austère, meublé simplement d'un secrétaire et de quelques fauteuils. Une grande bibliothèque tapissait les murs. Je respirai un effluve d'acacia. Je me rendis compte qu'il émanait d'elle.

— Assoyez-vous.

C'était davantage un ordre qu'une expression de politesse. J'obtempérai.

— Pourquoi le shérif Wallace est-il à votre recherche ?

Je lui racontai que Victor et moi avions assisté à la messe dominicale et que le curé Gonzales, bien qu'il eût été guéri grâce à l'ermite, l'avait dénoncé en chaire et avait interdit à ses paroissiens de lui rendre visite, ce qui avait causé une quasi-émeute. Le shérif et ses hommes étaient intervenus en tentant de mater la foule à coups de cravache, dont l'un avait atteint mon infortuné ami, et s'étaient ensuite élancés à notre poursuite.

Sonia Alvarez avait écouté mon récit attentivement. Seuls ses sourcils noirs légèrement froncés laissaient transparaître une certaine contrariété.

— Qui est cet ermite ?

— Pietro Battista Alesi.

Ses traits se figèrent et ses mains fines se crispèrent sur l'accoudoir de son fauteuil, puis son visage retrouva aussitôt une apparente sérénité. J'aurais voulu être un devin pour connaître ses pensées.

— Mon valet vous conduira chez vous dans ma voiture. Quant à votre ami, il n'est pas en état de se lever. Je le garderai chez moi quelques jours. Adela le soignera.

Je la remerciai avec effusion, reconnaissant que j'étais de l'aide inespérée qu'elle nous avait apportée, à mon pauvre ami et à moi-même. Elle me mena à l'écurie, qui se trouvait derrière la maison, et donna l'ordre à un palefrenier d'atteler sa voiture. Au moment où je m'apprêtais à me hisser sur le siège, elle m'interpella :

— Votre ami aura besoin de soutien. Devenir borgne, ce n'est pas évident pour un écrivain et un journaliste.

Sa compassion me toucha. Je fis un geste spontané pour lui prendre la main, mais elle la retira rapidement et retrouva son masque impassible.

*

Je retournai voir Victor le lendemain. Adela m'accueillit plus gentiment que la veille et me conduisit à la chambre bleue. Je cherchai Sonia Alvarez du regard, mais elle ne se montra pas. J'en éprouvai une cuisante déception, qui m'étonna moi-même.

Lorsque j'entrai dans la pièce, je constatai que Victor avait un pansement sur son œil droit. Il semblait se porter mieux, mais il était agité.

— Quel est ce foutu pansement sur mon œil ? Ça m'empêche de voir.

Je n'eus pas le courage de lui dire la vérité.

— Tu as été blessé. Il faut te reposer.

Il se dressa sur ses coudes.

— Me reposer ? Je n'ai pas que ça à faire, moi ! Je veux dénoncer le comportement du shérif et de ses acolytes dans mon journal !

— Tu auras tout le temps de le faire lorsque tu seras remis sur pied.

Victor poussa un soupir exaspéré et laissa sa tête retomber sur l'oreiller.

— Je suis devenu un misérable grabataire ! maugréa-t-il.

J'attendis qu'il se rendorme avant de le quitter. Il n'y avait personne sur le palier silencieux. Je ne pus m'empêcher de jeter un coup d'œil en direction du boudoir, où Sonia Alvarez m'avait reçu, la veille. La porte en était fermée. Mû par la curiosité, je tentai de l'ouvrir, mais elle était verrouillée. Je m'en voulus de mon indiscrétion et je m'empressai de sortir de la maison.

Une fois dehors, je me dirigeai vers mon cheval, que j'avais attaché à un contrevent. Après m'être hissé sur la selle, j'aperçus un attroupement à distance. J'allai dans cette direction au petit trot. Une quinzaine de citoyens s'étaient rassemblés sur le parvis de l'église. Je descendis de ma monture et, la tenant par la bride, me faufilai dans le groupe, au centre duquel se trouvait le bedeau. Ce dernier s'affairait à distribuer des feuillets. J'en pris un et je le parcourus. Il s'agissait d'un mandement de Mgr Lamy, dans lequel il interdisait à ses ouailles d'avoir quelque contact que ce fût avec l'ermite Pietro Battista Alesi sous peine d'excommunication.

L'évêque avait pris les grands moyens pour effrayer ses fidèles, car *l'ex-communicare* était la punition suprême pour un catholique : elle signifiait l'exclusion de la communauté chrétienne, l'interdiction de recevoir les sacrements, y compris celui de l'extrême-onction, et la défense d'être enterré en terre consacrée. La crainte et le désarroi se lisaient sur tous les visages. Finies, les velléités de révolte ! Mgr Lamy avait réussi à instiller la peur chez ces gens pour la plupart pauvres et peu instruits, qui avaient éprouvé une foi naïve et touchante envers cet étranger, dont le seul péché avait été de tenter de soulager leur misère. Je me demandai d'où venait l'acharnement de l'évêque à s'en prendre à un ermite inoffensif, qui n'avait d'autre pouvoir que celui de guérir. À moins que ça ne soit justement ce pouvoir qui dérangeait à ce point l'Église ?

XIV

Journal de Pietro Battista Alesi

Lorsque je fus admis au séminaire de Novara, je n'y trouvai que des visages inconnus, mais j'en fus soulagé. Pour une raison que je n'arrivais pas à comprendre, je ne voulais plus avoir de lien avec mon ancienne école. Je n'avais pas l'habitude des règles contraignantes de la vie en communauté et je souffrais de la promiscuité du dortoir et du réfectoire, où nous vivions toujours les uns à côté des autres, mais je m'y sentais en sécurité, hors d'atteinte.

De vagues réminiscences me revenaient parfois de cette étrange nuit à la chapelle du Saint-Esprit. Je revoyais les murs en ruine, l'escalier étroit, la crypte, la lanterne du père Falcone, le goût âcre du thé, mais le reste sombrait dans un vide angoissant. Il m'arrivait de faire des cauchemars, mais à mon réveil je n'en avais gardé aucun souvenir. Je recevais la visite de ma mère une fois par semaine, dans le parloir, séparé d'elle par une grille qui ressemblait à celle d'une prison. Il arrivait que mon père l'accompagne, lorsqu'il était de retour de voyage. Leurs visites me remplissaient d'une joie éphémère. Il n'y avait que lorsque j'entendais les chants liturgiques durant la messe qu'une grande paix m'habitait.

Tandis que j'entamais ma deuxième année au séminaire, un nouvel étudiant y fit son entrée peu après novembre : Fabio Garaffo, mon ancien tortionnaire. Il affichait un sourire débonnaire et se montrait toujours aimable avec nos supérieurs, mais il profitait de ce que les gens avaient le dos tourné pour me traiter tout bas de *disabile (Note de Victor Dumas : infirme).* Bien qu'il ne s'attaquât plus à moi physiquement, il s'ingéniait à me rendre la vie difficile, faisant courir toutes sortes de rumeurs sur mon compte, par exemple que ma main difforme était la marque de Satan, ou que mon grand-père avait été un sorcier et qu'il avait péri dans les flammes d'un bûcher. Je savais qu'il n'y avait rien d'autre à faire que d'endurer stoïquement son comportement, car tenter de me défendre n'aurait fait qu'attiser la cruauté de Garaffo. Par chance, mes camarades n'accordaient pas beaucoup de crédit à ces calomnies. Je sentais même que celles-ci provoquaient plutôt une sorte d'admiration chez mes compagnons, comme si cette réputation sulfureuse me distinguait du commun des mortels.

L'été arriva enfin, et je pus retourner à la maison. Quel bonheur de retrouver ma mère et ma nourrice ! Gisela s'inquiéta de ma maigreur et demanda à notre cuisinière de doubler mes portions de nourriture. Ma mère, bouleversée de me voir en si piètre état, consentit à ce que je continue mes études au séminaire, mais à la condition que je n'y demeure plus comme pensionnaire. Je me jetai dans ses bras, pleurant de joie.

*

J'eus quinze ans au début de l'automne. Jusqu'alors, je n'avais éprouvé un vif sentiment d'attachement que pour ma mère, qui était le centre de mon univers, et pour Gisela, dont la présence m'apaisait. Mais un dimanche, lors de la grand-messe, installé dans la première rangée avec mes parents sur le banc réservé à notre famille, j'aperçus une jeune fille assise de l'autre côté de l'allée. Elle était vêtue d'une robe noire de couventine agrémentée d'un col de dentelle blanche. Ses cheveux d'un blond vénitien étaient couverts d'un voile sombre qui masquait en partie son visage. Ses mains gantées de blanc tenaient un missel. Un rayon de soleil auréolait sa tête, la faisant ressembler à ces images de saintes peintes sur les retables. Elle se tourna vers moi et un sourire timide apparut sur ses lèvres, puis elle revint aussitôt à son missel.

Une émotion indéfinissable, à la fois douce et puissante, me serra la gorge. J'avais l'impression étrange de *connaître* cette jeune fille. Tout ce qui émanait d'elle, chacun de ses gestes, la courbe gracieuse de son cou, la finesse de ses traits, m'était familier, comme si elle avait fait partie de mon existence depuis toujours. J'étais tellement troublé que le reste de la messe se déroula dans un rêve. Je faisais des efforts inouïs pour ne pas regarder dans sa direction, mais c'était plus fort que moi, mes yeux revenaient constamment vers elle, telle la limaille attirée par l'aimant. Ma mère dut remarquer mon émoi, car elle me jeta un coup d'œil où perçait l'anxiété.

À la sortie de l'église, l'azur du ciel, que tachetaient quelques nuages immaculés, me sembla plus lumineux que d'habitude, et les cris des hirondelles qui virevoltaient autour du campanile, plus stridents, comme si le monde m'apparaissait avec une acuité nouvelle. Je cherchai la jeune fille des yeux et discernai sa silhouette à distance. Elle marchait aux côtés d'une femme âgée, à la mine austère, entièrement vêtue de noir. Nos regards se croisèrent. Je crus déceler le même sourire timide. Je me mis à trembler sans m'en rendre compte. La voix de ma mère me tira de la transe délicieuse dans laquelle j'étais plongé.

— Tu es bien pâle, Pietro, me murmura-t-elle à l'oreille. J'espère que tu n'es pas malade ?

Elle ne se doutait pas que ma « maladie » était causée par l'amour. Craignant de trahir mes sentiments, je tâchai de me composer un visage serein et lui demandai qui était cette femme tout en noir qui tenait une jeune fille par le bras.

— C'est la veuve du comte Lorenzo, un partisan de Garibaldi. Il a rejoint une légion à Brescia mise sur pied par le grand général, en compagnie de près de quatre mille hommes. Il a succombé à ses blessures lors d'un combat qu'on a surnommé *la Battalione della Morte*, la bataille de la mort. C'était un héros !

Je fus étonnée de la ferveur qui perçait dans son ton habituellement placide. Cela m'enhardit :

— Et cette jeune personne qui l'accompagne, je suppose qu'il s'agit de sa fille ?

— Elle s'appelle Chiara. Son père était le frère du comte Lorenzo. La pauvre enfant a perdu ses parents, morts du choléra. C'est une jeune fille exemplaire, qui se destine à la vie religieuse.

Les mots sont impuissants à décrire le désespoir dans lequel la réponse de ma mère me plongea. Pour la première fois de ma courte vie, l'amour avait fait battre mon cœur, et déjà je me voyais condamné à y renoncer. Mais les chemins de Dieu sont impénétrables, n'est-ce pas ? Un matin, alors que je me rendais à pied au séminaire, je croisai Chiara sur ma route. Par une chance inespérée, elle était seule, sans sa « duègne », comme j'avais surnommé sa tante avec une note de dépit. Elle portait la même robe noire à collerette blanche, mais sans voile. Deux tresses blondes ceignaient sa tête, telle une couronne. Elle sembla me reconnaître et s'arrêta à ma hauteur. Ses yeux clairs se posèrent sur moi. Il y avait une telle pureté dans son regard, une telle bonté naturelle que j'en fus remué jusqu'à l'âme.

— Je m'appelle Chiara. Et toi ?

— Pietro, répondis-je d'une voix enrouée par l'émotion.

Par la suite, nous nous sommes revus régulièrement, soit à l'église, soit sur le chemin qui menait au séminaire. Je croyais que ces rencontres étaient dues au hasard, mais Chiara, lorsque nous nous sommes croisés une troisième fois, me confia en souriant qu'elle s'était renseignée sur mes heures de classe au séminaire et qu'elle faisait en sorte de se trouver sur ma route au moment opportun. Je fus surpris et, je l'admets, bouleversé par cet aveu, qu'elle avait fait avec une franchise sans apprêt. L'amour que j'éprouvais à son égard n'en fut que plus profond et grandissait un peu plus chaque jour. Chiara occupait toutes mes pensées. Je lui parlais dans un dialogue intérieur perpétuel, qui se poursuivait jusque dans mes rêves. Je rendais grâce à Dieu de m'avoir donné la chance insigne d'être en vie sur cette terre en même temps que ma bien-aimée, de respirer le même air qu'elle, de contempler la beauté du monde avec le même émerveillement.

*

Une année s'écoula ainsi. Je puis témoigner que ce fut la plus heureuse de mon existence. L'amour nous avait enhardis, Chiara et moi. Nous ne nous contentions plus de marcher ensemble sur le chemin quelques minutes par jour. Parfois, nous nous aventurions sur un sentier menant à une sylve ombreuse, qui nous protégeait des regards. Un jour, elle me demanda pourquoi je portais toujours des gants. Je devins rouge d'embarras. Sans dire un mot, elle les retira délicatement. Je fermai les yeux, la mort dans l'âme, convaincu qu'elle cesserait de m'aimer en voyant ma main difforme. Je sentis ses lèvres effleurer mes doigts atrophiés. J'ouvris les yeux. Elle me souriait.

— Dieu t'a fait ainsi. S'il te plaît, ne porte plus de gants en ma présence.

Dans la solitude du sous-bois, bercés par le chant des oiseaux, nous avons échangé notre premier baiser. Nous nous sommes revus ainsi chaque jour, nous tenant par la main lorsque nous étions seuls. Puis le malheur frappa, fauchant mes rêves et mes espoirs.

C'était au mois d'octobre. Il faisait un temps radieux. Je revenais chez moi d'un pas insouciant, respirant avec délices l'air chargé des effluves safranés des feuilles mortes. Je vis alors la silhouette de Chiara se dessiner au loin. Une joie profonde dilata mon cœur. Je ne pus m'empêcher de courir vers elle, même si je savais que c'était faire montre d'imprudence. Arrivé plus près, je fus aussitôt frappé par la gravité douloureuse qui marquait ses traits. D'un geste impétueux, la jeune femme me saisit la main et m'entraîna vers le sentier. Nous avons abouti à une forêt de vieux chênes dont le feuillage nous abrita. Je vis à distance les ruines de la chapelle du Saint-Esprit. Je n'y étais plus retourné depuis la fameuse nuit. Un étrange malaise m'envahit.

Chiara prit mon visage entre ses mains délicates. Ses yeux d'un bleu clair comme le ciel me fixaient sans ciller.

— Je pars pour Milan demain, me dit-elle d'une voix calme. Je commencerai mon noviciat au couvent des Sœurs angéliques de Saint-Paul. Nous ne nous reverrons plus jamais. Enfin, pas sur cette terre.

J'avais beau savoir que sa tante la destinait à la vie religieuse, cette réalité s'était estompée et j'avais fini par l'oublier ou, à tout le moins, à la ranger dans un coin obscur de ma conscience. Nous nous sommes assis au pied d'un chêne. Nous sommes restés ainsi je ne sais combien de temps. Tout était silencieux, hormis le chant mélancolique d'une grive solitaire. Chiara approcha son visage du mien et posa sa bouche sur la mienne. Je n'oublierai jamais la douceur de ses lèvres, le craquement des aiguilles de pin lorsque nous nous sommes étendus sur le sol, les battements de mon cœur qui m'étouffaient presque tandis que je l'enlaçais.

*

Bien que plus de quarante ans se soient écoulés depuis ce jour à la fois merveilleux et fatidique, il m'est très pénible d'y repenser sans éprouver une profonde douleur. Car ce fut la dernière fois que je vis Chiara. Elle ne revint plus à la messe, et je n'entrevis plus sa forme gracieuse sur le chemin qui menait au séminaire. Je tentai bien d'avoir de ses nouvelles par ma mère, mais celle-ci ne savait rien d'autre que ce que Chiara m'avait déjà annoncé : la jeune femme était partie pour Milan afin d'y faire son noviciat chez les Sœurs angéliques de Saint-Paul. C'eût été trop imprudent de lui écrire, et je ne reçus jamais aucune lettre de sa part. Une année s'écoula. Puis, un matin, ma mère m'apprit la mort de ma bien-aimée. La lumière du monde s'éteignit.

XV

Journal de Pietro Battista Alesi

Les premiers jours suivant la nouvelle de la mort de Chiara, je restai prostré, aussi immobile qu'un cadavre. Je n'avais qu'un seul souhait : la rejoindre dans la tombe. Que valait ma vie sur cette terre si ma douce Chiara n'était plus ? N'entendrais-je plus jamais sa voix flûtée, ne reverrais-je jamais son regard clair comme un ruisseau ? Je refusai toute nourriture, au grand désespoir de ma mère, qui ne comprenait rien à mon affliction. Je la surpris à fouiller fébrilement ma chambre, ouvrant chaque tiroir, soulevant même mon matelas, dans l'espoir de trouver une lettre, un billet, qui aurait pu expliquer mon état.

Une mauvaise fièvre me gagna. Je sombrai dans un délire bienheureux, car j'étais convaincu qu'il me délivrerait bientôt de mes chaînes terrestres. J'eus l'impression d'être happé par un tourbillon de fumée noire. Toutes sortes d'images défilaient, des souvenirs épars, un chemin menant à une montagne, une mandragore à tête d'homme qui me dévorait, puis le visage de Chiara m'apparut, se dissolvant ensuite en une mer d'encre…

Lorsque j'ouvris les yeux, je crus que j'étais dans l'au-delà. Il faisait noir comme dans un tombeau, et un silence spectral régnait.

— Dieu soit béni, notre Pietro est vivant !

C'était Gisela, ma nourrice. Quelqu'un tira les rideaux. Une lumière vive m'aveugla. Je compris que je n'étais pas mort et fermai les paupières, désespéré d'être encore de ce monde. J'entendis des chuchotements, des bruits de pas qui allaient et venaient, un tintement de vaisselle.

— Pietro, je t'en prie, parle-moi…

Je reconnus ma mère. Il y avait une telle détresse dans sa voix que je me résignai à ouvrir de nouveau les yeux. Elle pressa un mouchoir sur ses lèvres, étouffant un soupir de soulagement, puis demanda à Gisela de la laisser seule avec moi. Ma nourrice obéit à contrecœur, car elle était curieuse de nature et aurait sans doute voulu écouter notre conversation.

Ma mère me contempla longuement, avec une étrange insistance, comme si elle avait soudain affaire à un inconnu.

— Pourquoi te laisses-tu mourir ? Ne sais-tu pas à quel point tu me causes du chagrin ?

J'avais la gorge trop serrée pour répondre. Ses doigts effilés jouaient avec une croix en or attachée à une chaîne qu'elle portait toujours à son cou.

— C'est Chiara, n'est-ce pas ? reprit-elle.

Je ne dis rien, mais la douleur fit monter à mes yeux des larmes de désespoir.

— J'aurais dû m'en douter, murmura-t-elle. J'ai été si aveugle…

Le silence s'installa entre nous pendant un long moment. Je le brisai d'une voix si faible qu'elle était à peine audible.

— Comment est-elle morte ?

La façon dont j'avais prononcé le mot « morte » ressemblait à un croassement. Ma mère serra sa croix en or au point où ses jointures blanchirent.

— Chiara est morte en couches.

La vérité m'apparut enfin, crue et laide. Je ressentis un étouffement, comme si mon cœur avait arrêté de battre. *Chiara est morte en couches...* Cela signifiait qu'elle avait porté un enfant, et cet enfant ne pouvait être que le mien. Je n'aurais jamais cru que la souffrance qui m'habitait déjà tout entier à l'annonce de la mort de Chiara pût devenir encore plus profonde. Je ne souhaite à aucun être humain d'en connaître une semblable. Je revécus ce moment magique où Chiara et moi nous étions aimés dans la forêt, sur ce tapis d'aiguilles de pin qui se froissaient sous nos corps et embaumaient la résine.

— Elle n'a jamais révélé le nom de celui qui l'avait déshonorée, poursuivit ma mère, fixant ses yeux sur les miens. C'est toi, n'est-ce pas ?

Je détournai la tête, incapable de soutenir son regard. Puis, comme pour me défendre, je dis, sur un ton pathétique qui me dégoûta de moi-même :

— Nous nous aimions.

Ma mère secoua doucement la tête. Je ne sais si elle éprouvait du découragement, de la compassion ou du mépris à mon égard.

— Il ne faut pas que ton père apprenne la vérité, entends-tu ? Il serait capable de te tuer.

Ma mère continuait à me défendre, malgré tout. Cela me redonna un semblant de courage.

— Et l'enfant ? murmurai-je.

J'avais l'impression que ma voix sortait d'un autre corps que le mien.

— D'après ce que j'ai pu apprendre, c'était une fille. Elle n'a pas survécu.

Je priai alors pour que Dieu ait pitié de moi et me foudroie sur-le-champ, mais la vie coulait inexorablement dans mes veines, telle une punition divine.

XVI

Récit de François-Xavier Comtois

Lorsque je retournai à la maison de Sonia Alvarez, deux jours plus tard, je trouvai Victor dans la chambre bleue. Il était en meilleur état. Son œil droit était toujours entouré d'un bandage, mais ses joues avaient retrouvé un peu de couleurs. Au moment où j'entrai dans la pièce, il tourna son visage dans ma direction, la mine inquiète.

— Qui va là ?

— C'est moi, François-Xavier.

— Nom d'une pipe ! Il n'est pas trop tôt ! Ça fait des jours que je moisis ici !

Je reconnus avec soulagement son caractère irascible, qui était un signe indéniable d'un retour à la santé. Je m'approchai de lui.

— Je suis ravi de constater que tu te portes mieux, dis-je avec une certaine maladresse.

Victor ne perdit pas l'occasion de me morigéner.

— Si tu es si ravi que je me porte mieux, qu'attends-tu pour me ramener chez moi ?

— C'est que… tu n'es pas en état.

Il resta silencieux, ce qui n'était pas habituel chez lui.

— Je veux enlever ce foutu bandage, finit-il par dire en portant une main à son œil droit.

— Attends ! m'écriai-je. Ton œil n'est peut-être pas guéri.

— Je veux l'enlever !

Victor arracha son bandeau d'un geste impétueux. Il fit un mouvement pour toucher son œil, mais je l'en empêchai en lui saisissant les mains, car j'avais constaté avec horreur que celui-ci était complètement tuméfié.

— Il vaut mieux le laisser guérir.

Mon ami se redressa dans son lit, comme s'il devait faire face à une armée.

— Je veux un miroir.

— Seulement si tu me promets de ne pas toucher à ton œil.

Il grommela ce qui ressemblait à un assentiment. J'entrepris de fouiller la pièce, mais je n'en trouvai aucun.

— Je n'en vois pas dans cette chambre.

— Tu n'as qu'à aller en chercher un !

J'allai à la recherche d'Adela. Elle était dans la cuisine, donnant des ordres à une jeune servante pour les préparatifs du repas. Lorsque je lui demandai un miroir, elle me regarda d'abord avec dédain, mais quand je lui expliquai que c'était mon ami qui le souhaitait, elle sortit de la pièce sans dire un mot et revint quelques minutes plus tard, tenant un miroir muni d'un manche en argent finement ciselé. Elle me le remit avec méfiance.

— Faites attention, c'est très fragile, prit-elle la peine de me spécifier.

Je ne pus m'empêcher de songer qu'il appartenait sans doute à la belle *señora* Alvarez... Je l'imaginai, brossant sa chevelure sombre et opulente devant cette glace, et j'en éprouvai un délicieux vertige. Mais je coupai court à ces rêveries, car mon devoir m'appelait dans la chambre bleue, où reposait toujours mon ami.

Victor était debout devant la fenêtre, s'appuyant sur le rebord pour garder son équilibre. Il se tourna vers moi.

— Tu en as mis, du temps ! me lança-t-il, de mauvaise humeur.

Je perçus toutefois dans son ton colérique une fragilité qui me troubla. Je lui tendis le miroir d'une main légèrement tremblante, surpris par ma propre nervosité. Victor s'en empara et le plaça devant son visage. Il resta un long moment à contempler son reflet. Puis il laissa glisser le miroir entre ses doigts. Le bel objet atterrit brusquement sur le sol.

— Je suis borgne ! s'exclama-t-il, comme s'il ne croyait pas lui-même sa propre constatation.

Je me penchai et soulevai le miroir avec précaution. Le cadre était intact, mais la glace avait été brisée en mille miettes. Lorsque je me redressai, je vis que l'œil valide de mon ami était brouillé de larmes.

— Je veux rentrer chez moi.

*

Le retour dans mon boghei se fit en silence. Victor était dans un état de stupéfaction. Je respectai son besoin de ne pas parler, tout en me remémorant avec un grand embarras les cris indignés qu'avait poussés Adela lorsque je lui avais rapporté le miroir brisé.

— Vous rendez-vous compte que ce miroir était un souvenir très précieux pour ma señora ?

Elle avait poursuivi en espagnol, rouge de fureur : savais-je quel prix sa maîtresse avait payé pour quitter son pays, sa famille, afin de s'enterrer dans ce trou infâme, sans culture, sans beauté ? Savais-je ce que signifiait le bris d'une glace ?

— Sept ans de malheur, jeune homme ! C'est ce que vous venez de provoquer !

Ses cris m'avaient accompagné jusqu'à mon boghei, que j'avais laissé devant la maison. J'avais voulu aider Victor à monter dans la voiture, mais il m'avait écarté impatiemment et, malgré sa faiblesse, avait tenu à se hisser lui-même sur le siège. J'avais cru alors voir les rideaux d'une fenêtre onduler et la silhouette de Sonia Alzarez disparaître, mais peut-être l'avais-je imaginé.

Lorsque j'arrêtai la voiture devant l'immeuble où il vivait et qui abritait, au rez-de-chaussée, la rédaction de son journal, Victor resta assis sur la banquette sans bouger.

— Victor, nous sommes arrivés, dis-je du ton le plus doux que je pus trouver dans mon répertoire.

— Oui, murmura-t-il.

Il ne fit pas le moindre geste. Je craignis soudain que la douleur ne l'eût rendu fou.

— Je vais t'aider à rentrer chez toi, proposai-je.

Je dus éveiller un instinct vital chez lui, car il me fusilla de son œil intact.

— Tu crois que je suis à l'article de la mort parce que j'ai perdu mon foutu œil ? C'est la colère qui m'étouffe ! C'est la faute de ce satané shérif si je suis devenu borgne. Et crois-moi, il me le paiera chèrement !

Il descendit de ma voiture sans accepter de prendre mon bras et rentra chez lui d'un pas ferme, comme s'il avait toujours ses deux yeux. Je fus médusé par le cran de mon ami et soulagé qu'il semblât avoir recouvré ses esprits si rapidement. Je me reproche encore aujourd'hui ma naïveté. Car si j'avais pressenti les événements futurs, peut-être aurais-je pu prévenir la tragédie qui s'est ensuivie…

XVII

Journal de Pietro Battista Alesi

Mon père aurait souhaité que je devienne un soldat, « afin de fortifier ton corps et ton caractère et de faire de toi un homme accompli, prêt à sacrifier sa vie pour sa patrie ! », avait-il déclaré lors d'un de ses rares séjours à la maison, un soir où il avait bu plus de vin rouge que de coutume, une main sur le cœur et l'autre sur son ceinturon, dans une pose de *carabiniere.* Ma mère s'était fermement opposée à ce projet, sachant que je n'avais aucune disposition pour la vie de soldat et craignant que je fusse tué dès le premier combat : « Tu sais bien que Pietro souhaite devenir prêtre », avait-elle objecté. D'une manière ou d'une autre, ma faible constitution et ma main difforme me prédisposaient davantage à la contemplation qu'aux exploits guerriers.

Mon père se résigna alors à ce que je poursuive mes études au séminaire, se disant sans doute qu'avoir un religieux dans la famille ne nuirait ni à sa réputation ni à son propre salut. Je me vouai donc corps et âme à mon noviciat.

Je passais pour être l'étudiant le plus fervent du séminaire. J'avais une inclination pour le latin, la philosophie et la théologie, et je consacrais le plus clair de mon temps à l'étude de la bible et à des exercices spirituels. J'accueillais les humiliations que Fabio Garaffo continuait de me faire subir comme une punition méritée. Secrètement, j'avais commencé à m'infliger des mortifications. Je portais une ceinture de crin qui, à force de frotter sur ma peau, finissait par créer des plaies. Le soir venu, je me fouettais le dos avec cette même ceinture. Je prenais un plaisir presque pervers dans la souffrance causée par ces exercices, comme si j'expiais ainsi le malheur que j'avais causé à Chiara.

*

Les années passèrent. La douleur d'avoir perdu Chiara demeurait, tel un membre qui a été coupé mais qui continue à faire mal. Il y avait tout de même, dans cette vie ascétique, quelques moments d'espoir. Je m'étais pris de passion pour saint Antoine, le premier anachorète de la chrétienté. Fils d'agriculteurs prospères, il avait décidé, à la mort de ses parents, d'abandonner ses terres et ses biens et de les distribuer aux pauvres, et avait mené une vie d'ermite. L'idée de suivre son exemple faisait son chemin dans mon esprit. Ma lecture de chevet était *Le Cantique des créatures*, de François d'Assise. Deux passages en particulier m'avaient marqué. Je les récitais tous les matins à mon réveil et tous les soirs avant de dormir : « Loué sois-tu, mon Seigneur, pour sœur notre mère la Terre, qui nous porte et nous nourrit, qui produit la diversité des fruits, avec les fleurs diaprées et les herbes. » « Loué sois-tu, mon Seigneur, pour notre sœur la Mort corporelle, à qui nul homme vivant ne peut échapper. »

Ce dernier verset m'avait ouvert les yeux sur le fait que la vie corporelle n'était qu'un passage, ce qui m'était d'un grand secours. Car si cette vie n'était qu'un passage, alors j'en serais délivré tôt ou tard.

Un soir, alors que je faisais ma prière avant de dormir, j'eus la vision d'un chemin mystérieux qui menait au faîte d'une montagne. Ce chemin, c'était ma route vers le Seigneur. Vers la Paix. Vers ma Délivrance.

*

Après mes deux années de noviciat, le jour de mon ordination arriva. J'étais alors âgé de vingt et un ans. La cérémonie devait se dérouler à la basilique San Gaudenzio de Novara. En me levant ce matin-là, mon cœur battait la chamade, comme celui d'un jeune homme sur le point d'épouser la femme qu'il aime. En réalité, j'avais le sentiment que j'allais vers le tombeau de l'amour. Car en devenant prêtre je m'enterrais volontairement dans une vie où le mot « amour » ne serait plus jamais incarné en une femme en chair et en os, mais évoquerait un regret éternel de n'avoir su protéger celle que j'avais aimée par-dessus tout.

Mon noviciat était censé m'avoir préparé pas à pas à cette cérémonie, et pourtant, lorsque je marchai dans l'allée centrale de l'église, que je vis l'évêque se tenant debout au pied de l'autel, dans toute la brillance de ses habits sacerdotaux, ainsi que l'aréopage ecclésiastique trônant dans les stalles de chêne sculptées de part et d'autre du chœur, je sus que j'étais un imposteur. Il me fallut toute ma volonté pour m'avancer vers l'évêque, dans la lumière ocre des cierges et le silence caractéristique des églises, où l'on entend seulement le bruissement des pages des missels et le toussotement discret des paroissiens. Je fus surpris d'entrevoir le père Falcone, assis sur un banc dans une allée latérale, la tête baissée, les yeux clos et les mains serrant un chapelet. Je ne l'avais pas revu depuis mon entrée au séminaire, sinon par hasard, lorsque nous nous croisions dans une rue ou dans un commerce, et nous nous contentions alors de nous saluer poliment. Un malaise diffus s'était installé entre nous depuis l'épisode de la chapelle du Saint-Esprit.

Lorsque je parvins à la hauteur de l'évêque, je récitai de façon mécanique mon engagement à vivre mon ministère selon les exigences de l'Église, et je répondis comme dans un rêve à ses questions sur la nature de cet engagement. Je m'allongeai ensuite sur le sol, les bras en croix, comme le Christ, à la différence que mon visage touchait le dallage froid de la basilique, alors que celui du Christ avait été exposé aux avanies, aux crachats et à la haine de la populace. J'entendais, en sourdine, la grande litanie des saints récitée par tous les prêtres présents afin que je puisse remplir mon sacerdoce avec le soutien du Seigneur, son pardon, la force de la prière et l'amitié de la communauté.

Je me relevai lentement. J'étais étourdi et une brume salutaire m'entourait. Je ne voyais plus autour de moi que des formes bleuâtres et indistinctes. Puis une chose des plus étranges se produisit. Un rayon de lumière pénétra un vitrail et éclaira une statue en marbre de la Vierge Marie, située dans une niche à gauche du chœur. J'avais toujours été frappé par la ressemblance entre Chiara et cette statue : la même délicatesse des traits du visage, la même forme gracieuse du corps légèrement ployé, telle une fleur… Ce que je vis alors n'était peut-être que le fruit de mon imagination, mais je puis encore témoigner, à ce jour, de la force de cette vision. Une larme coulait sur la joue de la statue. Une larme de sang. Sur le moment, je ne compris pas la signification de cette image, sinon qu'elle exprimait une douleur sans nom, mais je sentis une force irrépressible prendre possession de ma personne, comme si je ne m'appartenais plus. Je m'adressai alors à l'évêque, et ma voix résonna étrangement dans la basilique.

— Si Dieu n'est qu'amour, pourquoi l'amour est-il condamné à mourir ?

Un silence abyssal accueillit mes paroles, si profond qu'il ressemblait à une condamnation sans appel. Je sortis ensuite de l'église sans me retourner. Je laissai derrière moi mon passé et mon avenir. Seul existait un présent incertain.

XVIII

Récit de François-Xavier Comtois

Je restai sans nouvelles de Victor pendant une semaine. Lorsque je lui rendis visite après son séjour forcé chez Sonia Alvarez, personne ne vint répondre à sa porte. Il ne se présenta pas non plus à notre saloon habituel. J'étais inquiet, mais je tentai de me rassurer en me disant que mon ami avait besoin de solitude afin de s'habituer au fait qu'il était devenu borgne. Il finirait bien par me donner signe de vie.

Comme nous étions au mois d'août, je fus happé par l'engagement d'ouvriers pour les récoltes, qui s'annonçaient moins bonnes que prévu, car, après les pluies diluviennes du mois de juillet, la sécheresse régnait à nouveau. L'eau était devenue une denrée aussi précieuse que l'or. Le fameux Rio Grande, le fleuve qui établissait une frontière naturelle entre le Mexique et les États-Unis, était presque à sec. Je fus même témoin d'échauffourées entre des habitants de Mesilla, qui avaient jusqu'alors vécu en bon voisinage, pour la simple possession d'un baril d'eau.

*

En me rendant au marché public de Mesilla pour y vendre le maigre produit de mes premières récoltes, j'aperçus un exemplaire du journal de Victor traînant sur un étal de piments, dont les grappes d'un rouge vif ressemblaient à des gouttes de sang. Je le pris et j'y jetai un coup d'œil, croyant qu'il s'agissait d'une vieille édition, mais le journal était daté de la veille. Je fus rassuré de constater que mon ami avait écrit un nouvel article :

« Bravant la menace d'excommunication décrétée par Mgr Lamy, écrivait-il en anglais, des citoyens de Mesilla et des environs continuent d'apporter des vivres à l'ermite Pietro Battista Alesi, qui a élu domicile dans une grotte située au creux de la montagne Serrado, que les gens de la région appellent "la Cueva". Le courage de ces citoyens force l'admiration, car nous ne pouvons ignorer qu'ils sont, pour la plupart, des paysans d'origine mexicaine, pour qui la religion catholique est au cœur de leur existence. En accomplissant ces gestes d'humanité, ils risquent d'être exclus pour toujours des rites catholiques et, selon leurs croyances, être ainsi condamnés à l'enfer éternel. Et pourtant, leur seul crime est d'avoir porté secours à un homme qui n'a jamais fait de mal à une mouche. Au contraire, cet ermite a, d'après les témoignages recueillis, soulagé des gens et même sauvé des vies, grâce à des mélanges d'herbes. Dans un précédent article, j'avais raconté la guérison spectaculaire du curé de Mesilla, Alonso Gonzales, qui souffrait d'un terrible ulcère d'estomac et qui était à l'article de la mort. Il a survécu grâce aux soins de l'ermite. Cela est corroboré par le témoignage écrit de son bedeau. Alors je pose la question suivante : depuis quand sauver des vies humaines est-il un crime ? »

Cet article de Victor fut pour moi une révélation. Jusqu'à présent, j'avais vécu ma vie comme une série d'aventures sans lendemain, menant mes désirs tambour battant, sans penser aux conséquences que mes actions pouvaient avoir sur les personnes qui m'entouraient. La mort de mon père, bien qu'elle m'eût bouleversé, ne m'avait causé qu'un remords passager, car j'avais été éloigné depuis tant d'années de ma famille qu'elle semblait appartenir à un autre monde. Je découvrais pour la première fois que l'on pouvait accorder plus d'importance à la vie d'autres personnes qu'à la sienne ; que l'on pouvait sacrifier son confort, son bien-être, à la défense de gens qu'on ne connaissait ni d'Ève ni d'Adam, en s'appuyant sur des principes inspirés par la seule charité. Dire que cette charité était mise à mal par l'Église elle-même, qui pourtant aurait dû en être la gardienne ! À partir de ce moment, il n'y eut plus de doute dans mon esprit que mon ami Victor avait raison, et que son combat pour défendre l'ermite était juste. Mais j'ignorais alors à quel point il était dangereux de s'en prendre ainsi à l'Église...

XIX

Journal de Pietro Battista Alesi

Le 16 septembre 1821, je quittai la ville de Novara qui m'avait vu naître et grandir, vêtu d'une simple robe de bure et d'une cape, à l'image de saint Antoine, emportant dans une besace *Le Cantique des créatures* de François d'Assise, le traité de botanique de Pline l'Ancien ainsi que la croix en bronze et un chapelet que le père Falcone m'avait offerts lors de ma confirmation. Je m'étais également procuré un cahier qui me servirait de journal de voyage.

Je partis très tôt, sans faire mes adieux à mes parents, honteux que j'étais d'être sorti de l'église sans terminer mes vœux, et convaincu qu'aucune explication n'aurait pu leur faire comprendre la cause de ma désertion. Ma vision d'une larme de sang sur une statue de plâtre ressemblant à Chiara m'aurait fait passer pour un fou aux yeux de mon père, qui n'avait déjà pas une haute opinion de moi. Quant à ma mère, je l'avais assez fait souffrir sans ajouter à ses épreuves. Mieux valait disparaître et lui éviter à tout jamais la tâche ingrate de continuer à me défendre envers et contre tous.

Ma nourrice Gisela, qui se levait toujours à l'aube, me surprit alors que je franchissais le seuil de la porte. Elle me demanda à mi-voix de l'attendre et revint avec un quignon de pain, quelques saucissons et un fromage, qu'elle glissa dans mon sac.

— N'oublie jamais d'où tu viens, dit-elle avec une gravité qui lui était inhabituelle.

*

Je partis sans savoir où mes pas me mèneraient, sinon que je souhaitais m'éloigner le plus possible de ma ville natale et des souvenirs douloureux qui y étaient rattachés. Je marchai des journées entières, m'abritant sous un arbre lorsqu'il pleuvait, relevant le capuchon de ma cape lorsque le soleil dardait ses rayons. On aurait dit qu'une boussole intérieure me guidait.

Je fus ému par la générosité des habitants que je croisai tout au long de ma route. Certains m'offraient leur toit pour la nuit, d'autres, de la nourriture. La bonté des gens et la beauté des paysages me réconciliaient peu à peu avec la possibilité que la vie, bien qu'elle fût cruelle, valait la peine d'être vécue.

Chaque nuit, que je sois étendu sur de la paille dans une grange ou que je dorme à la belle étoile, je rêvais de Chiara. Parfois, elle m'apparaissait telle que je l'avais connue, rieuse et gaie, son beau visage tourné vers la lumière du soleil. D'autres fois, je la voyais de si loin qu'elle ressemblait à un spectre, dont l'ombre évanescente disparaissait dans une brume opaque. À mon réveil, je ressentais toujours la même souffrance de l'avoir perdue à jamais ; elle ne vivait plus qu'à travers mes songes et mes souvenirs. À ces moments, j'aurais voulu être Dieu ou le diable pour la faire renaître de ses cendres.

*

Après plusieurs semaines de marche, je me retrouvai dans la ville de Gênes. Je pris alors la décision de continuer ma route vers le sud, en suivant le littoral de la Méditerranée. Je me laissais guider par la couleur émeraude de la mer et par le parfum acidulé du varech. J'avais cessé de me couper les ongles et les cheveux. Ma barbe devenait de plus en plus longue, et j'avais commencé à porter une ceinture de métal qui me déchirait les chairs, rappel lancinant de ma faute inexpiable envers Chiara. Mes pieds n'étaient protégés que par des semelles en bois attachées avec de la ficelle, et j'avais parfois peine à marcher à cause des ampoules.

Au fil des jours, je me transformais en pèlerin ou, pour des âmes moins charitables, en vagabond. Mon apparence m'attirait des réactions contradictoires. Ou bien les gens m'accueillaient avec révérence, comme si mon indigence suggérait une sorte de sainteté, ou bien ils me rejetaient avec mépris, me considérant comme un miséreux de plus à nourrir. Je bénissais les uns et ne jugeais pas les autres, recevant les témoignages de sympathie avec reconnaissance et les expressions de dédain avec une résignation tranquille, car je savais que je ne méritais pas l'indulgence de mes semblables.

*

Le temps s'écoulait au gré des levers et des couchers de soleil. J'avais l'impression d'avoir quitté ma famille depuis une éternité, alors que seulement quelques mois avaient passé depuis mon départ de Novara.

Lorsque j'arrivai en Catalogne, au nord-est de l'Espagne, j'éprouvai un étrange sentiment d'appartenance, comme si j'avais déjà connu ces lieux dans une autre vie. Cette perception favorable fut confirmée par un rêve. Je marchais sur un sentier isolé et pierreux, puis je parvenais soudain sur le faîte d'une falaise, au bas de laquelle nichaient des bâtiments qui semblaient avoir été sculptés à même les rochers. À mon réveil, je sus qu'il me fallait impérativement trouver cet endroit, bien qu'il ne me fût apparu qu'en songe.

Après plusieurs semaines de marche, au détour d'un sentier, j'aperçus en contrebas d'un immense ravin des bâtiments majestueux dont les toits formaient un labyrinthe de losanges orangés. Les formes dentelées du massif, aux couleurs ambrées striées d'un vert tendre qui se détachaient sur le bleu du ciel, faisaient penser à une scie géante. Mon cœur se mit à battre à tout rompre. Il s'agissait du lieu que j'avais vu dans mon rêve. Je descendis le sentier allègrement, avec la certitude que j'avais enfin trouvé ma voie.

Il me fallut trois jours pour parvenir jusqu'au fond de la vallée. Je n'avais pas de montre ni de calendrier, mais je comptais le passage du temps selon les cycles du soleil et de la lune. En chemin, je bus l'eau fraîche des ruisseaux qui dévalaient les montagnes et me sustentai avec des baies cueillies au passage. Je n'avais pris aucun repos tellement j'avais hâte d'arriver enfin à ce qui ressemblait à un monastère.

À l'aube du troisième jour, j'entrevis à travers le brouillard matinal un mur de pierre surmonté d'un imposant portail. J'étais en proie à des étourdissements et mes pieds étaient en sang. À bout de forces, je m'effondrai devant la porte et je perdis connaissance.

XX

Journal de Pietro Battista Alesi

Lorsque je repris connaissance, j'étais étendu sur un grabat de paille, dans une cellule aux murs de pierre. Un moine en robe de bure et au visage long et doux était assis sur une chaise et priait en silence, un chapelet enroulé autour de ses doigts épais de paysan. Je dus pousser un gémissement, car il cessa soudain de prier. Ses yeux, légèrement tombants, me firent penser à ceux d'un basset. Il se mit à me parler dans une langue que je ne connaissais pas.

— Bon dia. M'alegro que estiguis fent millor.

La sonorité des mots évoquait vaguement la langue italienne. Je devinai plus que je compris ce qu'il m'avait dit, quelque chose comme : *je suis heureux que vous alliez mieux.* Je lui répondis en italien :

— Grazie mille. Merci beaucoup…

Le moine sourit, ce qui creusa des plis encore plus profonds autour de ses yeux. Il me parla alors dans ma langue, m'expliquant que deux jeunes moines m'avaient trouvé la veille, étendu au pied du portail du monastère. Ils avaient d'abord cru que j'étais mort, mais l'un d'eux, qui avait étudié la médecine avant de répondre à l'appel de Dieu, avait pris mon pouls et s'était rendu compte que j'étais encore en vie.

— Dove sono? Où suis-je ? lui demandai-je d'une voix faible.

Il m'expliqua que je me trouvais à l'abbaye de Montserrat, et ajouta que la légende attribuait le nom de Montserrat à des anges qui auraient découpé le massif à l'aide d'une scie afin qu'un monastère puisse y être abrité.

— Montserrat, *Mont segato.*

Je me rappelai alors mes premières impressions, lorsque j'avais aperçu les formes dentelées du massif.

Le moine poursuivit en italien, avec le même sourire bienveillant aux lèvres.

— Vous y trouverez également *La Moreneta.*

Je le regardai sans comprendre.

— Cela signifie « La Petite Noire » en langue catalane, un terme affectueux pour désigner Notre-Dame de Montserrat, patronne de la Catalogne.

Mon épuisement ne m'empêcha pas d'être curieux.

— Pourquoi est-elle appelée ainsi ?

Il m'expliqua que cette statue de la Vierge était blanche à l'origine, mais qu'à cause de l'oxydation des pigments à base de plomb, utilisés dans la peinture médiévale pour colorer les visages, elle avait noirci avec le temps.

— Personne n'a jamais songé à lui faire retrouver sa couleur blanche. Peut-être est-ce une façon pour nous de démontrer que tout être, quelle que soit sa couleur, est digne d'être respecté.

C'était la première fois que j'entendais de tels propos. Dans mon pays d'origine, nous étions tous blancs de peau. À tout le moins, je n'avais jamais vu une personne de couleur. Je savais, grâce à mes lectures, qu'il existait des êtres dont la peau était foncée, mais jamais je n'aurais pu imaginer la statue d'une Vierge dont le visage se serait assombri à cause de l'oxydation de pigments, et dont on aurait voulu préserver le visage d'ébène pour des raisons de tolérance.

Le moine me demanda alors gentiment d'où je venais. Je fus incapable de lui répondre, comme si mon lieu de naissance s'était dissous dans une brume salutaire. Il m'observa longuement. Je sentis que ce n'était pas dans le but de me juger, mais dans celui de me comprendre.

— Peu importe d'où l'on vient, murmura-t-il finalement en italien. L'important, c'est de parvenir là où l'on doit être.

Parvenir là où l'on doit être.

J'y étais. Du moins le croyais-je.

XXI

Récit de François-Xavier Comtois

Le jour même où j'avais découvert un exemplaire du journal de Victor au marché de Mesilla, je retournai chez lui et frappai à sa porte sans relâche. Soudain, celle-ci s'ouvrit. Victor était sur le seuil. Un bandeau noir couvrait son œil droit, le faisant ressembler à un pirate. Ses joues étaient roses et son œil gauche pétillait.

— Mon cher ami ! J'attendais ta visite avec impatience !

— J'ai pourtant tenté de...

Il m'interrompit d'un geste de la main.

— J'étais très occupé.

Je fus irrité devant son insouciance. Il ne semblait pas se rendre compte à quel point son état m'avait causé de l'inquiétude. Il me prit par le bras et m'entraîna à l'intérieur de son logement. Je fus frappé par le désordre inouï qui y régnait. Des piles de journaux et des bouteilles vides traînaient un peu partout. De la vaisselle sale s'entassait dans un vieil évier en grès, que des cancrelats gras comme des voleurs parcouraient sans gêne, s'y sentant comme chez eux.

— Une révolution est en marche ! me déclara-t-il sans ambages.

Je lui jetai un regard anxieux. « Mon pauvre ami est encore malade, pensai-je, et la fièvre continue à le consumer. Ou bien il est intoxiqué par de la mauvaise tequila… » Il devina mes pensées, car il eut son sourire goguenard, que je connaissais par cœur.

— Ah, mon cher Comtois, tu me prends pour un fou ou un alcoolique, n'est-ce pas ?

Il eut la bonté d'âme de ne pas me laisser m'empêtrer dans des excuses maladroites.

— Je suis allé au mont Serrado, poursuivit-il d'un ton mystérieux. À dos d'âne, par-dessus le marché ! ajouta-t-il, exultant.

Je ne voyais pas le lien entre la révolution qu'il venait de m'annoncer et ce trajet à dos d'âne, mais Victor s'empressa d'éclairer ma lanterne.

— Des dizaines de gens faisaient la queue devant la caverne de l'ermite. Que dis-je, des centaines ! Des fermiers blancs, des paysans mexicains, des *ranchers*, des Indiens pueblos. J'ai même vu une femme extraordinaire, vêtue d'un pantalon, qui observait des oiseaux avec un étrange instrument.

— Florence Lightwood, murmurai-je.

Car j'étais convaincu qu'il s'agissait de la femme que j'avais accepté d'accueillir dans ma caravane, un an auparavant.

— Que faisaient ces gens ? demandai-je un peu stupidement.

Victor me jeta un regard où perçait de l'impatience.

— Ils apportaient de la nourriture à Pietro Battista ! martela-t-il, comme si c'était l'évidence. Ils ont tous bravé le mandement d'excommunication de Mgr Lamy.

Je commençais à comprendre ce que mon ami voulait dire par le mot « révolution ».

— Ce n'est qu'un début ! Mgr Lamy n'osera jamais excommunier tous ces fervents catholiques. S'il le fait, son geste sera perçu comme un manque de charité chrétienne et suscitera l'ire des citoyens de toute la région, peut-être même celle du pape Pie IX, qui passe pour être un esprit libéral.

Non seulement mon ami n'était pas fou, mais il semblait vouloir participer de plain-pied à cette « révolution ».

— Qu'attends-tu de moi ? finis-je par dire d'une voix incertaine.

Il me darda de son unique œil.

— Obtiens un rendez-vous avec Mgr Lamy. Fais-lui entendre que je continuerai à publier mes articles dénonçant cette excommunication honteuse jusqu'à ce qu'il la retire.

— Mais je ne le connais même pas ! objectai-je. Pourquoi accepterait-il d'accorder une audience à un aventurier sans foi ni loi ?

Victor secoua la tête avec une commisération ironique.

— Tu as affronté les pires dangers dans tes expéditions, bravant les Apaches, le climat, le manque d'eau, la méchanceté des hommes, et tu as peur d'affronter un prélat ?

XXII

Malgré mes réserves, j'obtempérai à la demande de mon ami Victor et j'écrivis une lettre à Mgr Lamy. J'ignorais en quels termes il fallait s'adresser à un évêque. J'employai finalement le mot « Sérénissime », que j'avais lu dans un récit de voyage du grand explorateur Marco Polo alors que je vivais encore avec mes parents. Il désignait ainsi la belle ville de Venise, dont il était natif. Je jugeai que cette appellation était suffisamment grandiose pour un évêque qui exerçait son sacerdoce dans une petite ville perdue au nord du territoire du Nouveau-Mexique.

Mesilla, le 14 août 1860

Votre Sérénissime,

Je suis un négociant d'origine canadienne-française ayant élu domicile à Mesilla, au Nouveau-Mexique. Un journaliste de ma connaissance, M. Victor Dumas, m'a prié d'intercéder en son nom afin de vous demander une audience. Cet ami a publié un article critiquant votre mandement qui excommuniait les fidèles osant apporter de la nourriture à l'ermite Pietro Battista Alesi. Il continuera à dénoncer votre mandement dans son journal, à moins que vous n'acceptiez de me rencontrer afin d'en discuter avec moi en son nom.

Veuillez agréer, Votre Sérénissime, l'expression de mes sentiments les plus respectueux.

François-Xavier Comtois

Je relus ma lettre et jugeai que la rédaction en était si maladroite que je ne m'attendais pas à une réponse. Je la postai tout de même au bureau de poste de Mesilla et songeai, avec un certain remords, que ma maladresse était sans doute intentionnelle : tout en cédant aux instances de mon ami, j'avais présenté sa demande à l'évêque de telle sorte que j'étais assuré de l'échec d'une telle entreprise...

À ma décharge, ma vie d'aventurier m'avait éloigné des prêtres et des gens de robe, et j'étais porté à m'en méfier. Mais en toute honnêteté, il y avait une autre raison à ma répugnance à obtenir cette audience : je craignais que Victor, à force de s'acharner à défendre l'ermite et les pauvres paysans qui continuaient à lui apporter des vivres malgré l'interdit de Mgr Lamy, soit lui-même l'objet d'une excommunication et ne devienne un paria.

*

Je reçus une réponse de Mgr Lamy trois semaines plus tard. La missive était rédigée en français.

Évêché de Santa Fe, le 24 août 1860

Monsieur Comtois,
Je vous recevrai à mon archevêché le 11 septembre prochain, à onze heures précises.

Mgr Jean-Baptiste Lamy

La lettre était brève, mais avait le mérite d'être claire. Comme nous étions le 8 septembre, j'avais tout juste le temps d'effectuer le trajet pour arriver à temps à l'audience que le prélat m'avait accordée. C'était un voyage que j'avais entrepris maintes fois auparavant, mais je n'éprouvais pas l'excitation qui s'emparait toujours de moi lorsque j'organisais une expédition. J'étais nerveux, appréhensif, avec le sentiment désagréable que j'allais au-devant d'un échec ou, pire, d'un malheur.

*

À ma grande surprise, l'accueil de Mgr Lamy fut chaleureux. Il me serra la main sans façon, comme si nous étions de vieux amis.

— Monsieur Comtois ! Bienvenue dans mon humble évêché. J'ai entendu dire que vous n'en étiez pas à votre premier séjour à Santa Fe.

Le prélat me pria de m'asseoir sur une chaise droite et inconfortable, puis prit place dans un magnifique fauteuil, dont le dossier était en bois d'ébène sculpté, et le siège, recouvert d'un damas or et vert émeraude qui chatoyait dans la lumière du jour. Il avait revêtu un simple habit noir ; la croix sacerdotale reposait en évidence sur son plastron. Son visage était bien découpé, avec un nez aquilin et un regard pénétrant.

— Votre ami, M. Dumas, souhaite donc que vous intercédiez auprès de moi afin qu'il puisse continuer à défendre cet *ermite* sans en subir les conséquences.

Je fus pris de court par la rapidité avec laquelle l'évêque abordait le sujet de ma visite. Le ton méprisant qu'il avait utilisé en prononçant le mot « ermite » ne m'échappa point.

— Le nom de cet ermite est Pietro Battista Alesi, répliquai-je d'un ton ferme. Il ne songe qu'à faire le bien et il est vénéré par la population.

— Cet homme laisse croire à des gens ignorants et naïfs qu'il peut les guérir, comme par miracle, alors qu'il n'en est rien.

Le prélat arborait toujours une mine affable, mais sa voix était devenue coupante.

— Est-ce pour protéger ces gens « ignorants et naïfs » que vous les menacez d'excommunication ? m'exclamai-je, indigné.

Cette fois, toute trace d'amabilité avait disparu sur les traits de l'homme d'Église.

— Depuis combien de temps habitez-vous à Mesilla, monsieur Comtois ?

— Depuis quelques mois. Mais j'ai beaucoup voyagé dans ces territoires et...

Il m'interrompit avec une note d'impatience.

— Lorsque j'ai été nommé évêque de Santa Fe, en 1850, les paysans étaient laissés à eux-mêmes. Des bandits de grands chemins semaient la terreur, il y avait même des prêtres vivant en concubinage. J'ai ramené la paix et la prospérité dans la région. Si vous connaissez ce pays autant que vous le prétendez, vous devriez savoir que le chaos s'y installe rapidement, comme le chiendent envahit les terres qu'on a cessé de cultiver.

— Pietro Battista Alesi est inoffensif. Il n'a jamais fait de mal à personne, au contraire.

Le prélat me regarda sans aménité.

— Vous faites preuve de naïveté. Saviez-vous que M. Alesi a fui l'Église avant d'être ordonné prêtre ? Qu'il a lâchement violé et abandonné une jeune fille ? Qu'elle a porté son enfant et que, selon ce que j'ai entendu dire, elle serait morte au bout de son sang ? Cet homme est un criminel, qui devrait moisir dans une cellule de prison au lieu de corrompre mes ouailles !

Cher lecteur, j'avoue que je fus profondément troublé par les accusations que l'évêque formulait contre l'ermite.

Était-ce possible que Pietro Battista Alesi, que Victor défendait bec et ongles, se fût rendu coupable de crimes aussi odieux ?

Constatant mon désarroi, Mgr Lamy reprit sa mine indulgente.

— Je ne doute pas de la bonne foi de votre ami, monsieur Comtois, mais il protège une personne qui ne mérite pas sa confiance.

— Vous maintenez donc votre mandement d'excommunication ?

— Pour le bien de mes fidèles. Et pour celui de M. Dumas, ajouta-t-il, en contemplant longuement sa bague sacerdotale. S'il continue à blasphémer l'Église, il n'aura à s'en prendre qu'à lui-même.

*

Ce fut avec un sentiment cuisant d'échec que je revins à Mesilla. À peine étais-je entré dans le saloon où Victor m'avait donné rendez-vous que je sentis son œil inquisiteur peser sur moi. Lorsque je lui fis part de mon entretien avec l'évêque de Santa Fe, mon ami fit une de ses colères dont il avait le secret.

— Tu t'es laissé rouler dans la farine comme une pauvre andouille ! s'écria-t-il, le visage écarlate.

Je tentai de me justifier, expliquant que les assertions du prélat contre l'ermite semblaient crédibles, mais mes arguments ne firent que jeter de l'huile sur le feu.

— Je suis peut-être borgne, mais toi, tu es aveugle ! Ne vois-tu pas que c'est une tactique d'intimidation ? Mgr Lamy prend l'ermite comme bouc émissaire afin de maintenir son emprise sur la population !

— Mais si c'était vrai ? rétorquai-je, blessé dans mon orgueil. Si l'ermite avait vraiment mis cette pauvre jeune fille enceinte et qu'elle était morte en couches ?

Victor me fusilla du regard.

— Au fond, tu cherches à justifier ton échec. Je te croyais courageux, je me suis trompé sur ton compte.

Ce fut à mon tour de prendre la mouche.

— Et toi, si tu es si courageux, pourquoi m'as-tu laissé faire cette démarche à ta place ?

Je regrettai aussitôt mes paroles. Victor s'était déjà levé brusquement, faisant grincer sa chaise, et se dirigeait vers les portes à double battant d'un pas ferme. Je me levai à mon tour et le rejoignis.

— Ce n'est pas ce que je voulais dire.

Il se tourna vers moi, hors de lui.

— Si ce n'est pas ce que tu voulais dire, pourquoi l'as-tu dit ? me jeta-t-il au visage, me fixant de son œil implacable.

Je restai cloué sur place, incapable de trouver une réponse adéquate.

— La vérité, c'est que tu es un pleutre, poursuivit Victor. Je continuerai à me battre contre Mgr Lamy et sa rhétorique d'un autre âge. Je dénoncerai ses manigances sur toutes les tribunes !

— Sois prudent, balbutiai-je. Mgr Lamy m'a fait entendre clairement que si tu continuais à t'en prendre à l'Église tu pourrais le regretter.

— Je n'ai pas peur de ses menaces. Que peut-il faire contre moi ?

— T'excommunier.

Il éclata d'un rire amer.

— Je ne crois ni à Dieu ni à diable. Et pour ce qui est de l'enfer, il règne sur la terre.

— Et pourtant, tu crois aux miracles de l'ermite ! ne pus-je m'empêcher de rétorquer.

Cette fois, il me tourna résolument le dos et sortit du saloon en faisant claquer les portes. Je restai un moment immobile, tellement furieux contre mon ami que je sentais mes veines battre dans mes tempes. « Maudit toqué ! »

dis-je entre mes dents. Mais le remords ne tarda pas à s'insinuer en moi, doublé d'un sentiment de culpabilité. Victor avait raison. Je n'avais pas été à la hauteur de la mission qu'il m'avait confiée. Mgr Lamy m'avait endormi avec ses paroles lénifiantes, puis m'avait ensuite piégé avec des menaces à peine voilées. J'eus alors la certitude que mon pauvre ami courait à sa perte, et je sentais qu'il n'y avait rien que je puisse faire pour lui éviter un sort tragique.

XXIII

Journal de Pietro Battista Alesi

Je restai plusieurs mois à l'abbaye de Montserrat avec le sentiment d'avoir enfin trouvé mon port d'attache. Je vivais l'existence quotidienne des moines, dormant avec eux dans le dortoir, partageant leur pain, participant aux chants et aux prières ainsi qu'aux travaux agricoles. Le moine aux yeux de basset qui m'avait d'abord accueilli s'appelait Bruno Alzamora. C'était un fils de paysans pauvres. Alors qu'il m'apprenait comment aménager un potager, il me confia qu'il n'avait jamais songé à devenir moine jusqu'au jour où, à l'âge de quatorze ans, en labourant le champ de ses parents, il avait failli tuer un scarabée doré. L'insecte avait enfoui sa tête dans la terre, comme pour se protéger. Le soleil avait alors dardé un rayon sur la carapace du scarabée, qui scintilla comme de l'or en fusion. Bruno avait été à ce point saisi par la beauté de cette image qu'il avait décidé de consacrer sa vie à Dieu. Ému par sa confidence, je fus sur le point de lui avouer qu'en voyant une larme de sang couler sur une statue de la Vierge, juste avant de prononcer mes vœux, j'avais littéralement fui l'église, mais la crainte qu'il me juge sévèrement et cesse de m'accorder son amitié me retint.

— Tu as beaucoup souffert, me dit-il un après-midi que l'on fauchait un champ côte à côte.

Je m'arrêtai de travailler, interloqué.

— Notre monastère n'est pas un refuge pour enterrer la souffrance, mais un lieu pour apprendre à l'accepter.

Je n'arrivais pas à comprendre sa sérénité, qui me semblait être une forme de naïveté ou d'ignorance.

— Tu n'as pas connu l'amour pour parler ainsi. Tu n'as pas connu la perte de l'être aimé !

J'avais haussé la voix sans m'en rendre compte. Je sentis sur moi le regard réprobateur de moines qui travaillaient autour de nous. Bruno ne parut pas s'émouvoir de mon cri du cœur. Il continua à labourer comme si de rien n'était, puis s'interrompit à nouveau, levant ses yeux vers le ciel. Deux tourterelles virevoltaient gracieusement dans le firmament.

— L'amour est un don de Dieu. Tu as de la chance de l'avoir reçu.

Je fus touché par la bonté simple de cet homme, qui ne jugeait personne et acceptait le bonheur et le malheur comme s'ils étaient deux faces de la même réalité.

— Chiara est morte par ma faute.

— Laisse Dieu en juger.

Ses mots pénétrèrent dans mon cœur tel un baume. Le moine sortit alors un livre de la poche de sa robe de bure et me le tendit. L'ouvrage était usé, comme s'il avait été lu à de nombreuses reprises. Je jetai un coup d'œil à la couverture de cuir, sur laquelle le titre avait été gravé en lettres dont l'or s'effaçait çà et là.

— « Le récit du pèlerin », murmurai-je.

— Ignace de Loyola y raconte son chemin vers Dieu.

Il ajouta, avec une fierté un peu naïve :

— Sais-tu qu'il a séjourné à notre abbaye ? Il s'est ensuite rendu à Manresa, où il est resté pendant près d'un an dans une grotte pour y écrire ses exercices spirituels. Cette *cueva* est devenue un haut lieu de pèlerinage.

*

Les premiers jours, je n'osai pas même ouvrir le livre tellement je craignais que les mots qu'il contenait ne soient une condamnation sans merci de mes manquements. Un matin où la brume avait envahi Montserrat au point de faire disparaître les montagnes dans une chape d'un blanc laiteux, je me résolus à en commencer la lecture. Dès le premier chapitre, je me reconnus en Loyola. Pourtant, dans sa jeunesse, il avait été à l'opposé du jeune homme que j'étais. Né dans une famille de la vieille aristocratie basque, il avait été formé pour la guerre et n'aimait rien autant que le combat, la danse et la vie mondaine, mais la candeur et la simplicité avec laquelle il racontait son passé turbulent le rapprochèrent de moi. N'étais-je pas tombé éperdument amoureux d'une jeune femme dont le souvenir continuait de me hanter? C'était un homme faillible, tout comme moi.

*

Une nuit, je m'éveillai en sursaut. J'aperçus une forme blanche à quelques pieds de mon lit. Je sus aussitôt qu'il s'agissait de Chiara, même si je ne pouvais distinguer son visage. Elle restait silencieuse, mais j'entendais sa voix à l'intérieur de ma tête.

— Pietro, il est temps pour toi de reprendre la route.

— Chiara, c'est toi?

Elle ne répondit pas.

— Pour quelle raison dois-je reprendre la route?

— Pour accomplir ton destin.

— Où dois-je aller?

— Tes pas te mèneront loin, très loin, vers le Nouveau Monde. Tu trouveras une montagne, dont les cimes ressemblent à de grandes mains. Il y a là une grotte creusée à même les rochers. Elle deviendra ton dernier refuge.

— Où est cette montagne ?
La forme blanche disparut.

*

Le lendemain, à l'aube, je quittai Montserrat sans faire mes adieux à Bruno. J'emportai dans ma besace *Le Récit du pèlerin*, le traité de botanique de Pline l'Ancien, *Le Cantique des créatures* de saint François d'Assise, le cahier dans lequel j'écrivais mon journal, mon chapelet et ma croix de bronze, ainsi qu'une miche de pain que je subtilisai dans la cuisine de l'abbaye, en remerciant à mi-voix les moines de m'avoir si généreusement accueilli. Les paroles de Chiara restaient gravées dans mon esprit. Je fis alors le serment à Dieu de suivre l'exemple d'Ignace de Loyola et de saint Antoine et de vouer toute mon existence à la vie de pèlerin et à la gloire du Seigneur. *Tes pas te mèneront loin, très loin, vers le Nouveau Monde.*

XXIV

Récit de François-Xavier Comtois

Pendant les jours qui suivirent mon altercation avec Victor, je me rendis à plusieurs reprises chez lui, mais j'avais beau frapper vigoureusement à sa porte, personne ne répondait. J'allai faire un tour au saloon toutes les fins d'après-midi, sachant que mon ami avait l'habitude d'y engloutir quelques verres de whisky, mais le barman ne l'avait pas vu depuis un certain temps. Je commençais à m'inquiéter sérieusement. Lui était-il arrivé un malheur ? Je songeai à faire appel au shérif, mais j'abandonnai aussitôt l'idée. Cet homme, qui prétendait faire observer la loi, avait fouetté Victor avec sa cravache, lui crevant un œil. Je n'avais aucune confiance en lui.

Un soir, alors que j'avais à nouveau cogné à sa porte jusqu'à en avoir mal aux poings, celle-ci s'ouvrit soudain. Victor était debout sur le seuil. Il avait maigri, et une barbe de plusieurs jours couvrait ses joues, mais il semblait malgré tout en pleine possession de ses moyens. Sa chemise et ses mains étaient tachées d'encre.

— Entre, dit-il simplement.

Je m'avançai dans son logement. Des rames de papier formaient des piles instables dans tous les coins. La presse à bras dont Victor se servait pour imprimer ses journaux trônait au milieu de la pièce, tel un pachyderme endormi.

— J'ai déjà imprimé cent exemplaires ! s'exclama-t-il joyeusement.

Il se pencha, prit un journal fraîchement imprimé et me le tendit.

— Lis l'article en manchette. Je l'ai écrit en anglais et en espagnol.

Habitué à son ton péremptoire, je jetai un coup d'œil à la première page. Déjà, le titre annonçait les couleurs : « J'accuse ! » « ¡Acuso! » Le ton du texte était à l'avenant...

« J'accuse Mgr Lamy qui, sous prétexte de préserver la religion, cherche à mettre le peuple à genoux et à le réduire au silence en continuant à brandir sa menace d'excommunication pour les bonnes âmes qui ont eu le malheur de tendre la main à un pauvre ermite sans défense.

« J'accuse les notables de soutenir cette répression archaïque du peuple parce qu'ils craignent que ce même peuple se rebelle contre leur tyrannie.

« J'accuse le shérif Bill Wallace de m'avoir cravaché et fait perdre un œil pour tenter de me faire peur et de me réduire au silence.

« Mais je ne me tairai pas ! Tant que j'aurai un souffle de vie dans le corps, j'accuserai les responsables de la sujétion du peuple des territoires du Nouveau-Mexique, au nom de tous les peuples opprimés. Je continuerai à défendre Pietro Battista Alesi, qui est devenu, bien malgré lui, un symbole de résistance et de liberté.

« J'invite le peuple à continuer de se rendre en grand nombre au mont Serrado afin d'apporter nourriture et soutien à l'ermite, et de faire ainsi la démonstration éloquente que la charité n'est pas un vain mot, qu'elle se vit dans le cœur et les actions de tous les hommes de bonne volonté. »

Je ne pus contenir un soupir de découragement.

— Tu n'y vas pas avec le dos de la cuillère !

Contre toute attente, Victor me sourit.

— Ah, mon cher Comtois, j'ai l'impression de retrouver un peu du souffle de ma jeunesse !

Son œil indemne rayonnait. Je fus ému en constatant que mon ami semblait en effet heureux comme je ne l'avais jamais vu depuis que je le connaissais. Et en même temps, je redoutais les conséquences néfastes que pourrait avoir la parution de son article. Il s'attaquait à beaucoup plus fort que lui.

— Tu pourrais peut-être montrer plus de diplomatie, me risquai-je. Après tout, nous sommes dans un pays étranger…

Le journaliste ne répondit pas tout de suite. Toute joie avait disparu de son visage. Quelques secondes passèrent, qui me semblèrent bien longues. Puis il me regarda avec gravité.

— Tu as raison, dit-il avec une surprenante douceur. Je devrais faire preuve de diplomatie. Mais à mon âge, j'ai gagné le droit de ne plus en avoir, et de dire haut et fort ce que je pense.

*

Nous avons passé la nuit à finir d'imprimer plus de mille exemplaires. Bien que la vie de voyageur m'eût habitué à des conditions d'existence difficiles, rien ne m'avait préparé à travailler sur une presse pendant huit heures d'affilée. Mes bras étaient tellement endoloris que j'avais l'impression qu'ils tomberaient. Quant à Victor, il exultait.

— Nom d'une pipe ! Mgr Lamy n'a qu'à bien se tenir ! répétait-il sans cesse en empilant les journaux imprimés dans une brouette.

Dès qu'il fit jour, nous avons fait le tour de Mesilla avec la brouette remplie à craquer, frappant à chaque porte que nous trouvions sur notre chemin. Nous étions souvent accueillis par l'aboiement féroce de chiens de garde, mais par chance aucun incident ne se produisit. La plupart des gens se montrèrent intéressés par l'histoire de l'ermite, dont la réputation n'avait fait que grandir depuis que le récit de ses « miracles » s'était propagé. Nous avons distribué également le journal dans tous les commerces, du magasin général à l'atelier du maréchal-ferrant en passant par la boulangerie et le bureau de poste. Lorsque nous avons tenté de laisser quelques exemplaires à notre saloon habituel, le serveur refusa sèchement, sous prétexte qu'il ne faisait pas de politique. Je sus plus tard que le shérif Wallace était propriétaire du bar, avec son bras droit Jennings... À l'hôtel de ville, un employé aux longues moustaches tombantes, portant un habit noir de croque-mort, nous mit à la porte sans ménagement, affirmant que « that sort of rubbish » (ce genre d'ordures) n'était pas le bienvenu dans ce haut lieu de la démocratie.

Une fois ces exemplaires distribués, nous sommes retournés chez Victor pour recharger la brouette et nous avons recommencé notre tournée en nous attaquant à une autre section de la ville. Il nous fallut une bonne partie de la journée pour épuiser tous les exemplaires. Le soir venu, sans nous laisser le moindre répit, Victor décida d'en imprimer encore une centaine.

Le lendemain, poussant notre brouette remplie de journaux et munis d'un gros bidon d'eau, nous nous sommes dirigés vers les champs de piments où travaillait une cohorte d'ouvriers agricoles. La plupart des travailleurs étaient d'origine pueblo ou mexicaine. Quelques femmes, portant des foulards bariolés, transportaient les *chiles* dans de grands paniers en osier qu'elles plaçaient sur leur tête.

De prime abord, l'accueil des travailleurs fut plutôt froid. Il n'y avait rien d'étonnant à cela : les rapports entre les gens de couleur et les Blancs étaient souvent tendus, voire hostiles. Depuis que je vivais à Mesilla, j'avais observé l'attitude méprisante de la plupart des colons blancs envers leurs ouvriers, qu'ils traitaient parfois avec une dureté révoltante. Les conditions de cueillette étaient des plus pénibles. Les paysans s'échinaient de longues heures sous un soleil implacable, sans pauses, sinon pour aller brièvement se soulager là où ils le pouvaient. Ils devaient se procurer eux-mêmes l'eau et la nourriture, sans compter qu'ils étaient payés des salaires de misère. Ils étaient souvent victimes de morsures de serpents à sonnette, quand ce n'était pas des scorpions, et certains en mouraient.

Victor s'approcha d'eux en souriant et leur adressa la parole.

— Buenos dias. ¿Quiere un poco de agua?

Bonjour. Désirez-vous un peu d'eau ?

Les ouvriers hésitèrent, puis l'un d'eux s'avança vers nous. C'était un vieil homme, portant un poncho aux couleurs vives. Son large chapeau de paille troué ne protégeait plus guère son visage, brûlé par le soleil et parcheminé comme l'écorce d'un arbre.

— Si, señor, muchas gracias, dit-il.

Victor s'empara du bidon et versa de l'eau dans une écuelle, qu'il tendit au vieil homme. Ce dernier en but de longues gorgées. D'autres travailleurs s'avancèrent et l'écuelle passa de main en main. Mon ami leur demanda alors si l'un d'eux savait lire. Seule une main se leva, celle d'un jeune Mexicain dont le visage semblait sculpté dans du bois de chêne. Ses yeux noirs étaient vifs et intelligents.

— ¿Cómo se llama?

— Ángel, répondit-il avec un sourire timide.

Victor lui donna un exemplaire du journal.

— Ángel, ¿podría leer este texto en voz alta, por favor?

Ángel, pourriez-vous lire ce texte à voix haute, s'il vous plaît ?

Le jeune homme hésita, jeta un coup d'œil à la ronde pour voir si un *capataz*, un contremaître, se trouvait dans les parages, puis il acquiesça et se mit à lire en espagnol.

Son débit était lent et il trébuchait parfois sur certains mots plus difficiles, mais il avait une voix claire, bien que légèrement nasillarde, et les gens l'écoutaient avec attention, le visage empreint de gravité. Lorsqu'il eut terminé, un long silence s'ensuivit, ponctué par les croassements sinistres de corneilles qui s'étaient posées sur un saule pleureur. Puis il y eut des murmures, des hochements de tête. Difficile de savoir si c'étaient des signes d'approbation ou de mécontentement.

Soudain, le corps du jeune Ángel se raidit, comme s'il avait été piqué par une guêpe. Il s'empressa d'enfouir le journal dans son pantalon.

— El capataz, lâcha-t-il entre ses dents.

Ces seuls mots eurent l'effet d'un coup de tonnerre. Les ouvriers se dispersèrent et reprirent leur travail comme si de rien n'était, mais leur nervosité était palpable. Je suivis le regard d'Ángel et j'aperçus un homme à cheval dont la silhouette trapue se découpait dans le vert tendre des champs de *chiles*. L'homme piqua des deux et galopa vers nous dans un nuage de poussière. J'eus la présence d'esprit de couvrir prestement les journaux avec un sac de jute que je trouvai par terre.

Le contremaître s'arrêta à notre hauteur. Ses joues étaient marquées par la petite vérole.

— What are you doing here? aboya-t-il. It's a private property!

Victor affecta une mine suave.

— Pardon ? Je ne parle pas anglais.

Il se tourna vers moi. Je compris que mon ami me laissait la responsabilité de nous sortir de ce pétrin. Je désignai le bidon que nous avions apporté et j'expliquai en anglais au *capataz* que le curé Gonzales nous avait chargés de distribuer de l'eau aux ouvriers. Le contremaître me dévisagea longuement. Je tâchai de garder un air neutre, comme lorsqu'il m'arrivait de jouer au poker. Il finit par hausser les épaules et nous intima de partir et de ne plus remettre les pieds dans la propriété. Victor et moi nous sommes empressés de lui obéir, non sans échanger un coup d'œil d'intelligence avec Ángel, qui sourit en tapotant discrètement son pantalon.

*

Victor et moi avons continué à distribuer la gazette à des travailleurs agricoles, sillonnant les routes de campagne poussiéreuses sous un soleil impitoyable. J'étais exténué, mais Victor, bien qu'il fût plus âgé que moi, avait l'énergie d'un jeune homme.

À la fin de l'après-midi, il ne restait plus un seul exemplaire du journal. Nous sommes allés au saloon pour fêter notre exploit, mais surtout pour étancher notre soif. Le barman nous servit avec réticence, comme si nous étions atteints d'une maladie contagieuse. Nous étions si heureux d'être venus à bout de la distribution du journal que sa froideur nous laissa indifférents. Je crois que nous avons sifflé au moins trois scotchs chacun. Victor ne roulait pas sur l'or, mais il insista pour payer la tournée.

— Tu es un ami, un vrai, dit-il avec les yeux larmoyants et l'élocution laborieuse de quelqu'un qui a trop bu.

Il était plus de sept heures du soir lorsque nous sommes sortis du bar, bras dessus, bras dessous, titubant légèrement. Le mont Serrado, illuminé par le soleil déclinant, semblait en feu. Mon ami le contempla longuement.

— Demain, nous irons rendre visite à l'ermite ! déclara-t-il. Je veux lui consacrer mon prochain article.

— D'accord, mais en attendant, tu as besoin de repos.

Je le conduisis jusque chez lui. Les rues de la ville étaient calmes. Une tourterelle perchée sur un palmier poussait une dernière mélopée triste. Lorsque nous sommes arrivés devant sa porte, nous avons constaté avec surprise que celle-ci était entrouverte.

— J'ai dû oublier de la verrouiller, maugréa Victor.

Je fus saisi d'un mauvais pressentiment, qui se confirma au moment où nous nous sommes avancés dans le salon qui lui servait de salle de rédaction. Tout était sens dessus dessous. Une ou plusieurs personnes s'étaient visiblement acharnées à détruire la presse à coups de massue, car des morceaux de bois et de métal gisaient un peu partout. Des rames de papier avaient été déchirées et répandues dans la pièce. Les tiroirs contenant les caractères d'imprimerie avaient été renversés.

Victor et moi sommes restés debout un long moment, dans un état catatonique. Mon ami fut le premier à s'avancer dans ce désordre de fin du monde, la mine calme, comme si rien ne s'était produit.

— Ils ont vraiment peur de moi, se contenta-t-il de dire.

Et il se mit à ramasser les caractères d'imprimerie, les replaçant ensuite soigneusement dans le tiroir idoine.

Il nous fallut le reste de la soirée pour remettre un tant soit peu d'ordre dans la salle de rédaction. Inquiet pour mon ami, je décidai de dormir chez lui, au cas où un autre événement surviendrait. Malgré ses protestations – « Retourne chez toi, tout va bien », « Je n'ai pas besoin de garde du corps » –, je me calai dans un vieux fauteuil et m'endormis aussitôt.

XXV

Journal de Pietro Battista Alesi

Je parcourus à pied les quelque quatorze milles qui séparaient Montserrat du village de Manresa, où se trouvait la fameuse grotte de saint Ignace de Loyola, dont Bruno m'avait tant parlé. Après m'y être recueilli, je repris ma route, marchant parfois quinze milles en une journée, m'arrêtant de temps en temps en chemin pour demander du pain ou de l'eau, dormant à la belle étoile lorsqu'il faisait beau, trouvant refuge dans une grange ou une écurie quand il pleuvait. Malgré mes semelles de bois, une corne épaisse avait fini par se former sous mes pieds, les protégeant ainsi contre les cailloux et les ronces qui parsemaient routes et sentiers.

Lorsque j'éprouvais le besoin d'être seul, je cherchais une grotte à l'écart et j'y demeurais pendant un mois ou deux pour prier et méditer. J'explorais les environs à la recherche de plantes médicinales, que je faisais sécher et que je rangeais ensuite précieusement dans ma besace. Il m'arrivait de recevoir la visite de paysans qui souhaitaient obtenir ma bénédiction ou faire soigner une blessure, ou encore guérir d'une maladie. Ils emmenaient parfois un enfant malade dans l'espoir que je le guérirais. Je faisais de mon mieux pour soulager leurs souffrances. La plupart d'entre eux revenaient me voir, se jetaient à mes pieds et embrassaient mes mains, en affirmant que je les avais sauvés. J'avais beau leur dire que c'était Dieu qui les avait secourus dans sa miséricorde, ils persistaient à prétendre que c'était grâce à moi qu'ils avaient recouvré la santé. Certains soutenaient même que j'étais un saint qui accomplissait des miracles. Cela m'attristait profondément, car je savais que je n'avais rien d'un saint, tant s'en faut, mais j'étais ému par leur foi naïve.

Après quelque temps, de plus en plus de gens, attirés par ma réputation de sainteté et de guérisseur, faisaient la queue devant la grotte afin que je les guérisse. Il me fallait alors reprendre la route, car mon besoin de solitude et de recueillement l'emportait sur mon désir de soigner les maux corporels.

Une nuit, je rêvai que je marchais sur un sentier qui serpentait dans une montagne dont les rochers ressemblaient à des mains. À mon réveil, je pouvais encore voir avec précision la forme de ces rochers. Je me rappelai les paroles de Chiara. *Tes pas te mèneront loin, très loin, vers le Nouveau Monde. Tu trouveras une montagne, dont les cimes ressemblent à de grandes mains. Il y a là une grotte creusée à même les rochers. Elle deviendra ton dernier refuge.* Je me rendis ainsi à pied jusqu'à Lisbonne, au Portugal, et de là je m'embarquai clandestinement à bord d'un bateau à voiles qui allait jusqu'au port de Caracas, dans la République du Venezuela. Je ne sais pour quelle raison j'avais choisi ce pays, sinon qu'on disait qu'il y avait là-bas de hautes montagnes. Je ne m'attarderai pas aux horreurs de cette traversée. Je souffris de la faim et de la soif, avec pour seule compagnie des punaises et des rats qui ne me laissaient aucun répit. Un marin me découvrit dans la cale et fit preuve de bonté à mon égard. Il ne me dénonça pas aux autorités du navire et m'apporta de l'eau et un peu de nourriture. Sans lui, mon voyage terrestre se serait terminé là, dans le ventre de ce bateau.

De Caracas, je poursuivis ma longue marche jusqu'en Colombie, puis descendis vers le sud en direction de l'Équateur et du Pérou. Ces pérégrinations durèrent une vingtaine d'années. Je m'arrêtais de village en village, tâchant d'éviter les grandes villes. Encore une fois, je fus étonné par la générosité des habitants et par leur piété sans artifices. Dans des pueblos reculés, je rencontrais parfois des *hechiceros*, des sorciers, qui pratiquaient une forme de magie appelée « Macumba ». On les aurait fort probablement brûlés sur des bûchers au Moyen Âge, et de nos jours ils seraient sans doute condamnés sévèrement par l'Église pour leurs croyances peu orthodoxes, mais ils avaient une connaissance approfondie des plantes et m'apprirent beaucoup sur leurs propriétés médicinales.

*

Les années passèrent. Des fils blancs parsemèrent mes cheveux. Ma barbe avait allongé, formant un large plastron sur ma poitrine. Je ne me nourrissais que de fruits sauvages, de noix et de pain. J'avais trouvé sur le bord d'un chemin une branche de chêne qui me servait de canne. Parfois, je séjournais dans des monastères, où l'on m'accueillait avec bonté, mais pas un jour ne passait sans que je fusse à la recherche de cette mystérieuse montagne en forme de main dont Chiara m'avait parlé lorsqu'elle m'était apparue, et que j'avais vue en songe. Jusqu'à présent, bien que j'eusse parcouru plusieurs pays, je n'avais jamais observé de montagne qui ressemblât à cette description. Pourtant, ma conviction que ce lieu existait bel et bien ne me quittait pas.

Après un séjour d'un an au Pérou, où j'eus la chance de côtoyer des Indiens quechuas, dont les origines remontent jusqu'aux Incas, et de perfectionner ma connaissance des plantes et des herbes, je fis un autre rêve où j'apercevais la montagne en forme de main. *Le Nouveau Monde*, m'avait dit Chiara. J'eus l'intuition qu'il me fallait aller plus au nord. Je revins sur mes pas, passai par l'Équateur et la Colombie, puis me dirigeai vers le Panama en direction du Mexique.

Il me fallut plusieurs années pour traverser le Mexique du sud au nord. Je connus toutes sortes de dangers. Je fus attaqué une nuit par des bandits qui me menacèrent avec de longs couteaux, mais je n'avais rien à leur offrir, sinon ma bénédiction. À mon grand étonnement, ils m'épargnèrent. Un après-midi, alors que je marchais dans un sentier entouré d'une végétation touffue, je vis un puma s'élancer dans ma direction. Je restai immobile comme une statue. Le félin me fixa longuement de ses prunelles dorées. Je pensai à Bruno et à sa contemplation du scarabée d'or. Croyant ma dernière heure venue, je fermai les yeux et fis une prière, remerciant Dieu de m'avoir prêté vie et de me ramener auprès de Chiara. Lorsque j'ouvris les yeux, le puma avait disparu.

Une autre fois, alors que je parcourais l'État de Puebla, je tombai dans un piège qui avait été tendu par une tribu d'Indiens nahuas. Un pieu s'était profondément enfoncé dans une de mes cuisses et je saignais abondamment. Une Indienne me fit un garrot avec un bandeau de coton, et je fus transporté sur une sorte de civière en bambou jusqu'au village de San Miguel Tzinacapan. On m'emmena dans une petite maison crépie à la chaux. J'avais perdu beaucoup de sang et je fus pris d'une violente fièvre. Il paraît qu'elle dura pendant plusieurs jours, mais grâce aux soins du *hechicero* du village je me rétablis peu à peu.

Je demeurai quelques années à San Miguel. La population avait été évangélisée et pratiquait la religion catholique, mais elle avait gardé des rites et des célébrations ancestraux. Un jour, j'assistai à une danse magnifique, en hommage au quetzal. Les habitants portaient des costumes aux couleurs éclatantes, ainsi qu'une immense coiffe en forme de demi-cercle fabriquée avec des plumes de cet oiseau mythique. J'appris les rudiments de la langue nahuatl et j'aidai le *hechicero* à soigner les gens.

Ce fut une parenthèse calme et bienheureuse dans mon existence, tout comme mon séjour à Montserrat, mais je savais qu'il me faudrait un jour reprendre la route. Le signe du départ survint une nuit, pendant laquelle je rêvai à nouveau du chemin qui menait à la montagne en forme de main. Chiara m'y attendait en me tendant les bras. Je rassemblai mes maigres possessions et quittai San Miguel à l'aube.

*

Je marchai sans relâche, toujours vers le nord, sans jamais perdre espoir de trouver un jour cette montagne. J'avais perdu la notion du temps. Les jours, les nuits se succédaient tel un long continuum où se mêlaient les visages des gens rencontrés, les sentiers sans fin, les abris de fortune, les forêts et les grottes qui m'avaient abrité. Je parvins à la ville de Chihuahua, puis poursuivis mon chemin vers El Paso del Norte, située à la frontière entre le Mexique et les États-Unis, délimitée par le fleuve Rio Grande. C'était une région désertique, et je souffris de la soif à de nombreuses reprises. Malgré l'intense chaleur, je couvrais ma tête avec mon capuchon pour me protéger des rayons ardents du soleil. Encore une fois, si cela n'avait été de la générosité des paysans mexicains ou indiens croisés durant mon périple, qui m'offraient eau et nourriture, je serais mort depuis longtemps.

Un matin, alors que je mettais le pied pour la première fois dans le territoire du Nouveau-Mexique, un sentiment de béatitude m'envahit. J'eus la certitude que j'approchais du but. Je repris la route, ne m'arrêtant que pour dormir quelques heures. Mes pas me menèrent à une petite ville qu'on appelait Mesilla. Il y avait une charmante église à deux clochers, ainsi que des commerces. Comme si j'étais mû par une nécessité qui me dépassait moi-même, je m'éloignai de la ville et contemplai les champs qui s'étendaient à perte de vue. C'est alors que je la vis. Ses crêtes dentelées s'élevaient dans le ciel. La montagne en forme de main.

J'interpellai un porteur d'eau qui marchait lentement, ployant sous son lourd fardeau, et lui demandai quelle était cette montagne. Il me répondit en espagnol :

— Es el monte Serrado.

— Est-ce loin d'ici ? m'enquis-je dans sa langue.

— Alrededor de quince millas.

Environ quinze milles... Je décidai de m'y rendre, bien que mon corps fût perclus de fatigue. Il me fallut plusieurs heures pour y arriver. Je fus étonné de la rapidité avec laquelle j'avais franchi la distance, comme si mon âme donnait des ailes à ma pauvre enveloppe corporelle.

Je parvins au faîte d'un sentier. Le mont Serrado m'apparut alors dans toute sa splendeur. Les rochers semblaient sculptés dans du jaspe. Une légère brise rafraîchissait mon visage. Un oiseau virevolta dans le ciel, puis redescendit vers les parois rocheuses, survolant une anfractuosité dans la pierre. Intrigué, je suivis le sentier qui descendait en contrebas, au pied de la montagne. En m'approchant de la cavité, je me rendis compte qu'il s'agissait d'une grotte. Les paroles de Chiara me revinrent. *Tu trouveras une montagne, dont les cimes ressemblent à de grandes mains. Il y a là une grotte creusée à même les rochers. Elle deviendra ton dernier refuge.* J'avais enfin trouvé ce refuge tant espéré.

XXVI

Récit de François-Xavier Comtois

Je fus réveillé à l'aube par le chant d'un moqueur polyglotte. Cet oiseau porte bien son nom, car il sait imiter à merveille les autres espèces et enchaîne des sons aigus et graves avec l'habileté d'un chanteur d'opéra. J'aperçus Victor qui, debout devant un gros poêle en fonte, faisait du café en sifflotant. Loin d'être abattu par le vandalisme dont sa salle de rédaction avait été l'objet, il avait décidé de se rendre au bureau du shérif afin de porter plainte. Il me demanda de l'accompagner.

— Lorsqu'on s'apprête à rencontrer le diable, il vaut mieux être deux.

— Tu lui fais encore confiance, après ce qu'il t'a fait?

Victor secoua la tête.

— Je t'aime bien, même si tu es parfois bouché à l'émeri!

Offusqué, j'allais rétorquer, mais il renchérit:

— Je mettrais ma main au feu que c'est lui et sa bande qui sont responsables du saccage, mais je veux l'obliger à faire son travail et, surtout, qu'il sache que je ne suis pas dupe de ses manigances!

*

Le bureau de Bill Wallace se trouvait à proximité du palais de justice. Sur la porte givrée, son nom avait été inscrit en lettres noires, avec le mot « Sheriff » juste en dessous. Je remarquai que son nom avait été peint par-dessus un autre, qu'on avait maladroitement tenté d'effacer. Les hommes de loi ne faisaient sans doute pas long feu dans le coin.

Victor ouvrit la porte sans frapper. Wallace, les deux pieds sur son bureau, son chapeau sur les yeux, se réveilla en sursaut. Il mit sa main à sa ceinture et en sortit un revolver. Victor leva les mains pour lui faire comprendre que ses intentions étaient pacifiques. Le shérif abaissa lentement son arme, mais la déposa sur la table, à portée de main. Derrière lui se trouvait une cellule munie de barreaux.

— What do you want?

L'amabilité n'était décidément pas son fort... Victor fit quelques pas vers lui et se plaça au milieu d'un rai de lumière qui entrait par une fenêtre de sorte que le bandage noir qu'il portait sur son œil droit soit bien en évidence. Il expliqua dans un anglais tout à fait acceptable que sa salle de rédaction avait été mise à sac la veille et qu'il souhaitait porter plainte. Wallace grommela des mots indistincts, puis croisa les bras. C'était sa façon d'exprimer qu'il était à l'écoute. Victor ne se laissa pas décontenancer et exigea que sa déposition fût faite par écrit. Le shérif le fusilla du regard, puis aboya un ordre.

— Andy, come here!

Un jeune homme à l'allure timorée, une paire de lunettes posées de guingois sur son long nez, apparut dans la pièce. Wallace lui intima de s'asseoir et de prendre des notes. L'employé s'empressa de sortir d'une sacoche qu'il portait en bandoulière une plume d'oie, un encrier et une feuille de papier. Il redressa ses épaules tombantes, comme s'il se sentait soudain investi d'une tâche importante.

Lorsqu'il demanda à Victor son nom et sa profession, nous nous sommes rendu compte qu'il avait un léger accent. Victor pointa le doigt dans sa direction.

— Vous êtes français ! s'exclama-t-il.

— Canadien français, le corrigea le jeune homme.

Il nous apprit qu'il s'appelait André et qu'il était natif de Québec. Le shérif, mécontent de constater que nous avions engagé la conversation avec son assistant dans une langue qu'il ne connaissait pas, s'empressa d'y couper court.

— Andy, shut up and do your work.

André rentra les épaules et commença à noter la déposition de Victor. Il avait une belle écriture et il était méticuleux, deux qualités qu'on ne voyait pas souvent dans les parages. Je lui en fis le compliment en français, et il rougit.

— Mon père était notaire de profession.

Soudain, des coups de feu retentirent. André ne put réprimer un violent sursaut. Le shérif s'empara de son arme, se leva d'un bond et sortit en coup de vent. Le pauvre jeune homme tremblait de tous ses membres. Victor lui jeta un regard à la fois curieux et indulgent.

— Pourquoi avez-vous quitté le Québec ? lui demanda-t-il.

André haussa les épaules.

— Le goût de l'aventure, murmura-t-il d'un air piteux.

Un autre coup de feu retentit. André se réfugia sous le bureau. Victor ne put s'empêcher de sourire.

— Mon pauvre garçon, tu aurais été plus heureux comme rond-de-cuir dans le cabinet de ton père ! déclara-t-il en le tutoyant.

Il l'aida à sortir de sa cachette.

— Ce n'est pas tout, j'ai une déposition à faire, moi !

XXVII

Récit de François-Xavier Comtois

Victor était d'excellente humeur en quittant le bureau du shérif après avoir terminé sa déposition en bonne et due forme. La place de Mesilla était redevenue calme, comme si rien ne s'était produit. Une vieille femme, appuyée sur une canne, se dirigeait à petits pas vers l'église ; un homme à cheval s'arrêta devant le magasin général. Mon ami me prit par le bras et m'entraîna vers nos chevaux, que nous avions laissés attachés à une clôture.

— Où allons-nous ?

— Rendre visite à l'ermite, nom d'une pipe ! Aurais-tu déjà des trous de mémoire, à ton jeune âge ?

*

Un chemin assez large, couvert de gravier, serpentait jusqu'au mont Serrado. J'avais sillonné la plupart des routes du Nouveau-Mexique, mais c'était la première fois que je visitais cette région, située à une quinzaine de milles à l'est de Mesilla. On se serait crus seuls au monde, et pourtant, la ville était toute proche.

L'air était imprégné d'un parfum d'herbes sèches mêlé à l'odeur de bois brûlé, car les agriculteurs avaient pour habitude de ramasser les branches mortes et d'en faire de grosses piles auxquelles ils mettaient le feu. Ils répandaient ensuite les cendres sur le sol, afin de le rendre plus riche. C'était une coutume des Indiens pueblos et piros, qui la pratiquaient bien longtemps avant l'arrivée des Blancs.

Je fus saisi par la beauté du paysage. Les cimes dentelées du mont Serrado se détachaient en pointes ocre sur le bleu du ciel, ressemblant à d'immenses mains. Les yuccas, les cactus et les créosotiers formaient des taches vertes et jaunes sur les dunes sablonneuses. Il n'était que dix heures du matin, mais la chaleur était déjà intense, à peine atténuée par un vent vif qui soulevait des tourbillons de poussière. Un urubu planait au-dessus de nos têtes, à la recherche de nourriture. J'observai sa vilaine tête rouge et éprouvai un sentiment d'angoisse.

Il nous fallut moins d'une heure pour parvenir à une croisée des chemins. L'un faisait le tour de la montagne. L'autre menait à la Cueva.

*

Nous avions à peine parcouru un demi-mille lorsque j'aperçus la grotte, qui ressemblait à une simple crevasse creusée à même le roc. Difficile d'imaginer qu'un être humain pût y habiter… Mais un spectacle plus étonnant encore nous attendait. Une file composée de charrettes, de bogheis et même de quelques *chuck wagons*, ainsi que de nombreux cavaliers et de gens à pied, formait un long ruban diapré sur la route crayeuse menant à la grotte. Je comptai rapidement et j'évaluai qu'il y avait une cinquantaine de voitures et plus de cent cinquante personnes de toutes les origines faisant la queue devant la Cueva : des paysans mexicains, des notables, des femmes accompagnées de leurs bambins, des Indiennes pueblos munies de paniers de jonc débordant de victuailles. On aurait dit que toute la population de Mesilla et des environs s'était donné rendez-vous au mont Serrado. Parmi la foule se trouvaient des malades transportés en civière et des éclopés marchant péniblement avec une canne. Je vis même un homme dont le visage était couvert de pustules. Il attendait son tour, indifférent aux regards horrifiés dont il était l'objet et à la distance que les gens maintenaient entre eux et lui par peur d'être contaminés.

Victor poussa une exclamation de joie.

— Mon article a fait mouche ! s'écria-t-il.

Je devais reconnaître qu'il avait raison. Comment expliquer autrement un tel rassemblement, alors que la menace d'excommunication pesait toujours sur la population ? Je commençais à croire que la lutte de mon ami contre les pouvoirs en place n'était pas un combat de Don Quichotte...

J'aperçus Florence Lightwood qui descendait un sentier. Elle portait une casquette et un pantalon, ainsi que des jumelles à son cou. Elle me vit et me fit un signe amical de la main. Tenant ma monture par la bride, j'allai à sa rencontre.

— Que faites-vous ici ? lui demandai-je.

— I'm looking for the acorn woodpecker.

Je la regardai sans comprendre. Elle m'expliqua avec enthousiasme :

— Le pic glandivore. C'est un oiseau rare, qu'on trouve surtout en Californie. Ça fait des mois que je le cherche. Il paraît qu'il a été vu dans les parages. Je n'ai pas eu de chance jusqu'à présent, mais je n'abandonnerai pas tant que je ne l'aurai pas repéré !

Elle s'interrompit, légèrement embarrassée.

— Mais je vous ennuie, avec mes histoires d'oiseau.

— Pas du tout ! protestai-je.

Elle me sourit, ce qui lui donna un air juvénile.

— Et vous, que faites-vous ici ?

— Mon ami Victor et moi avons décidé de rendre visite à Pietro Battista Alesi.

— Quel personnage ! commenta-t-elle, songeuse. J'ai entendu dire qu'il est le fils unique d'une famille aristocratique de Lombardie. Il aurait tout abandonné, fortune, parents, amis, pour parcourir le monde à pied et vivre en reclus, en imitation de l'anachorète saint Antoine. On lui attribue même des guérisons miraculeuses, mais j'ai trop l'esprit scientifique pour croire à de tels phénomènes surnaturels.

Cette femme, malgré son ironie parfois coupante, m'était sympathique. Je me demandai ce qui la poussait à vivre dans ce coin de pays si rude, en quête de l'« oiseau rare », comme elle le disait, alors qu'elle aurait pu mener une existence des plus agréables à Londres, au cœur de l'effervescence artistique et scientifique qui y régnait. Sans doute était-elle mue par la même passion de la découverte et de l'aventure qui m'avait fait quitter mon pays et ma famille. Elle jeta un coup d'œil à sa montre de gousset.

— Bon, je repars. Souhaitez-moi bonne chance !

Elle se dirigea d'un bon pas vers un autre sentier qui contournait le côté est de la montagne. Un son de clochettes tinta dans l'air chaud. Un berger, vêtu d'une tunique à franges et muni d'un bâton, promenait un troupeau de moutons. Quelques personnes le saluèrent.

— Oye, Ernesto, ¿cómo estás?

— Muy bien, répondit-il en souriant.

Il lui manquait déjà plusieurs dents, malgré son jeune âge. Il continua son chemin, sifflant pour garder son troupeau à l'ordre. J'ignorais alors le rôle de premier plan qu'Ernesto Flores jouerait dans la tragédie qui se déroulerait quelques heures plus tard.

XXVIII

Récit de François-Xavier Comtois

Le soleil était haut dans le ciel. Bêtes et gens étaient devenus silencieux, paralysés qu'ils étaient par la chaleur. Malgré mon chapeau, je sentais des gouttes de sueur rouler sur mes tempes. Victor s'éventait avec une feuille de palmier, la mine stoïque. Ses joues étaient d'une rougeur de brique et il avait du mal à respirer. Je songeais à renoncer à notre visite à l'ermite lorsque la foule se remit à avancer. Les gens entraient dans la grotte par petits groupes, y déposaient nourriture ou offrandes, demandaient la bénédiction de l'ermite, puis repartaient, le visage en extase, comme s'ils avaient été touchés par la grâce divine. Tout comme Florence Lightwood, j'étais sceptique quant aux pouvoirs de guérison de Pietro Battista Alesi, mais je n'en étais pas moins sensible à la foi sincère de ces hommes et de ces femmes de bonne volonté, qui bravaient l'Église dans l'espoir que leur « *san ermitaño* » soulagerait leurs maux.

Il y eut un mouvement dans la foule. L'homme au visage couvert de pustules s'avança à son tour vers la Cueva, créant un vide autour de lui. Des murmures l'accompagnèrent tandis qu'il pénétrait dans l'étroit passage, puis un lourd silence se fit. Même les enfants s'étaient tus.

Tous les regards étaient rivés sur la caverne, en attente d'un miracle. L'homme resta longtemps dans la Cueva. Lorsqu'il en ressortit, les lésions défiguraient toujours son visage, mais il pleurait. C'étaient des larmes de joie. Il se mit à genoux dans la poussière et s'écria, les mains jointes :

— ¡Es un santo!

C'est un saint! Il se redressa et repartit d'un pas léger, comme s'il flottait sur un nuage. Victor et moi échangeâmes un regard empreint de compassion.

— Tant mieux si la piété le protège de la réalité, murmura mon ami.

Ce fut enfin à notre tour de nous avancer vers la Cueva.

*

Il nous fallut un moment avant de nous habituer à l'obscurité qui régnait dans la grotte. Des miasmes nauséabonds, mêlés à l'odeur de nourriture, d'herbes et de café, me parvenaient. J'aperçus dans un coin un grabat de feuillage, sur lequel une vieille couverture avait été jetée. À côté du lit se trouvait un petit autel, composé d'une planche en bois mal équarrie déposée sur deux pierres. Une croix de bronze y avait été disposée ainsi qu'une chandelle. Toutes sortes d'objets hétéroclites étaient entassés dans une cavité rocheuse au fond de la caverne : croix et statuettes de la Vierge en bois grossièrement sculptés, bols en céramique polychrome, couvertures en laine du pays, nourriture de toutes sortes… La plupart des offrandes étaient modestes, mais la contrée était pauvre, et je songeai qu'aux yeux de certains la Cueva était peut-être devenue une espèce de caverne d'Ali Baba.

Nous avons déposé les denrées que nous avions apportées à côté des autres offrandes. L'ermite était agenouillé devant l'autel et priait à mi-voix. Il y eut un léger courant d'air et la chandelle grésilla. L'anachorète se redressa lentement et se tourna vers nous. Un chapelet de bois était enroulé autour de ses mains. Je ne pus déceler son expression, car la caverne était mal éclairée et je ne voyais pas distinctement son visage. (La conversation s'est déroulée en anglais avec quelques mots en italien. Je l'ai traduite en français pour les besoins de mon récit.)

— Je vous en prie, rapportez cette nourriture et donnez-la à ceux qui en ont vraiment besoin.

Victor eut l'air déçu. L'ermite sembla le remarquer.

— Je vous remercie de votre générosité, poursuivit-il, mais je mange si peu.

Mon ami prit la parole, visiblement ému.

— Nous avons la plus profonde admiration pour vous. Vous donnez beaucoup d'espoir à ces pauvres gens.

— Je voudrais en faire davantage. La misère est grande, et mes moyens, bien limités.

Victor s'enhardit.

— Saviez-vous que Mgr Lamy a menacé d'excommunication tous ceux qui vous apportaient de la nourriture ou venaient vous voir pour obtenir votre bénédiction ou être guéris par vos soins ?

Le vieillard acquiesça doucement.

— Oui, j'étais au courant. Ces gens sont bien braves. Dieu les protège.

Je parlai à mon tour.

— Ne craignez-vous pas que Mgr Lamy vous excommunie aussi ?

Un rayon de lumière pénétra au même moment dans la Cueva, jetant une lueur fauve sur le visage émacié de l'ermite, lui donnant l'air du Christ sur la croix. J'en fus impressionné.

— Je ne crains pas pour moi. Mon heure viendra bientôt.

— Que voulez-vous dire ? murmura Victor, aussi troublé que moi.

Pietro Battista Alesi resta silencieux, puis il reprit la parole.

— Dieu vous bénisse. Allez en paix.

*

Nous avons quitté la Cueva sans prononcer un mot. Cette rencontre avec l'ermite nous avait plongés dans un étrange désarroi. *Mon heure viendra bientôt.* Qu'avait-il voulu dire ? Avait-il un problème de santé ? Le fait est qu'il vivait dans le plus grand dénuement.

— Crois-tu que l'ermite soit malade ? demanda Victor, la mine inquiète.

— Nous devrions peut-être aller chercher le Dr Jones.

Victor secoua la tête.

— Il refusera de se faire soigner par un médecin. Il ne semble croire qu'à la guérison par les plantes.

— Tu as sans doute raison.

Nous sommes restés songeurs. Mon ami fut le premier à se secouer.

— Allez, rentrons. J'ai une faim de loup.

La foule s'était dispersée, il n'y avait plus que nous dans les parages. Je me tournai une dernière fois vers la Cueva. L'ermite se tenait debout à l'entrée de la grotte. Il avait la tête levée vers le ciel, comme s'il implorait un Dieu absent.

XXIX

Journal de Pietro Battista Alesi

Je contemplais les nuages qui baignaient dans une lumière opalescente avec une poignante nostalgie, comme si c'était la dernière fois que j'admirais le spectacle du ciel. J'évoquai le jour où j'étais arrivé à Mesilla et où j'avais aperçu la montagne Serrado pour la première fois. La montagne en forme de main. Celle qui m'était apparue tant de fois dans mes rêves et que Chiara avait évoquée… Mon dernier refuge.

*

Les derniers rayons de soleil illuminèrent le ciel. On aurait dit que le firmament était en flammes. Chiara m'était apparue la veille. Ses cheveux étaient couverts d'un voile, comme la statue de la basilique San Gaudenzio. Son regard était empreint de tristesse. Elle m'avait tendu les bras et j'avais entendu sa voix dans ma tête.

— Pietro, tu viendras me rejoindre bientôt. Surtout, il ne faut pas avoir peur. Je t'attendrai de l'autre côté du monde, là où il n'y a plus de souffrance, plus de désirs, mais seulement la paix et l'amour.

Je lui avais tendu les bras à mon tour, mais elle s'était transformée en une ombre évanescente et avait disparu.

Je regardai à nouveau l'horizon. Jamais je ne m'étais senti aussi seul.

— Chiara, où es-tu? murmurai-je.

Ma voix résonna lugubrement dans l'espace. Je retournai à la Cueva et résolus de prier afin de retrouver la paix de l'âme. Je me mis à genoux devant l'autel, fixant la flamme de la chandelle que je gardais toujours allumée. Des lueurs orangées dansaient sur la pierre. De petites étincelles jaillissaient de la mèche, telles de minuscules étoiles. Je respirais plus lentement, le son cristallin des gouttes d'eau qui glissaient du plafond jusqu'au sol rythmait les battements de mon cœur. « Là où il n'y a plus de souffrance, plus de désirs, mais seulement la paix et l'amour », avait dit Chiara. J'abandonnai ma méditation pour ouvrir mon journal et y décrire l'apparition de ma bien-aimée, ainsi que ses dernières paroles. C'est alors que j'entendis un bruissement de pas, si ténu qu'il se confondit d'abord avec le son des gouttes d'eau. Le bruit de pas s'approchait. « Surtout, il ne faut pas avoir peur. Je t'attendrai de l'autre côté du monde, là où il n'y a plus de souffrance, plus de désirs. »

Je me retournai lentement et j'aperçus une forme debout devant l'entrée de la caverne. Je n'arrivais pas à distinguer les traits du visage, caché par un pan d'ombre.

La mince silhouette, vêtue d'une tunique à franges, le corps légèrement ployé, comme prêt à bondir, tient une lance dans sa main droite. La peur me quitte. Je ne ressens plus qu'un grand apaisement, comme si je ne formais qu'un avec l'univers. Les pas s'approchent encore. Je tourne le dos à l'ombre qui s'avance afin de prier en silence. Mon Dieu, je me remets entre vos ma…

XXX

Récit de Victor Dumas

Je fus réveillé à sept heures du matin par des cris de mort.

— ¡El santo está muerto! ¡Lo mataron! ¡El ermitaño fue asesinado!

Le saint est mort ! On l'a tué ! L'ermite a été assassiné !

Je me levai et je jetai un coup d'œil à ma fenêtre, qui donnait sur la place de Mesilla. Des volets claquaient, des ombres se profilaient dans l'embrasure des fenêtres. Je descendis l'escalier en trombe et, encore en pyjama, j'ouvris ma porte. Un jeune homme courait comme un lièvre autour de la place en hurlant. Je reconnus Ernesto, le berger du mont Serrado.

— ¡El santo está muerto! ¡El ermitaño fue asesinado!

J'aperçus M. de Santis, le propriétaire du magasin général, debout dans l'entrée de son commerce, un revolver à la main. Il l'interpella.

— ¡Oiga, Ernesto! ¿Qué pasa?

— ¡El santo! ¡Lo mataron! ¡El ermitaño fue asesinado!

Le propriétaire était un gros homme placide. Depuis qu'il avait ouvert son commerce à Mesilla, cinq ans auparavant, il en avait vu de toutes les couleurs : des braquages, de nuit comme de jour, une tempête de sable si violente qu'il lui avait fallu une semaine pour nettoyer les dégâts avec l'aide de sa femme, sans compter une invasion de sauterelles qui avait bien failli détruire ses provisions de maïs, mais les cris du berger parurent vraiment l'effrayer. Il glissa son revolver dans sa poche et courut vers Ernesto avec une rapidité surprenante pour un homme de sa corpulence. Il réussit à le rejoindre et l'attrapa par le collet.

— ¡Tranquilo, Ernesto! ¿De qué hablas?

Du calme, Ernesto ! De quoi parles-tu ?

Les yeux hagards, le berger tenta de rassembler ses esprits. De la mousse s'était formée aux coins de ses lèvres, tel un chien qui a la rage. M. de Santis lui saisit les mains. Elles étaient rouges de sang ; il y avait des éclaboussures écarlates sur sa blouse en lin.

— Sangre… Tienes sangre por todos lados…

Du sang… Tu as du sang partout…

Le berger se mit à pleurer comme un enfant. Entre deux sanglots, il répéta que Pietro Battista Alesi, que les habitants de Mesilla appelaient affectueusement *el ermitaño*, était mort.

— El ermitaño, el santo… ¡Está muerto! ¡Está muerto!

Le propriétaire essaya d'obtenir plus de détails, mais Ernesto s'était affaissé sur le sol et recroquevillé sur lui-même. M. de Santis, d'abord indécis, se pencha et le prit par les épaules. Il lui expliqua en espagnol qu'il le conduirait chez le shérif afin qu'il lui raconte son histoire, puis il le souleva. Le pauvre jeune homme se laissa faire, comme s'il s'était transformé en poupée de chiffon.

Sans prendre le temps de manger, je sellai mon cheval et me dirigeai au grand galop en direction de la maison de ferme de mon ami Comtois.

*

— L'ermite est mort ! déclarai-je, debout sur le seuil de sa porte, essoufflé par ma chevauchée.

François-Xavier me laissa entrer, les yeux encore brouillés par le sommeil.

— Qu'est-ce que tu racontes ?

Je m'avançai dans le salon, agitant les mains tout en parlant.

— L'ermite a été assassiné, te dis-je !

Mon ami resta sans voix. Il finit par bredouiller :

— Comment l'as-tu appris ?

— J'ai été réveillé par les cris d'Ernesto Flores. Il courait comme un damné dans la place de Mesilla en hurlant que l'ermite avait été tué. Le pauvre bougre avait du sang sur les mains et sur sa chemise.

— Ernesto n'a pas toute sa tête. Il a sûrement inventé cette histoire.

— Que fais-tu du sang partout sur lui ?

— Il s'est peut-être blessé.

François-Xavier entreprit de faire du café. Je le suivis dans la cuisine.

— Il faut retourner à la Cueva tout de suite.

— Je ne vois pas en quoi ça nous concerne.

J'éclatai.

— L'homme pour lequel j'ai pris fait et cause, pour lequel j'ai affronté Mgr Lamy, les puissants et les biens nantis, cet homme est mort assassiné, et tu ne vois pas en quoi ça nous concerne ?

François-Xavier parut saisi.

— Nous devons aller à la Cueva.

*

Nous roulions lentement sur la route menant à la caverne. Une brume épaisse s'était levée et couvrait le paysage d'une chape blanchâtre. C'est à peine si l'on voyait à quelques pieds devant soi, au point où François-Xavier dut arrêter la voiture et allumer une lanterne.

Les cimes de la montagne se dissolvaient dans le ciel chargé de nuages. Çà et là, des branches d'arbres perçaient le brouillard, ressemblant à des bras squelettiques appelant à l'aide. J'avais le cœur lourd. L'assassinat de l'ermite semblait trop horrible pour être vrai.

François-Xavier, qui tenait les rênes, se tourna vers moi.

— Tu es bien certain que ce n'est pas une histoire inventée ?

Je haussai les épaules.

— Peut-on jamais être sûr de rien ?

Nous avons poursuivi la route sans un mot. Le roulement de la voiture et les claquements des sabots se réverbéraient dans le silence inhabituel, interrompu parfois par le battement d'ailes furtif d'une tourterelle.

À un tournant du sentier, j'aperçus un énorme pin dont la cime traversait la brume. Des masses noirâtres étaient agglutinées sur les branches. Des urubus. Ils étaient environ une trentaine. Certains d'entre eux avaient déployé leurs ailes, tel un immense éventail, et leurs vilaines têtes rouges pendaient sur leur poitrine. Cette vision sinistre m'apparut comme un prélude de ce qui nous attendait.

Nous sommes parvenus à la croisée des chemins. Par beau temps, on pouvait facilement distinguer la Cueva, qui ressemblait à une longue crevasse édentée, mais elle avait disparu dans le brouillard. Toujours ce silence oppressant...

— Nous y voilà, dit François-Xavier.

Sa voix, amortie par la brume, résonna étrangement. Nous sommes descendus de la voiture. Mon ami attacha son cheval à un vieux tronc de chêne, puis prit la lanterne et la tint devant lui. Le halo de lumière était rassurant. Il s'avança vers la caverne, et je lui emboîtai le pas. On n'entendait que le crissement de nos pieds sur le gravier.

En entrant dans la grotte, dont les parois rugueuses étaient vaguement éclairées par la lumière tremblotante de la lanterne, nous avons été saisis par le désordre effroyable qui y régnait. Le petit autel avait été renversé. Des pots brisés gisaient sur le sol.

— On dirait que des voleurs sont passés par ici, murmura mon compagnon.

Je remarquai alors que la robe de bure que portait l'ermite ainsi que la cape qui couvrait ses épaules avaient été abandonnées sur le grabat. Une odeur rance prenait à la gorge, un mélange de corps mal lavé et de nourriture qui pourrissait, mais il y avait autre chose, une odeur douceâtre. Je fis signe à François-Xavier de venir près de moi. Il obtempéra et abaissa sa lanterne. Il y avait des traces rouges sur le sol, près des débris de l'autel. Du sang.

XXXI

Récit de François-Xavier Comtois

Victor et moi avons échangé un regard inquiet. J'éprouvai le besoin de trouver une explication rassurante.

— Il a pu se blesser en manipulant un couteau...

Je repérai alors un sac en cuir, à quelques pieds des taches de sang. J'en sortis une vieille édition du *Récit du pèlerin*, d'Ignace de Loyola, dont les pages écornées et la dorure, presque entièrement effacée, indiquaient que le livre avait souvent été consulté. Il y avait aussi *Le Cantique des créatures*, de saint François d'Assise, ainsi qu'un traité de Pline l'Ancien sur la botanique.

— C'était un homme érudit, commenta Victor, impressionné.

Il ne s'était pas rendu compte qu'il avait parlé de l'ermite au passé, comme si celui-ci n'était plus de ce monde. Je fouillai à nouveau dans le sac et trouvai un daguerréotype de Pietro Battista Alesi. Il avait la même barbe blanche, mais semblait un peu plus jeune. Sa robe de bure était couverte d'une cape, dont le capuchon avait été relevé. Il s'appuyait sur une canne et on distinguait clairement sa main gauche atrophiée posée sur son ventre.

—Je me demande où et quand ce daguerréotype a été fait, murmura Victor.

Il s'en empara et l'examina de plus près. Il remarqua un pointillé sur la main droite, tracé à l'encre noire.

— C'est sans doute de la main de l'ermite, observai-je.

Victor hocha la tête.

— Peut-être, mais qu'est-ce que ça peut bien signifier?

Il enfouit le daguerréotype dans la poche de sa veste, puis se mit à fouiller aux alentours. Il trouva près du grabat un cahier à la couverture cartonnée, qui gondolait par endroits. Il l'ouvrit avec précaution et commença à le parcourir.

— Un journal personnel...

Il le feuilleta.

— C'est écrit en italien. Avec quelques passages en espagnol et en anglais.

Il referma respectueusement le cahier et le glissa dans un cartable qu'il transportait toujours avec lui. Il fit de même avec les livres. Je le regardai faire, songeur. Il éprouva le besoin de se justifier.

— Il ne faut pas que cela tombe entre les mains de n'importe qui.

Victor avait raison. Si l'ermite était bel et bien mort, ces objets étaient tout ce qu'il restait de lui et ils devaient demeurer en sûreté.

— Allons à sa recherche, proposai-je.

*

Lorsque nous sommes sortis de la grotte, le soleil avait dispersé la brume. Il ne restait que des filaments qui s'enroulaient autour des arbres telle une écharpe. Je crus entendre des voix au loin. Elles semblaient provenir de la vallée. Je m'engageai dans un sentier qui serpentait jusqu'en contrebas. Victor, tenant son cartable comme si sa vie en dépendait, me suivit. En chemin, je remarquai que des branches de buissons avaient été arrachées. De multiples traces de pas marquaient le sol sablonneux.

— On dirait que nous ne sommes pas seuls, chuchotai-je.

Nous avons continué à marcher sans dire un mot. Des colins de Gambel couraient dans la futaie en poussant de petits cris plaintifs. Soudain, au tournant du sentier, nous avons aperçu trois hommes. Je me penchai vers Victor.

— Le shérif et ses sbires, dis-je à mi-voix.

Il me fit signe qu'il les avait reconnus.

— Nous allons de l'avant, lança-t-il, la mine décidée.

Nous nous sommes approchés du groupe, prenant la précaution de placer nos mains au-dessus de notre tête pour faire comprendre au shérif et à ses adjoints que nous n'avions pas d'intentions belliqueuses. Wallace nous fixa. Même à distance, je sentais son hostilité.

— What are you doing here?

Que faites-vous ici ? Je fis un effort pour garder mon calme et lui expliquai que nous avions entendu dire que l'ermite était mort, et que nous souhaitions en savoir davantage sur les circonstances de son décès. Les sourcils du shérif se rapprochèrent et il serra les lèvres, qui s'amincirent telle une lame de couteau.

— It's none of your business.

Ça ne vous regarde pas.

Je n'eus pas besoin de regarder Victor pour savoir qu'il bouillait de régler son compte à cette fripouille. Je répliquai avec toute la froideur dont j'étais capable que nous avions le droit, comme citoyens, de nous enquérir du sort d'une personne qui avait voué son existence à soulager la misère des autres. Le shérif resta de glace devant mes explications, mais il vit ma main glisser vers ma ceinture et comprit que j'étais prêt à me servir de mon arme, s'il le fallait. Ses deux adjoints dégainèrent leur pistolet à moitié, mais le shérif les arrêta d'un geste et nous fit signe d'avancer.

C'est alors que je vis un corps étendu sur le dos, au milieu du sentier. Il avait les bras en croix et était en partie caché par Ernesto Flores. Le jeune berger était agenouillé auprès de lui et psalmodiait une prière en se balançant doucement d'avant en arrière. Je fis encore quelques pas et j'aperçus un visage ensanglanté. Je reconnus l'ermite. Il était nu, hormis un pagne qui entourait sa taille. Une flaque de sang s'était formée sous sa tête. Ses yeux, écarquillés, étaient vitreux et sa bouche, entrouverte. Sa longue barbe avait été sauvagement tailladée. Il serrait une croix de bronze dans sa main gauche, celle qui avait une malformation. Je reconnus la croix qui se trouvait sur l'autel, lorsque Victor et moi lui avions rendu visite à la Cueva. Un chapelet était enroulé autour de sa main droite. Des mouches voletaient au-dessus de son corps dont la maigreur faisait peine à voir. Une plaie béante déchirait sa poitrine hâve. Durant mes nombreuses pérégrinations, j'avais vu des morts de près, mais le cadavre de l'ermite était si horriblement mutilé que je sentis une nausée monter dans ma gorge.

— So, enjoying the scene? glapit l'un des adjoints du shérif, un homme trapu, avec un rictus de hyène.

Alors, vous aimez la vue ?

— Shut up, Jennings, intervint le shérif.

Il y a quelques années, j'aurais volontiers cassé la gueule à cet abruti d'un solide coup de poing, mais je ne pris même pas la peine de réagir. J'avais rencontré beaucoup de ces hommes ignorants et brutaux, dont la seule défense face à la mort consistait à s'en moquer. Je demandai au shérif s'il avait une idée de qui avait tué l'ermite. Il eut une moue méprisante.

— Indians, of course.

Il prétendit qu'une bande d'Apaches sévissait dans la région depuis quelques semaines et s'attaquait à des voyageurs isolés. Je voulus savoir s'il avait trouvé des armes qui auraient pu servir à l'assassinat du pauvre homme, mais il secoua la tête sans répondre. Puis il ordonna à ses adjoints de surveiller le cadavre pendant qu'il allait chercher une charrette à Mesilla pour revenir prendre le corps et le transporter jusqu'à la maison du Dr Jones. Il se tourna vers nous.

— Follow me!

Pas de doute, c'était un ordre, et le shérif entendait bien être obéi. Je levai les yeux vers Victor, qui serrait les dents et fixait ses souliers pour ne pas sauter à la gorge de Wallace. Je lui fis un signe de tête pour lui faire comprendre de rester tranquille.

Je jetai un dernier coup d'œil à l'ermite, à son corps abandonné. Dire que ces yeux ne verraient plus jamais le ciel ! Je songeai que, si Dieu existait, il n'aurait pas laissé un être aussi bon périr de façon aussi infâme.

Indifférent aux vociférations du shérif, je me penchai au-dessus de la dépouille et fermai délicatement les paupières bleuies. J'entendis alors un son rauque et sinistre. Je levai la tête et j'aperçus un urubu qui se perchait sur une branche de cotonnier dans un froissement d'ailes. Un deuxième se posa à côté du premier. Ils attendaient. Patients.

XXXII

Récit de François-Xavier Comtois

La dépouille de Pietro Battista Alesi, recouverte d'une bâche, fut transportée dans une charrette escortée par le shérif et ses deux adjoints jusqu'à la maison du médecin, qui habitait dans la Calle de Santa Ana, non loin de l'église. Victor et moi avions insisté pour rester aux côtés de l'ermite, ce que le shérif n'avait pas refusé, jugeant sans doute plus sage de nous garder à l'œil.

Le corps fut déposé sur une table d'examen. Le médecin observa d'abord la blessure au thorax. Bien qu'il eût l'habitude de recevoir les dépouilles de victimes de morts violentes, il ne put réprimer un frisson. Il expliqua qu'il y avait une plaie profonde au thorax de l'homme, qui n'avait pu être causée par un couteau. Selon lui, le ou les meurtriers s'étaient servis d'une lance, à la lame très coupante. L'un des poumons avait été perforé.

— What did I say! s'exclama le shérif. Indians.

Le docteur hocha la tête sans répondre, puis poursuivit son examen. Il remarqua que l'ermite portait une ceinture en métal munie de pointes qui pénétraient dans sa chair. *Un cilice.* La victime avait dû le mettre il y a fort longtemps sans jamais l'enlever, observa-t-il, car la peau avait repoussé par-dessus le métal par endroits. Il remonta ensuite vers les épaules, les bras et la tête. Il n'y avait pas de marques inhabituelles sur les épaules et les bras, mais les cheveux blancs de l'ermite étaient maculés de sang. Il déplaça la tête vers la gauche et vit que l'occiput avait été défoncé. Il en conclut que le coup avait dû être effectué à l'aide d'un gros caillou ou d'une massue, mais il ne croyait pas que c'était cela qui avait causé la mort.

— À quand remonte le décès ? demanda Victor en anglais, provoquant un regard irrité du shérif.

Le médecin haussa les épaules. D'après lui, à en juger par la rigidité cadavérique et la température du corps, la victime serait morte entre six et neuf heures du soir.

*

Après l'examen par le Dr Jones, le corps de l'ermite fut transporté au presbytère. À défaut de pouvoir lui administrer l'extrême-onction, le curé Gonzales bénit la dépouille et fit une prière aux morts. Le shérif se rendit en personne chez le menuisier de Mesilla, qui fabriquait également des cercueils, et paya de sa poche les frais d'une caisse en pin – ce qui était généreux de sa part, je dois en convenir –, mais d'après M. de Santis, qui était ami avec le menuisier, Wallace avait âprement négocié le prix, ce qui avait eu pour résultat que le cercueil était trop petit, et qu'il avait fallu briser les tibias du mort pour pouvoir l'y faire entrer.

Dans les cas de morts violentes ou « non naturelles », le coroner du district devait convoquer un jury composé de six hommes afin de déterminer la cause du décès. Un jury fut donc mis sur pied et conclut à une « mort par homicide, causée par un coup de lance ayant entraîné la mort. Auteurs du meurtre : inconnus ».

La nouvelle de la mort de l'ermite était sur toutes les lèvres. *El san ermitaño*, le saint homme, qui vivait en solitaire à la Cueva et avait consacré son existence à autrui, avait été tué ! Les rumeurs les plus folles couraient : l'ermite avait été dévoré par des javelinas[3] ; il avait été attaqué par des bandits, poignardé, puis abandonné sur un sentier… Mais l'hypothèse la plus populaire était qu'il avait été surpris par des Apaches, qui l'auraient volé, assommé, puis traîné par la barbe à l'extérieur de la caverne et brutalement occis à coups de lance.

Les journaux de la région reprirent en chœur la thèse de l'assassinat par des Indiens. Victor se les procura et les lut avec un mélange de rage et de frustration. Il me donna rendez-vous au saloon, apportant une pile de gazettes, qu'il jeta sur la table.

— Ma presse et ma salle de rédaction ont été saccagées par le shérif et sa bande pour me museler, éructa-t-il. Et pendant ce temps, les autres journaux ont beau jeu pour répandre leurs fausses nouvelles !

Je parcourus d'abord le *Daily New Mexican* : « L'infortuné Pietro Battista Alesi, que la population avait surnommé affectueusement "el ermitaño", est mort de la plus affreuse manière. Son corps a été trouvé à un demi-mille de la Cueva, où l'ermite vivait depuis le mois de mai dernier. Le pauvre homme a été tué à coups de lance dans la poitrine. Une bande d'Apaches s'est attaquée récemment à plusieurs voyageurs solitaires dans la région, ce qui ne laisse aucun doute sur le fait que ce sont des Indiens qui l'ont brutalement assassiné. Nous espérons que cet acte d'une lâcheté immonde ne restera pas impuni. »

— Ils condamnent les Indiens sans procès ! s'exclama Victor, furieux.

Même son de cloche dans le *Mesilla Tribune*, qui concluait que « la façon dont l'ermite a été assassiné, à coups de lance, est une preuve éloquente de la culpabilité des Apaches, qui sévissent depuis trop longtemps dans

3. Espèce de sanglier sauvage vivant au Nouveau-Mexique et au Texas.

notre région et sèment la peur et la mort partout où ils passent».

— Ce n'est pas impossible que des Apaches l'aient tué, énonçai-je prudemment.

Victor donna un coup de poing sur la table, ce qui fit tinter les verres et nous valut un regard torve de la part du barman.

— Tu ne comprends donc pas que les élites se sont donné le mot pour accuser les Indiens afin de protéger les vrais coupables ?

Je fis signe à Victor de baisser le ton.

— Peut-être, mais tu n'as aucune preuve de ce que tu avances.

— J'en trouverai !

Il se leva de table et partit d'un pas déterminé, me laissant avec la pile de journaux.

*

Les funérailles de Pietro Battista Alesi eurent lieu deux jours plus tard. Le curé Gonzales avait organisé une souscription pour acquitter les frais de l'inhumation et de la pierre tombale, pierre qu'il était allé chercher lui-même sur la montagne Serrado, près de la Cueva, avec l'aide de son bedeau et d'Ernesto Flores. Les citoyens de Mesilla se montrèrent généreux et furent nombreux à suivre le cortège funèbre, constitué d'une simple charrette sur laquelle le cercueil en pin trop petit avait été placé.

Le curé, une croix à la main, marchait en tête, suivi de près par le berger Ernesto, dont les épaules étaient secouées par des sanglots. Le shérif et ses deux sbires, ainsi que M. de Santis, le propriétaire du magasin général, et quelques notables, dont le directeur de la banque, Ed Caldway, faisaient partie du cortège. Plus d'une centaine de paysans et de travailleurs agricoles, tenant respectueusement leur *sombrero* dans leurs mains croisées, fermaient la marche en silence, l'air digne et consterné. Je reconnus parmi la foule Florence Lightwood, qui avait revêtu une robe sombre pour l'occasion. Je ne pus m'empêcher de chercher Sonia Alvarez des yeux, mais à ma grande déception je ne la vis pas.

Le convoi se rendit au petit cimetière de Mesilla, situé derrière le presbytère. Une fosse avait été creusée sous un cotonnier de Virginie, dont les branches faisaient un peu d'ombre sur la terre noyée de lumière. Le prêtre avait fait graver une épitaphe en espagnol sur la pierre tombale :

Pietro Battista Alesi, ermitaño del Viejo y del Nuevo Mundo
Lo mataron el 17 de septiembre de 1860 a los 60 años habiendo profesado una vida rara en éste siglo XIX.

« Pietro Battista Alesi, ermite de l'Ancien et du Nouveau Monde, a été tué le 17 septembre 1860 à l'âge de soixante ans, après avoir vécu une existence d'exception en ce XIXe siècle. » Tandis que le curé récitait une prière en latin, Ernesto continuait de pleurer. De grosses larmes d'enfant roulaient sur ses joues rondes. Au moment où la première pelletée de terre fut jetée sur le cercueil, le berger, dans un geste de désespoir, se précipita dans la fosse et atterrit à pieds joints sur le couvercle, qui craqua sous son poids. Des cris d'horreur retentirent. Le curé Gonzales regarda autour de lui, en proie à la panique.

Constatant que personne ne faisait un geste pour venir en aide à Ernesto, je m'avançai vers la tombe et, d'un mouvement qui tenait davantage de l'instinct que de la réflexion, je me couchai au-dessus de la fosse et tendit la main au berger. Ce dernier restait allongé sur le cercueil, sanglotant, aveugle à tout ce qui l'entourait.

— Ernesto !

Je répétai son nom à plusieurs reprises. Il finit par lever les yeux vers moi, l'air hagard. Je lui fis signe de prendre ma main. Il sembla se réveiller d'un songe et la saisit. Je le tirai vers moi, non sans m'être assuré que la pointe de mes bottes était bien plantée dans le sol. J'avais réussi à hisser le jeune homme à moitié hors de la fosse lorsque la terre sablonneuse céda sous mes pieds et que je me mis à glisser. Je serais tombé à mon tour dans le trou si Victor n'avait pas eu la présence d'esprit de s'étendre de tout son poids sur mes jambes.

— Tiens bon !

Dans un ultime effort, j'agrippai Ernesto par les deux poignets et je parvins à le sortir complètement de la fosse. Nous sommes restés ainsi tous les trois allongés sur le sol, couverts de sueur et de poussière, reprenant difficilement notre souffle, sous le regard ahuri de l'assemblée. Le curé Gonzales fut le premier à sortir de sa torpeur et à marmonner une dernière prière, comme s'il souhaitait en finir au plus vite.

*

Le lendemain, je reçus la visite de Victor. Il était dans tous ses états.

— Ernesto Flores vient d'être arrêté !

— Le jeune berger ? Pour quelle raison ?

— Il est accusé du meurtre de l'ermite. Il a été enfermé dans la prison du shérif Wallace !

Un coup de tonnerre dans un ciel sans nuages ne m'aurait pas davantage surpris.

XXXIII

Récit de François-Xavier Comtois

Le shérif Wallace était la dernière personne au monde que je souhaitais revoir, mais Victor avait tellement insisté pour que je l'accompagne que j'avais finalement cédé. Sans compter que je craignais qu'il entreprît cette démarche seul. Wallace était un homme dangereux, il valait mieux être deux pour l'affronter.

Le shérif nous reçut avec une affabilité que je trouvai suspecte. Ernesto Flores était sagement assis sur un banc de bois, derrière les barreaux. Il ne semblait pas comprendre ce qui lui arrivait. Victor demanda à Wallace pourquoi le berger était accusé du meurtre de Pietro Battista Alesi, qu'il vénérait comme un saint. Wallace déclara que le jeune homme s'était rendu à son bureau de son propre chef et qu'il avait confessé être l'auteur de l'assassinat.

— Puis-je lui parler ? s'enquit Victor en anglais.

Contre toute attente, l'homme de loi accepta. Il prit son trousseau de clés et déverrouilla la porte de la cellule, qui s'ouvrit dans un grincement de gonds. Victor entra et prit place sur le banc tandis que le shérif refermait la grille. Je restai en retrait, mais j'entendis leur conversation.

Victor s'adressa à Ernesto dans un espagnol un peu laborieux, mais le jeune homme répondit à ses questions sans réserve. Je reproduis ici leur échange en français :

— Pourquoi t'accuses-tu d'avoir tué l'ermite ?

— Parce que je l'ai fait, répliqua le berger d'une voix étouffée.

— Comment l'as-tu fait ?

— Je l'ai tué.

— Comment ? répéta Victor.

Ernesto garda le silence. Victor ne lâcha pourtant pas le morceau. De toute évidence, il ne croyait pas à sa culpabilité.

— L'ermite a été assassiné par un coup de lance dans la poitrine. Où as-tu trouvé cette lance ?

Ernesto eut l'air effrayé.

— Je ne sais pas. Je ne m'en souviens pas, balbutia-t-il.

— Si tu ne t'en souviens pas, comment peux-tu être sûr que tu as tué l'ermite ?

Le pauvre berger se mit à trembler sans répondre. Le shérif intervint et signifia à Victor que l'entretien était terminé.

— Il ne devrait pas être en prison ! protesta mon ami. Vous voyez bien qu'il n'a pas toute sa tête !

Wallace resta de glace et ordonna à Victor de sortir. Ce dernier obtempéra en maugréant. Le shérif verrouilla à nouveau la porte. Mon ami l'interpella.

— What will happen to him?

Le shérif haussa les épaules.

— He will go on trial.

Il va subir un procès.

— He's innocent!

— That's a decision the judge will have to make.

Ce sera au juge d'en décider.

*

À l'extérieur, l'air était sec et chargé de poussière. Victor était hors de lui.

— C'est un déni de justice ! s'écria-t-il tandis que l'on marchait sur le trottoir de bois. Je ne permettrai pas à ce salaud de Wallace de laisser accuser un innocent !

— Tu n'aideras pas Ernesto en te mettant encore une fois le shérif à dos.

— Sacrebleu ! C'est clair comme de l'eau de roche que le pauvre petit n'est pas coupable !

— Je suis d'accord avec toi, mais si on veut l'aider, il faut garder la tête froide.

Victor s'immobilisa, contemplant le ciel, la mine pensive.

— Quelqu'un l'a convaincu de se livrer, dit-il soudain.

Je le regardai, saisi.

— Qui ? Et pour quelle raison ?

— Si nous pouvons répondre à ces deux questions, alors nous saurons qui est le véritable assassin de Pietro Battista Alesi.

XXXIV

Récit de Victor Dumas

Qui avait convaincu le berger de se livrer à la police? Et pour quelle raison? Les deux questions tourbillonnaient dans ma tête sans relâche. En rentrant chez moi, je me rendis aussitôt dans ma chambre et je fouillai dans un coffre placé sous mon lit, où j'avais caché le journal de Pietro Battista Alesi ainsi que ses livres et le daguerréotype trouvés dans la Cueva. J'avais l'intuition que la vérité logeait dans ces pages couvertes de l'écriture fine et pointue de l'ermite. Je me fis un café fort, m'installai à mon secrétaire et commençai la lecture du journal.

J'avais appris le latin au collège et je possédais quelques notions d'italien, ayant vécu une partie de mon enfance à Florence avec mes parents, lorsque mon père avait été nommé représentant commercial de la France. J'entrepris donc la traduction du texte en français, transcrivant les passages au fur et à mesure sur des feuillets.

Je n'avais plus la foi depuis belle lurette et je me méfiais de tout ce qui se rapportait à l'Église, mais j'étais fasciné par le parcours extraordinaire de cet homme hors du commun, par la force et la sincérité de ses aspirations mystiques. Le portrait qu'il dressait de sa mère était émouvant. Elle semblait avoir tout fait en son pouvoir pour le protéger, le plus souvent contre lui-même, mais aussi contre son père, dont il était l'antithèse. Cette histoire de mandragore, ainsi que la visite du jeune Pietro avec le père Falcone dans la crypte où reposait son grand-père étaient dignes d'un roman de mon honoré collègue Alexandre Dumas…

J'avais traduit une dizaine de pages du journal lorsque j'entendis la cloche de l'église carillonner. Il était déjà six heures. Je m'efforçai de manger une bouchée et je repris mon travail. Les amours de l'ermite avec Chiara et la mort tragique de celle-ci me bouleversèrent. Je ne pouvais m'empêcher de penser à ma chère Mathilda, elle aussi morte en couches. Je comprenais mieux les raisons qui avaient mené Pietro à abandonner la prêtrise et à choisir la rude vie de pèlerin. En parcourant ces centaines de milliers de milles à pied, il cherchait à expier la disparition de sa bien-aimée. Le fait qu'il ait porté un cilice sous forme de ceinture en fer était une autre façon de se punir, d'éprouver quotidiennement dans sa chair la souffrance d'avoir été la cause de sa perte.

Il était passé onze heures du soir, mais j'étais incapable d'abandonner le journal. J'avais cessé de traduire et je me contentais de lire, envoûté que j'étais par le récit de l'ermite et par ses pérégrinations. Cette mystérieuse apparition de Chiara lui avait donné l'idée d'entreprendre ce périple vers l'Amérique du Sud, un continent qu'il ne connaissait pas, et où l'attendaient mille et un dangers… Mais mon esprit sceptique me faisait douter de la véracité de ses visions. Les jeûnes et les punitions corporelles en étaient sans doute la cause.

Fourbu, je me résignai à me mettre au lit. Je dormis mal cette nuit-là, revivant en pensée le tourment de cet homme, qui semblait pourtant avoir trouvé une certaine paix en choisissant une existence de solitude et de prières. Se doutait-il seulement de l'horrible sort qui l'attendait?

Connaissait-il son ou ses meurtriers ? Le mystère demeurait entier.

Le lendemain matin, au moment où je m'apprêtais à replonger dans la traduction du journal, je reçus la visite de mon ami Comtois. Il arborait habituellement un calme qui avait le don de m'irriter, mais cette fois il ne tenait pas en place et ses yeux brillaient de colère.

— Viens vite. Des brutes tentent de s'en prendre à Ernesto Flores.

*

Nous avons couru jusqu'à la place de Mesilla. Il nous fallut faire des pieds et des mains pour nous frayer un chemin dans la foule compacte qui s'était massée devant le bureau du shérif. Trois cowboys, les frères Harris, portant chacun un Stetson et armés jusqu'aux dents, tenaient Ernesto par les épaules et l'entraînaient vers une potence improvisée sous les cris : « À mort ! Pendez-le ! » D'autres voix, surtout féminines, prenaient la défense du berger : « Laissez-le tranquille ! » « C'est un pauvre innocent ! » J'avais déjà vu ces hommes à plusieurs reprises au saloon. Ils passaient pour être des voleurs de chevaux, ce qui était considéré comme une véritable plaie dans la région.

À force de jouer des coudes, nous avons réussi à nous approcher de l'infortuné Ernesto, plus mort que vif. Deux des frères le maintenaient solidement par les poignets tandis que le troisième glissait le nœud d'une corde autour de son cou. Les invectives continuaient à pleuvoir : « À mort l'assassin ! » « La justice par la corde ! » En levant les yeux, j'aperçus la silhouette du shérif, qui observait la scène à distance sans intervenir. J'eus alors la certitude qu'il était de mèche avec ces prétendus justiciers. Lorsque nous avions rendu visite à Ernesto, la porte de sa cellule était verrouillée, et le shérif en détenait la clé. Comment le jeune homme avait-il pu se retrouver à l'extérieur, sous la menace de ces cowboys, sinon avec la complicité de Wallace ?

Sans crier gare, Comtois s'élança vers les forcenés qui s'apprêtaient à pendre le pauvre berger et les prit à partie :

— Lâchez-le ! Il a droit à un procès !

L'un des Harris, celui qui venait de mettre la corde au cou du berger, le toisa en ricanant. Comtois, vif comme l'éclair, extirpa un couteau de sa ceinture. Les trois frères furent paralysés par la surprise pendant un instant. Mon ami en profita pour trancher la corde d'un mouvement rapide et s'échapper avec le berger avant que les hommes aient le temps de s'emparer d'eux. L'un des cowboys sortit un pistolet, mais François-Xavier et Ernesto avaient disparu dans la foule ; des femmes avaient créé spontanément un couloir pour faciliter leur fuite. Les Harris se lancèrent à leur poursuite, mais les gens formaient une barrière compacte qui les empêchait d'avancer.

Tenant le berger par le bras, Comtois courut vers le shérif, qui était accompagné de ses sbires. Jennings pointa un revolver, mais Wallace lui fit signe de ranger son arme. François-Xavier s'était placé devant le shérif, de façon à protéger le jeune homme de la ligne de tir des cowboys.

— Alors, monsieur Wallace, dit-il en anglais, vous alliez laisser l'un de vos citoyens être pendu sans procès ?

Il parlait d'une voix forte pour s'assurer que tout le monde pouvait l'entendre. Le shérif haussa les épaules sans répondre et fit mine de s'éloigner, mais Comtois se dirigea vers lui. Je perçus le cliquetis des pistolets que les adjoints de Wallace venaient d'armer. Une sueur froide mouillait mes tempes, malgré la chaleur. Pourtant, mon ami ne semblait pas le moins du monde intimidé.

— Votre rôle n'est-il pas de faire respecter la loi ? Ne m'avez-vous pas affirmé que c'est au juge de décider de la culpabilité ou de l'innocence de cet homme ?

Je sentis un courant de sympathie dans la foule, comme un vent de mer changeant soudain de direction. La bravoure de mon ami en imposait, et je dois dire que devant ses yeux étincelants et sa taille bien prise plus d'une femme le regardait avec une admiration teintée de nostalgie, comme s'il était devenu un héros de roman.

Un bruit de sabots se fit alors entendre. Sonia Alvarez, se tenant droite sur son cheval, s'avançait dans la foule, qui s'écarta avec des cris de protestation ou de frayeur. Tous les regards se tournèrent vers elle. Elle s'immobilisa au milieu de la cohue, indifférente aux exclamations hostiles dont elle était l'objet. Elle portait une tenue d'amazone et sa belle chevelure noire, couverte d'un élégant chapeau de paille, tombait en cascade sur ses épaules.

— ¡No tiene pruebas de que este hombre sea culpable! s'écria-t-elle.

Vous n'avez aucune preuve que cet homme est coupable !

Doug Jennings, l'adjoint du shérif, la toisa avec mépris.

— I don't take any advice from a woman, especially not from a whore.

Je ne prends aucun conseil d'une femme, surtout pas d'une putain.

Mon ami Comtois s'avança pour apprendre les bonnes manières à ce salaud, mais je le retins.

— Ne te mêle pas de ça. La dame est capable de se défendre toute seule.

Sonia Alvarez gratifia Jennings d'un sourire suave.

— Pourtant, vous êtes l'un de nos clients les plus fidèles, lui dit-elle en anglais. Cela signifie sans doute que vous appréciez nos services.

Des rires s'élevèrent. Jennings blêmit de rage. Des gens réclamèrent que le berger soit ramené dans sa cellule. D'autres citoyens se mirent à scander : « Un procès ! Un procès ! » Bientôt, le concert de revendications en espagnol et en anglais prit de l'ampleur. J'entendis même quelques mots prononcés en français. J'étais sidéré par la rapidité avec laquelle l'humeur de la populace avait changé. Cela n'était pas sans me rappeler mes années à Paris, lors des troubles qui avaient précédé la monarchie de Juillet. Le moindre rassemblement, d'abord monarchiste, pouvait devenir républicain dans le temps de le dire, pour ensuite redevenir monarchiste…

François-Xavier se tenait toujours devant le shérif, les bras croisés, ne le quittant pas des yeux. Wallace hésita, puis il se tourna vers ses adjoints et leur ordonna de reconduire Ernesto Flores dans sa cellule. Ses sbires, le visage sombre, obtempérèrent sous les vivats de la population. Les frères Harris tentèrent bien de se dégager de la foule, mais l'étau que formaient les gens autour d'eux s'était resserré, les empêchant de faire le moindre geste. Je ne fus pas sans remarquer le regard qu'échangèrent mon ami et la belle Espagnole.

*

La pendaison manquée d'Ernesto Flores avait causé tout un émoi dans la petite ville, mais étrangement aucun journal n'en fit mention le lendemain, ni les jours suivants. Je décidai d'écrire un article sur l'événement que j'apportai au *Mesilla News*, mais le rédacteur en chef refusa de le publier sous prétexte que le sujet était sans intérêt pour ses abonnés. Je n'en crus pas un mot, bien entendu. De toute évidence, la censure l'emportait sur la recherche de la vérité. J'enrageais de ne pas pouvoir publier mon article moi-même !

Je me remis alors à la lecture et à la traduction du journal de l'ermite. J'achevai le travail en quelques jours. Les derniers paragraphes du texte me troublèrent au plus haut point : « Je me retournai lentement et j'aperçus une forme debout devant l'entrée de la caverne. Je n'arrivais pas à distinguer les traits du visage, caché par un pan d'ombre.

La mince silhouette, vêtue d'une tunique à franges, le corps légèrement ployé, comme prêt à bondir, tient une lance dans sa main droite. »

Une mince silhouette, vêtue d'une tunique à franges. La description correspondait à celle d'un Indien. Il y avait peut-être du vrai dans la thèse selon laquelle des Apaches auraient pu commettre le crime. Par contre, l'agresseur semblait être seul, alors que les Apaches se tenaient le plus souvent en bande.

Sans attendre, je rangeai ma traduction du journal dans mon cartable et je me rendis à cheval chez François-Xavier. Je lui montrai le passage. Mon ami eut l'air songeur.

— Oui, ça pourrait être un Indien. Ou bien...

Il s'interrompit, la mine sombre.

— Il pourrait s'agir d'Ernesto Flores. Le jour de notre visite à l'ermite, j'ai remarqué qu'il portait une sorte de tunique à franges.

Je protestai :

— Beaucoup de gens en portent ! Lorsque je l'ai vu courir dans la place de Mesilla, le lendemain du meurtre, sa chemise était couverte de sang, mais il ne portait pas de tunique.

— Il a pu l'enlever...

— Sacrebleu, cet enfant n'est pas coupable !

Mais déjà, le ver du doute s'était insinué dans mon esprit, sans que je veuille l'admettre.

XXXV

Récit de François-Xavier Comtois

En attendant son procès, Ernesto Flores fut transféré à la prison de Mesilla, une baraque en bois située derrière le palais de justice. Victor et moi lui avons rendu visite. Ses conditions de détention étaient déplorables. Sa cellule était si étroite qu'il y avait à peine la place pour un lit de camp et un seau d'aisance. Une petite fenêtre grillagée laissait filtrer un filet de lumière. Des blattes allaient et venaient à leur guise. Je vis même un énorme rat traverser la geôle et disparaître dans un trou sous le plancher.

Ernesto était recroquevillé en chien de fusil sur sa couchette.

— As-tu un avocat? lui demandai-je dans un espagnol rudimentaire.

Le jeune homme resta muet.

— Tu dois avoir un avocat pour te défendre en cour, renchérit Victor.

Ernesto se redressa sur ses coudes. Ses yeux étaient rouges, et son regard, délavé par les larmes. Je remarquai avec émotion que l'oreiller en paille avait imprimé une marque sur sa joue. Il avait l'air si jeune et vulnérable que je lui aurais donné à peine quinze ans.

— ¿Un abogado? finit-il par dire d'une voix faible.

— Sí, sí, un abogado, un avocat ! s'exclama Victor, encouragé par la réponse du prisonnier. ¡Te defenderá! Il te défendra !

Le berger secoua la tête avec tristesse. Il nous expliqua qu'il était coupable et qu'il ne voulait pas être défendu. Victor ne se laissa pas décontenancer.

— Tu n'as pas tué l'ermite, Ernesto. Quelqu'un t'a demandé de t'accuser à sa place, n'est-ce pas ?

Ernesto secoua à nouveau la tête. Son visage s'était refermé comme une huître.

— Qui cherches-tu à protéger ?

Le berger se recoucha sans dire un mot. Victor perdit patience.

— Si tu continues à t'accuser toi-même, tu seras pendu !

Je mis une main sur l'épaule de mon ami pour le calmer, puis je m'adressai à Ernesto.

— Nous reviendrons te voir, dis-je d'une voix apaisante.

Victor fulminait lorsque nous sommes sortis à l'air libre.

— Je donnerais ma fortune pour savoir qui se sert de ce petit imbécile pour masquer son crime !

— Il faut lui trouver un avocat, qu'il le veuille ou non. Sinon je ne donne pas cher de sa peau.

*

Pas moins de quatre cabinets d'avocats avaient pignon sur rue à Mesilla, ce qui était étonnant pour une aussi petite ville. Il faut dire que les litiges autour des vols de chevaux étaient nombreux, sans compter les querelles concernant la possession des terres dans un vaste territoire où les droits de propriété n'étaient pas encore bien établis.

La plupart des avoués refusèrent de prendre la cause d'Ernesto, prétendant qu'ils avaient déjà assez de clients et ne pouvaient assumer la responsabilité d'un nouveau dossier.

— C'est de la bouillie pour les chats ! tempêta Victor. Ils ont tous la trouille. Quelqu'un d'important tire les ficelles, ou je ne m'appelle pas Victor Dumas !

Je ne suis pas un adepte des théories de complot, mais je dois admettre que je partageais l'avis de Victor. Comment expliquer autrement que des avocats refusent une cause qui attirerait inévitablement l'attention des journaux locaux et des gazettes un peu partout au pays ?

Nous nous sommes arrêtés devant un immeuble en adobe surmonté d'une affiche en bois sur laquelle étaient peints en lettres dorées les noms : « Layton, Dambridge & Garcia, Barristers. » Me Eugenio Garcia, un homme mince et élégant, arborant une fine moustache et dont les cheveux gominés, d'un noir d'ébène, étaient séparés par une raie impeccable, nous reçut. L'avocat s'adressa à nous dans un excellent anglais puis, détectant notre accent, poursuivit en français. Il nous expliqua qu'il était natif de la ville de Mexico, mais qu'il avait étudié le droit à Paris ainsi qu'à Londres.

— Que faites-vous dans un trou comme Mesilla ? s'écria Victor avec son manque de tact usuel. Après des études aussi prestigieuses, vous pourriez pratiquer dans une grande ville comme New York !

Me Garcia eut un sourire sibyllin.

— Le Nouveau-Mexique est un endroit rêvé pour toute personne qui souhaite vivre de manière relativement incognito.

Je lui expliquai le but de notre visite. Il lissa pensivement sa moustache pendant mon récit.

— C'est une cause perdue, déclara-t-il, mais je la prends. Je demande une avance de cent dollars, non remboursable. Et un deuxième montant de cent dollars à l'issue du procès. Que je le gagne ou non. Les frais de cour sont en sus.

C'était une somme importante, mais l'homme semblait compétent et, au reste, il était le seul à avoir accepté de défendre Ernesto.

— Marché conclu.

XXXVI

Récit de François-Xavier Comtois

Me Garcia alla voir le jeune berger à plusieurs reprises en prison, tentant de lui faire dire qu'il n'avait aucune responsabilité dans la mort de l'ermite, mais le prisonnier refusa de revenir sur sa version des faits. « C'est moi, le coupable », répétait-il d'une voix éteinte. À défaut de lui faire changer son témoignage, l'avocat obtint au moins une couverture et un matelas pour son client, car nous étions à la mi-octobre et les nuits étaient fraîches. Victor et moi avions convenu que nous ne mentionnerions pas le journal de l'ermite à Me Garcia, jugeant que l'allusion à la « mince silhouette, vêtue d'une tunique à franges » risquait de porter préjudice à l'accusé.

Lorsque le procès commença, quelques semaines plus tard, Victor et moi étions arrivés très tôt au palais de justice afin de nous assurer d'avoir une place. Nous avions vu juste, car la petite salle se remplissait rapidement. Je fus frappé par la vétusté des lieux. Les murs crépis se lézardaient, les chaises étaient inconfortables ; même le pupitre du juge, placé sur une estrade, était égratigné par endroits.

J'entendis un bruit de pas lourd résonner sur le plancher de bois. Je me retournai et vis les trois frères Harris qui s'en étaient pris au pauvre Ernesto entrer dans la salle en faisant claquer leurs talons avec ostentation. Ils prirent place dans la première rangée, non sans m'avoir d'abord fixé longuement au passage, comme pour me provoquer. J'évitai de les regarder, sachant que ces hommes trouveraient n'importe quel prétexte pour déclencher une rixe. Victor avait la conviction qu'ils étaient de mèche avec le shérif, et j'étais porté à lui donner raison.

Florence Lightwood fit une entrée remarquée. Elle avait une cravache à la main et la bordure de sa robe était couverte de poussière. Elle me salua d'un bref mouvement de la tête.

— Vous avez fait preuve de courage, me dit-elle avec son léger accent anglais. Sans vous, ces brutes auraient pendu ce pauvre garçon haut et court.

Je fus touché par sa remarque. Dans le feu de l'action, je n'avais pas eu le temps de mesurer la portée de mes gestes. Je voulus la remercier, mais elle s'était déjà éloignée et s'installa près de la tribune du juge, non loin des trois cowboys, qui la toisèrent avec insolence. Elle soutint leur regard sans broncher.

*

Le palais de justice était maintenant rempli à craquer. Des chaises avaient même été ajoutées dans l'allée. La fumée des cigarillos formait un brouillard bleuâtre qui montait jusqu'au plafond. Les femmes agitaient leur éventail ou leur mouchoir pour tenter de se procurer une illusoire fraîcheur. Les douze membres du jury étaient entassés sur un banc dans le fond de la salle. Ils étaient tous Blancs.

Un parfum d'acacia me parvint. Je sus aussitôt que c'était elle. Sonia Alvarez était debout à quelques pieds de moi. Elle portait un chapeau dont la voilette masquait son visage, mais la courbure fine de sa taille, l'élégance de sa tenue la distinguaient aisément des autres femmes. Elle prit ma main dans la sienne pendant un court moment, sans prononcer un mot. La douceur de son gant de satin sur ma peau me fit frissonner. Je devinais vaguement le dessin délicat de son menton. Un camée était épinglé sur son col de dentelle.

Puis elle s'en alla, laissant un effluve suave derrière elle. Je me rendis compte qu'elle avait glissé un morceau de papier dans ma main. Mon cœur se mit à battre à tout rompre et je sentis mes joues brûler comme en plein soleil, d'autant plus que tous les regards de l'assistance étaient tournés vers moi. Victor me fit un clin d'œil gentiment moqueur qui m'irrita au plus haut point. Plusieurs semaines auparavant, j'avais affronté trois hommes dangereux sans éprouver la moindre peur, mais la simple vue de cette femme et d'un billet doux suffisait à me mettre dans tous mes états...

J'attendis de recouvrer quelque peu mon calme avant de déplier discrètement le morceau de papier. Quelques mots avaient été tracés rapidement, à grands traits de plume. « Vous êtes en danger. Partez ! »

Ma poitrine se serra. Je cherchai Sonia Alvarez des yeux, mais elle avait disparu. Victor se pencha vers moi.

— Alors, la belle s'est déclarée ? dit-il à mi-voix, un sourire narquois aux lèvres.

J'ignorai sa remarque, tâchant de réfléchir. En lieu et place des mots d'amour auxquels je m'étais naïvement attendu, voilà que j'avais droit à un avertissement inquiétant. *Vous êtes en danger. Partez !* Je repliai le billet et le rangeai soigneusement dans la poche intérieure de ma veste. Comment Sonia Alvarez savait-elle que des dangers me guettaient ? Et d'abord, d'où provenaient-ils ? Faisait-elle allusion aux frères Harris ? Au shérif et à ses sbires ? Peut-être n'était-ce qu'un prétexte pour attirer mon attention, mais si tel avait été le cas, elle ne m'aurait pas demandé de partir… Je songeai à aller la retrouver chez elle pour en avoir le cœur net, mais le juge entra dans la salle sur ces entrefaites.

La voix du greffier se fit entendre.

— All rise!

L'assemblée se leva d'un seul mouvement tandis que le magistrat franchissait les marches menant à sa tribune. Il s'installa dans son fauteuil, puis se racla la gorge et demanda aux gens de se rasseoir, ce qu'ils firent dans un grincement de chaises. Je décidai de prendre mon mal en patience et d'attendre la fin de l'audience avant d'aller chez Sonia Alvarez. D'un geste instinctif, je vérifiai si mon pistolet était toujours à mon ceinturon.

*

Le juge George Templeton était un homme replet, dont le teint rougeaud trahissait un penchant pour le scotch et la bonne chère, mais sa toge noire à larges manches et le rabat blanc qui garnissait son col lui conféraient une certaine dignité. Il donna quelques coups de maillet sur la table bancale. Les portes s'ouvrirent à nouveau. Ernesto fut introduit par les deux adjoints du shérif, qui le conduisirent dans le box des accusés. Le jeune homme était menotté et sur son visage, pâle comme de la craie, se lisaient la crainte et l'incompréhension. Des murmures de pitié se firent entendre. Une femme aux traits burinés par le soleil, un foulard noué sous le menton, porta un mouchoir à ses yeux rougis. Sa ressemblance avec le berger me fit penser qu'il s'agissait peut-être de sa mère ou, à tout le moins, d'une proche parente.

Après que le greffier eut annoncé le début du procès, le juge demanda au prisonnier de décliner son nom et son adresse. Il dut répéter sa question à plusieurs reprises, car le berger ne semblait pas comprendre. Lorsque celui-ci finit par obtempérer, sa voix était si étranglée qu'elle était à peine audible.

Le magistrat lut alors le chef d'accusation. (Tout le procès se déroulait en anglais ; je l'ai transcrit en français pour les besoins de ce récit.)

— Ernesto Flores est accusé d'avoir tué volontairement et de sang-froid Pietro Battista Alesi, plus communément appelé « l'ermite », au moyen d'une lance. Maître Gordon, veuillez faire entendre votre premier témoin.

Le procureur, également vêtu d'une toge noire, s'avança dans le prétoire. Il était grand et maigre. Lorsqu'il parlait, il faisait des tourniquets avec ses bras qui n'étaient pas sans rappeler les ailes d'un corbeau.

— J'appelle le shérif William Wallace à la barre !

Le shérif se dirigea vers le box des témoins et prêta serment.

— Monsieur Wallace, est-il exact que l'accusé, Ernesto Flores, s'est présenté à votre bureau le 18 septembre dernier et a confessé être l'assassin de Pietro Battista Alesi ?

— C'est exact.

— Est-ce le même Ernesto Flores qui vous a conduit vers le lieu où gisait le cadavre de la victime ?

— C'est le même.

— Dans quel état se trouvait-il à ce moment-là ?

— Il avait l'air comme fou. Sa chemise et ses mains étaient éclaboussées de sang.

Il ajouta, en appuyant sur les mots :

— Le sang de l'ermite.

La femme au foulard s'exclama :

— ¡Ernesto es mi hijo! ¡No es un asesino! ¡Sé que es inocente!

Ernesto est mon fils ! Ce n'est pas un tueur ! Je sais qu'il est innocent ! Un brouhaha accueillit son cri du cœur. Le juge frappa quelques coups avec son maillet pour rétablir le calme.

— À l'ordre, à l'ordre !

La rumeur s'éteignit peu à peu. Me Gordon se tourna vers le témoin.

— Que vous a dit l'accusé lorsqu'il s'est dénoncé lui-même ?

— Il a dit : « J'ai tué l'ermite, j'ai tué le saint homme, c'est à cause de moi s'il est mort. » Ce sont ses mots exacts.

— Avez-vous des témoins pour corroborer cela ?

Le shérif désigna ses deux sbires.

— Mes adjoints ici présents. Ils étaient avec moi quand Ernesto est venu au poste.

— Diriez-vous que l'accusé est coupable, monsieur Wallace ?

Eugenio Garcia, qui s'était montré discret jusqu'à présent, se leva. Il portait une lavallière blanche et ses cheveux étaient soigneusement peignés.

— Cette question est irrecevable, monsieur le juge. La culpabilité ou l'innocence de mon client ne doit pas reposer sur une opinion.

Le juge acquiesça et s'adressa au procureur.

— Maître Gordon, tenez-vous-en aux faits.

— Permettez-moi de reformuler ma question, monsieur le juge.

Il leva ses yeux d'un bleu acier vers le shérif.

— Monsieur Wallace, avez-vous cru l'accusé lorsqu'il a confessé son crime ?

— Oui. Il m'a paru totalement sincère.

La mère d'Ernesto étouffa un sanglot. Le procureur jeta un regard entendu aux membres du jury, comme pour marquer le coup.

— Je n'ai plus de questions.

Il alla se rasseoir tandis que l'avocat de la défense s'avançait dans le prétoire. Il s'adressa au shérif.

— Depuis combien d'années connaissez-vous Ernesto Flores ?

— Depuis une dizaine d'années.

— A-t-il déjà eu des ennuis avec la justice ?

— Non, pas à ma connaissance.

— Vous diriez donc qu'il est un bon citoyen, respectueux de la loi et de l'ordre ?

Le shérif garda le silence. Le juge intervint.

— Veuillez répondre à la question, monsieur Wallace.

— Avant le meurtre de l'ermite, peut-être bien, mais...

— Répondez par oui ou par non, le coupa l'avocat.

— Oui, admit le shérif avec réticence.

— Donc, sauf preuve du contraire, Ernesto Flores s'est toujours comporté en citoyen exemplaire ?

Le shérif jeta un coup d'œil furtif en direction des trois cowboys, puis haussa les épaules.

— En effet.

Me Garcia se tourna vers le jury, comme pour le prendre à témoin de ce qui venait d'être dit, puis regagna son siège. L'avocat de la poursuite se leva.

— J'appelle mon prochain témoin, Mme Florence Lightwood.

Victor et moi avons échangé un regard chargé d'étonnement tandis que l'ornithologue prêtait serment et prenait place dans le box des témoins. L'assistance était aux aguets, comme si elle comprenait la gravité du moment.

Me Gordon s'adressa au témoin.

— Madame Lightwood, vous êtes native de Londres ?

— C'est exact.

— Puis-je vous demander ce que vous faites dans notre beau territoire du Nouveau-Mexique ? demanda-t-il en tâchant d'adoucir sa voix rêche.

Elle le fixa calmement.

— Je suis ornithologue. Je fais des recherches sur les oiseaux de la région.

— Où étiez-vous le jour du meurtre de Pietro Battista Alesi ?

— J'étais au mont Serrado.

Des exclamations de surprise se firent entendre.

— Et qu'y faisiez-vous ?

— J'étais à la recherche du pic glandivore. C'est une espèce rare qui niche dans les hauteurs de cette montagne.

— L'avez-vous trouvé ?

Elle acquiesça.

— J'ai aperçu un couple perché sur un cotonnier de Virginie.

— Et où est situé cet arbre ?

— À proximité de la Cueva.

Une vague de murmures s'éleva dans la salle.

— Silence ! ordonna le juge.

Me Gordon s'avança vers Florence Lightwood.

— Et qu'avez-vous vu d'autre ?

Elle tourna la tête vers l'accusé, le regarda avec compassion, puis se résigna à poursuivre.

— J'ai vu Ernesto Flores sur le sentier qui menait à la caverne.

— Avez-vous remarqué quelque chose de particulier ?

— Il… il avait une lance à la main.

La mère de l'accusé poussa un gémissement.

— Vous êtes certaine qu'il s'agissait d'une lance ?

Florence Lightwood le toisa, visiblement agacée.

— J'ai beau être une femme, je sais à quoi ressemble une lance.

Il y eut des rires, rapidement réprimés par un coup d'œil sévère du juge.

— Avez-vous parlé à l'accusé ?

Elle fit oui de la tête.

— Je lui ai demandé ce qu'il faisait avec un objet aussi dangereux.

— Et que vous a-t-il répondu ?

— Qu'il l'avait trouvé sur l'arroyo, le sentier derrière le mont Serrado. Il m'a dit aussi que la lance appartenait sans doute à une bande d'Apaches qui avait été vue dans les environs. Je lui ai recommandé de faire attention.

— Quelle heure était-il ?

— Environ cinq heures du soir.

— D'après le rapport du médecin qui a examiné le cadavre de la victime, la mort de l'ermite s'est produite à peu près entre six et neuf heures du soir.

Cette fois, le tumulte fut tel que le juge Templeton dut ajourner l'audience. Florence Lightwood, visiblement malheureuse, quitta la salle à pas rapides, évitant mon regard lorsqu'elle passa à côté de moi, comme si elle avait honte.

XXXVII

Récit de François-Xavier Comtois

Le témoignage de Florence Lightwood avait eu l'effet d'un boulet de canon. Même notre avocat, Me Garcia, semblait avoir perdu de sa belle assurance, au point qu'il avait décidé de ne pas contre-interroger le témoin par crainte, nous expliqua-t-il durant la pause, de causer encore plus de dommages à la défense.

Lorsque l'audience reprit, le procureur convoqua M. de Santis, le propriétaire du magasin général de Mesilla, qui raconta en long et en large dans quelles circonstances l'accusé, tout couvert de sang, avait réveillé le voisinage le lendemain du meurtre en criant que l'ermite avait été assassiné.

— Il avait les yeux exorbités, de la bave aux lèvres, comme un animal qui a la rage.

Le Dr Jones fut appelé à la barre. Pour une fois, il n'était pas ivre et portait son meilleur habit. Il expliqua que la blessure au thorax de la victime ne pouvait avoir été causée que par une arme longue et acérée, telle une lance, ce qui impressionna l'auditoire ainsi que les membres du jury. Toutefois, dans son contre-interrogatoire, l'avocat de la défense fit preuve d'habileté.

— Docteur, vous venez d'affirmer que la blessure ayant perforé le thorax de la victime a été infligée par une « arme longue et acérée, telle une lance ».

— C'est bien ce que j'ai dit, confirma le médecin avec l'assurance d'un homme auréolé par le prestige de sa profession.

— Selon vous, faut-il de la force pour transpercer ainsi la poitrine d'un homme avec une telle arme ?

Le médecin opina du chef.

— Oui, sans aucun doute. Il faut beaucoup de puissance et d'agilité, car la lance a traversé la peau, la chair et les organes, sans oublier la cage thoracique. L'impact a été tel que plusieurs côtes ont été brisées.

Quelques femmes portèrent un mouchoir à leur bouche. D'autres s'éventèrent avec nervosité. Des hommes se raclèrent la gorge pour masquer leur émotion.

Me Garcia désigna Ernesto Flores, qui était recroquevillé dans son box, l'air effrayé.

— Croyez-vous que ce jeune homme frêle aurait eu la force nécessaire pour causer une telle blessure à la victime avec une lance ?

— Je ne crois pas.

L'avocat de l'accusation se leva d'un bond.

— Objection, monsieur le juge. Ce n'est qu'une opinion.

— C'est l'opinion d'un médecin compétent et respecté, déclara le juge. Elle sera donc notée aux minutes de ce procès.

Me Garcia avait enfin réussi à créer une brèche dans l'armure de l'accusation. Lorsque le curé Gonzales s'avança à son tour vers le box des témoins, j'avais bon espoir que son témoignage consoliderait la défense d'Ernesto.

— Connaissez-vous l'accusé, ici présent ? demanda le procureur.

— Je l'ai baptisé, dit le curé avec un trémolo dans la voix. J'ai célébré sa première communion et sa confirmation. C'est un garçon sans aucune malice, il ne ferait pas de mal à une mouche. Et puis il avait une véritable vénération pour Pietro Battista Alesi, il lui apportait même de la nourriture en dépit de la menace d'excommunication décrétée par Mgr Lamy. Pourquoi l'aurait-il tué ?

— C'est à lui de nous le dire ! s'écria l'un des cowboys, déclenchant les rires de ses compagnons.

Le juge intervint.

— Taisez-vous ! Sinon je n'hésiterai pas à vous faire expulser de cette salle d'audience !

Me Gordon attendit que le calme se rétablisse et s'adressa de nouveau au prêtre.

— Diriez-vous que l'accusé est un menteur, monsieur le curé ?

Le prêtre protesta.

— Oh non, au contraire ! Ernesto ne ment jamais. C'est l'être le plus candide que je connaisse.

Je compris alors que le procureur avait posé un piège à loups dans lequel le curé était tombé à pieds joints.

— Diriez-vous qu'il a menti lorsqu'il s'est accusé du meurtre de l'ermite ?

L'homme d'Église devint pâle comme de la craie. Il venait de se rendre compte que, sans le vouloir, il avait enfoncé un clou dans le cercueil de son protégé.

— Répondez, monsieur le curé.

Le prêtre garda un long silence, puis leva des yeux compatissants vers le jeune berger.

— Je ne dirais pas qu'il a menti. Je dirais que le pauvre enfant est… simple d'esprit.

La dignité avec laquelle l'homme d'Église avait parlé fit une bonne impression aux membres du jury, qui hochèrent la tête. L'avocat de la défense s'avança à son tour dans le prétoire.

— Vous venez d'affirmer que « le pauvre enfant est simple d'esprit ».

Le curé acquiesça, visiblement malheureux.

— À mon avis, il a l'âge mental d'un enfant de douze ans.

— Est-ce que ce retard mental aurait pu mener Ernesto Flores à imaginer qu'il a tué l'ermite ?

Le procureur se leva, furieux.

— Objection, votre honneur ! Mon confrère tente de dicter sa réponse au témoin !

— Objection retenue. Veuillez reformuler votre question, maître Garcia.

L'avocat de la défense ne se laissa pas décontenancer.

— Monsieur le curé, croyez-vous qu'Ernesto Flores a imaginé avoir tué la victime ?

Le prêtre acquiesça.

— Oui, je le pense.

— Je n'ai plus de questions.

Le curé Gonzales retourna s'asseoir dans la salle, non sans avoir regardé avec empathie l'accusé, dont la mine effrayée et perdue faisait peine à voir.

— Avez-vous d'autres témoins à faire entendre ? demanda le juge.

— Aucun, monsieur le juge, répondirent les deux avocats.

— Dans ce cas, messieurs, j'entendrai vos plaidoiries cet après-midi.

*

Je profitai de l'ajournement du procès pour me rendre chez Sonia Alvarez. J'eus beau tirer sur la sonnette, personne ne vint répondre. Je glissai ma main dans la poche intérieure de ma veste ; le morceau de papier était toujours là. *Vous êtes en danger. Partez !*

Las d'attendre, j'avisai un chêne qui poussait devant le muret. Sans réfléchir, j'entrepris de grimper dans l'arbre, qui surplombait la cour intérieure. Je ne vis personne. L'eau de la fontaine bruissait doucement. Des moucherolles s'y baignaient, faisant jaillir des gouttelettes d'eau qui captaient les rayons du soleil. J'observai attentivement la façade de la maison. Je crus voir le rideau d'une fenêtre à l'étage bouger.

Une dizaine de pieds me séparaient du sol. Je m'agrippai à une branche, puis sautai dans le vide. La branche craqua sous mon poids et j'allai rouler dans une plate-bande de rosiers. Je m'en extirpai tant bien que mal. Les épines avaient déchiré ma chemise et mon pantalon; mes mains étaient égratignées et sales. Je me nettoyai du mieux que je pus dans l'eau de la fontaine, puis me dirigeai vers la porte. À ma surprise, je pus l'ouvrir sans difficulté.

L'intérieur était sombre. Je n'entendais pas un bruit, sauf le battement dans mes tempes. Je restai immobile, aux aguets, en attendant que mes yeux s'habituent à l'obscurité.

— Que faites-vous ici?

Je réprimai un sursaut, puis je reconnus sa voix. Des rideaux furent poussés brusquement. La lumière entra à flots dans la pièce.

— C'est une mauvaise habitude d'entrer chez les gens sans leur permission, reprit Sonia Alvarez froidement.

— J'ai sonné, mais personne ne répondait.

— Parce que personne ne voulait répondre.

La moutarde me monta au nez.

— Vous m'avez écrit que j'étais en danger, que je devais partir. J'ai le droit de savoir pourquoi!

Elle me scruta un moment.

— Votre joue saigne.

*

J'étais assis sur un récamier aussi élégant qu'inconfortable. Sonia Alvarez, vêtue d'une robe en taffetas toute simple, ses longs cheveux répandus sur les épaules, nettoyait ma joue avec un linge humide. Je respirais son parfum d'acacia avec délices, tout en contemplant son corsage, sous lequel je devinais la courbe gracieuse des seins. Je me rendis compte que je n'avais pas tenu une femme dans mes bras depuis belle lurette. Ma vie de voyageur avait été trop accaparante pour que je puisse envisager une relation. Je recevais avec reconnaissance les faveurs féminines lorsqu'elles s'offraient à moi, tout en tenant mon cœur à distance. Jusqu'à ce que je rencontre cette femme, dont le parfum et le mystère me faisaient perdre la tête.

Je la pris soudain dans mes bras, la serrant fort contre ma poitrine. Elle me repoussa avec une force surprenante. Son visage était pâle de colère.

— Ce n'est pas parce que je tiens une maison close que je me donne à tout venant.

Je me confondis en excuses.

— Je n'ai jamais pensé... Ce n'était pas mon intention de... Pardonnez-moi. Je croyais...

Elle jeta le linge rougi dans une bassine et s'éloigna de quelques pas.

— Un client a fait des confidences à l'une de mes filles, Rosie. Il a prétendu que Jennings a offert de l'argent aux frères Harris pour qu'ils se débarrassent de vous. Je vous en conjure, partez avant qu'il ne soit trop tard.

XXXVIII

Récit de Victor Dumas

La salle s'était à nouveau remplie à la vitesse de l'éclair. Les trois matamores avaient repris leur place en avant, faisant claquer leurs éperons. Si j'avais eu la bravoure d'un d'Artagnan, je les aurais volontiers passés au fil de l'épée, mais je ne suis qu'un vieux journaliste borgne, dont le seul pouvoir réside dans les mots, et non dans les poings. Et encore, je ne pouvais plus me servir des mots, puisqu'on m'en avait privé en vandalisant la salle de rédaction de mon journal.

Le juge s'installa sur sa tribune et l'accusé, entouré par les adjoints du shérif, fut conduit à sa place dans un cliquetis de chaînes. Ernesto avait les yeux gonflés par les larmes et sa bouche tremblait légèrement, comme celle d'un enfant. Je jetai un coup d'œil à la ronde dans l'espoir d'y apercevoir mon ami Comtois, mais il n'était pas là. Je l'avais vu quitter rapidement le palais de justice lors de l'ajournement du procès. Le veinard était sûrement allé faire un tour chez Sonia Alvarez…

Le procureur se leva et commença son réquisitoire d'une voix métallique.

— Cet homme, dit-il en désignant le berger, cet homme est coupable d'un meurtre atroce. Car il ne fait aucun doute que c'est bien Ernesto Flores qui a assassiné Pietro

Battista Alesi avec une cruauté qui donne des frissons dans le dos.

Il se tourna vers les membres du jury.

— L'accusé a été vu par Mme Lightwood près de la Cueva, une lance à la main, le jour du meurtre. C'est *Ernesto Flores* qui a trouvé le cadavre de l'ermite et qui s'est rendu à Mesilla pour annoncer sa mort à qui voulait l'entendre, la chemise couverte du *sang de sa victime*. Il est ensuite allé *de son propre chef* au bureau du shérif et s'est accusé d'avoir assassiné Pietro Battista Alesi.

Il garda le silence, ne quittant pas le jury de son regard perçant, puis reprit d'un ton emphatique, en levant un bras accusateur vers le berger :

— Messieurs les jurés, ne vous laissez pas émouvoir par la jeunesse de l'accusé ni par ses larmes. C'est un assassin, et il doit payer de sa vie pour son crime !

L'avocat de la poursuite retourna s'asseoir. Me Garcia prit la parole à son tour.

— Ernesto Flores est innocent ! lança-t-il d'une voix empreinte de gravité. Le procureur prétend que ce jeune homme est coupable du meurtre de l'ermite, mais il n'a aucune preuve tangible pour accréditer sa thèse. Il ne s'appuie que sur des ouï-dire et des suppositions.

L'avocat s'adressa au jury.

— Il est vrai que mon client était sur le mont Serrado le jour du meurtre. Et après ? N'est-il pas berger ? Le fait qu'il ait été vu avec une lance à la main ne prouve d'aucune façon qu'il s'en soit servi pour occire l'ermite. Tous les journaux de la région ont rapporté que des bandes d'Apaches se trouvaient sur le mont Serrado lorsque le crime a été commis et qu'ils s'attaquaient à des voyageurs solitaires. N'oubliez pas que la caverne a été pillée par un ou des voleurs, ce qui semble être le mobile le plus plausible pour expliquer le meurtre. Or, on n'a retrouvé aucun objet ayant appartenu à la victime chez l'accusé. *Pas un seul !*

Il s'interrompit un instant, sans quitter les jurés des yeux.

— Le Dr Jones, un médecin compétent et hautement respecté dans notre communauté, a affirmé sous serment qu'Ernesto Flores n'avait pas la force ni l'habileté nécessaires pour manier une lance et provoquer la blessure qui a tué Pietro Battista Alesi. De plus, Ernesto vouait un culte à l'ermite. Il a risqué l'excommunication pour lui apporter de quoi manger. Il n'avait aucun motif de tuer celui qu'il vénérait comme un saint. Votre devoir est de condamner un accusé s'il est coupable *hors de tout doute raisonnable.* Si vous avez le moindre doute sur la culpabilité d'Ernesto Flores, *alors votre devoir est de l'innocenter.*

L'avocat avait martelé les derniers mots. Certains jurés prenaient des notes, d'autres opinaient du chef, la mine dubitative. La plaidoirie de Me Garcia les avait visiblement troublés. Serait-ce suffisant pour susciter leur clémence ?

Le juge Templeton prit la parole, l'air solennel.

— Vous devez maintenant prendre une grave décision sur la culpabilité ou l'innocence de l'accusé. Pour ce faire, vous devez examiner la preuve avec impartialité et parvenir à un verdict unanime. Je ne saurais trop insister sur l'importance de ne pas laisser vos émotions l'emporter sur la raison. L'avocat de la défense a affirmé que l'accusé n'avait aucun motif de tuer celui qu'il vénérait comme un saint. Mais vous devez vous demander *pour quelle raison il aurait confessé un meurtre aussi atroce s'il n'était pas coupable.* Car le cœur de ce procès, ce que vous devez en retenir, c'est que l'accusé a clairement avoué son crime.

Le juge ajourna le procès tandis que les membres du jury se retiraient. L'avocat de la poursuite ramassa ses dossiers avec un sourire satisfait, tandis que Me Garcia quitta la salle d'audience avec un air soucieux. Pour ma part, j'étais indigné. Dans son adresse au jury, le magistrat avait carrément incité celui-ci à condamner le pauvre berger. C'était comme s'il lui avait lui-même mis un nœud coulant autour du cou.

*

Je me rendis au saloon pour y attendre le verdict. La salle était bondée, on aurait dit que toute la population de Mesilla s'y était donné rendez-vous. Le serveur, qui n'avait pas l'habitude d'avoir autant de clients en même temps, était débordé. Je réussis à trouver un tabouret libre au comptoir et scrutai les alentours, mais François-Xavier n'était pas là. Je commandai un verre de bourbon pour calmer mon anxiété.

Une bonne heure s'écoula. J'avais enfilé deux whiskys et je m'apprêtais à siffler le troisième lorsque la porte à battants du saloon s'ouvrit brusquement. Un jeune homme, qui travaillait comme caissier au magasin général de M. de Santis, apparut sur le seuil, les joues rouges d'excitation.

— Le jury est prêt à rendre son verdict !

Ces mots suscitèrent toute une commotion. Des clients se levèrent d'un bond et se précipitèrent vers la sortie ; d'autres, comme moi, finirent leur verre cul sec avant de quitter les lieux.

*

Bien que le palais de justice fût complètement rempli, un silence de plomb y régnait. L'odeur de sueur et de tabac était presque insoutenable. Ernesto Flores était immobile sur son banc, au point où il semblait s'être transformé en statue. Sa mère avait pris place dans la première rangée, un chapelet enroulé autour de ses mains noueuses. Toujours aucun signe de vie de François-Xavier.

Les douze membres du jury, entassés sur leur banc, arboraient une mine sérieuse. Le juge leur adressa la parole :

— Messieurs, êtes-vous parvenus à vous entendre sur un verdict unanime ?

Un homme d'une cinquantaine d'années se leva. C'était Ed Caldway, le directeur de la banque.

— Oui, monsieur le juge, dit-il d'une voix ferme.

— Monsieur Caldway, je vous prie de faire la lecture du verdict.

Le directeur acquiesça. Son visage n'exprimait aucune émotion.

— Le jury ici présent a déterminé que l'accusé, Ernesto Flores, est coupable au premier degré du meurtre de Pietro Battista Alesi, aussi appelé « l'ermite ».

Des exclamations de stupeur ou de satisfaction saluèrent le verdict. Le juge frappa la table avec son maillet.

— À l'ordre !

Le silence se rétablit tant bien que mal.

— Selon la loi du territoire du Nouveau-Mexique, le verdict de culpabilité pour meurtre entraîne la peine capitale. L'accusé, Ernesto Flores, sera donc pendu jusqu'à ce que mort s'ensuive !

La mère du berger désigna les frères Harris d'un doigt tremblant.

— ¡Mi hijo es inocente! ¡Ellos son los culpables!

Mon fils est innocent ! Ce sont eux, les coupables !

Elle s'écroula sur le sol, serrant toujours son chapelet dans ses mains.

XXXIX

Récit de François-Xavier Comtois

Après ma rencontre orageuse avec Sonia Alvarez, je revins chez moi, profondément troublé par sa mise en garde. Je parcourus mes livres de comptes dans une vaine tentative de me distraire, mais les paroles de la belle Espagnole continuaient à me tourmenter. C'est à peine si j'entendis frapper à ma porte. Victor entra en coup de vent alors que je m'apprêtais à ouvrir. Il était dans tous ses états.

— Le pauvre petit est condamné ! s'écria-t-il, la voix rompue par l'émotion.

Je restai muet, comme si je n'arrivais pas à donner un sens à ses paroles. Il me secoua sans ménagement.

— Ernesto Flores sera pendu !

L'horrible réalité fit son chemin dans mon cerveau enfiévré.

— Mon Dieu…

Victor s'affala dans le premier fauteuil venu.

— La mère d'Ernesto a prétendu que les frères Harris sont les vrais coupables.

— Pourquoi auraient-ils tué l'ermite ?

Mon ami haussa les épaules.

— Le vol, voyons ! La Cueva était remplie de denrées et d'objets, dont certains avaient de la valeur.

Ce n'était pas impossible. Dans cette contrée, la vie d'un homme valait moins cher que les choses matérielles.

— Je le dis depuis le début ! poursuivit Victor avec colère. Ce procès était joué d'avance ! Tout a été fomenté par le shérif et ses acolytes.

Je lui versai un verre de brandy, qu'il but d'un trait. Des larmes causées par l'alcool et le courroux lui montèrent aux yeux.

— Et le juge Templeton est leur complice !

— J'imagine que tu as des preuves de ce que tu avances, dis-je avec prudence.

Il éclata.

— Bien sûr que j'ai des preuves ! As-tu oublié que je suis journaliste ? Savais-tu que le juge est le beau-père de Doug Jennings, l'un des adjoints du shérif ?

Le nom de Jennings revenait encore une fois sur le tapis, mais cette fois en lien avec le juge Templeton... Y avait-il du vrai dans l'affirmation de mon ami ? Était-il possible qu'il y ait eu collusion entre tout ce beau monde afin que le berger soit condamné pour le meurtre de l'ermite ? Je n'avais pas bu une goutte d'alcool, et pourtant je sentais ma tête tourner.

— Tout de même, un jury est arrivé à ce verdict...

— Qui te dit que les jurés ne sont pas de mèche avec le shérif et sa bande ?

Je secouai la tête, sceptique.

— Je ne dis pas s'il s'agissait d'un ou deux hommes, mais douze membres d'un jury, ça m'apparaît hautement improbable.

— Justement, il ne faut qu'un seul homme pour avoir une influence sur tous les autres. Tu aurais dû voir le directeur de la banque ! Un croque-mort n'aurait pas eu l'air plus glacial.

Victor brandit son verre.

— Tu ne crois pas que tu as assez bu ?

Contre toute attente, il se mit à pleurer. Je fouillai dans ma poche et j'en sortis un mouchoir, que je lui tendis. Il se moucha bruyamment.

— Tu aurais dû voir le visage du pauvre petit lorsqu'il a entendu le verdict. Il ne semblait pas comprendre ce qui lui arrivait. Sa mère a perdu connaissance. Et cet imbécile de curé Gonzales ! Il aurait voulu le faire pendre qu'il ne s'y serait pas pris autrement !

— Tu es injuste, intervins-je. Le curé s'est fait piéger par l'avocat de la poursuite.

Victor s'assombrit.

— Pourquoi Ernesto s'est-il accusé lui-même ? C'est là la clé de l'énigme !

Je réfléchis.

— Ernesto était à proximité de la Cueva lorsque le meurtre s'est produit. Il est possible qu'il ait été témoin du vol, voire de l'assassinat de l'ermite. Il s'est peut-être présenté au bureau du shérif pour lui raconter ce qu'il avait vu et Wallace, se rendant compte du danger que cela représentait pour les frères Harris, lui a extorqué de faux aveux.

— Si ce que tu dis est vrai, murmura Victor, alors ce n'est pas seulement l'ermite qui a été assassiné, mais Ernesto aussi.

XL

Récit de Victor Dumas

Je me hissai sur mon cheval avec difficulté, pestant contre la perte de mon œil qui compliquait chaque geste de la vie quotidienne, et fis route vers ma maison, ressassant ma conversation avec François-Xavier. La place de Mesilla était presque déserte lorsque je la traversai. Je songeai avec amertume qu'après la frénésie du procès les gens étaient retournés tranquillement à leurs occupations, en attendant la distraction inespérée qu'offrirait la pendaison d'Ernesto.

En arrivant chez moi, je me fis un café corsé et m'installai à mon secrétaire. L'hypothèse la plus plausible était que les frères Harris avaient assassiné l'ermite, mais le véritable mobile n'était peut-être pas le vol. Après tout, les marchandises accumulées dans la Cueva n'avaient pas une grande valeur, et les frères Harris faisaient beaucoup de profits avec le recel de chevaux volés. Y avait-il une autre raison à l'origine d'un meurtre aussi crapuleux ? Je me demandai si Mgr Lamy pouvait avoir agi en sous-main. Cette pensée mena à une autre. Je montai à ma chambre, tirai le coffre que j'avais dissimulé sous mon lit pour en sortir le journal de l'ermite, que je feuilletai fébrilement. Mon intuition me dictait que la réponse se trouvait dans ce cahier. Je tombai sur le passage où le jeune Pietro était allé au mystérieux rendez-vous que son professeur de botanique, le père Falcone, lui avait donné à la chapelle du Saint-Esprit, en pleine nuit. Le prêtre lui avait fait visiter la tombe de son grand-père, érigée dans une crypte, affirmant qu'il avait été un grand admirateur de son ancêtre. « C'était un homme d'exception. Il a fondé un mouvement religieux, Résurrection du Christ, qui avait de nombreux adeptes. La plupart sont morts aujourd'hui, mais je continue à prier pour leur âme, *et pour ceux qui sont encore en vie.* »

Se pouvait-il que d'autres membres de la secte soient encore vivants ? Je poursuivis ma lecture. Je fus frappé par le passage où Pietro était retourné à l'école et avait reçu une mise en garde du père Falcone : « Surtout, ne parlez à personne de ce qui s'est passé l'autre nuit. Je ne voudrais pas que vous ayez des ennuis. » Que s'était-il produit pour que le professeur de botanique tienne à ce que son élève garde le secret sur cette mystérieuse nuit ? À quels ennuis faisait-il allusion ? De toute évidence, sous prétexte de protéger Pietro, il cherchait à protéger quelqu'un d'autre.

J'examinai ensuite le daguerréotype. À première vue, il n'y avait rien de particulier, sinon les étranges signes qui ressemblaient à des hiéroglyphes, accompagnés de points qui avaient été tracés à l'encre noire sur la main droite de l'ermite. Je n'arrivais pas à en comprendre le sens. S'agissait-il d'un symbole ou d'un code secret ? En le regardant de plus près, j'aperçus une petite croix gravée sur le coin gauche, en haut de la photographie. On y voyait clairement les deux lettres R et C entrelacées. *Résurrection du Christ.*

J'entendis soudain des coups de marteau assourdissants. Je levai les yeux vers la fenêtre. Des ouvriers s'affairaient à construire un échafaud devant le palais de justice et à y installer une potence.

*

Je trouvai Comtois à sa plantation, en compagnie de son métayer. Une dizaine de travailleurs agricoles, grimpés dans des échelles en bois, émondaient les branches des pacaniers. Je pris mon ami à part et lui confiai ce que j'avais découvert dans le journal de l'ermite.

— Les lettres R et C entrecroisées sur une croix signifient Résurrection du Christ. *Resurrezione di Cristo.*

Il me regarda sans comprendre.

— Et puis après ?

— Non seulement cette secte est italienne, mais elle a été fondée par Alberto Battista Alesi, le grand-père de Pietro. Le père Falcone en a révélé l'existence à son élève, et lui a ensuite fait promettre de garder le secret.

— Quel rapport avec le meurtre de l'ermite ?

— Pietro avait peut-être appris quelque chose de compromettant sur la secte. Ou bien quelqu'un voulait venger la mort de Chiara.

François-Xavier hocha la tête, sceptique.

— Tu as lu trop de romans.

Piqué, je lui montrai le daguerréotype. Il remarqua aussitôt le sigle de la secte.

— R et C... Je me demande si c'est l'ermite qui l'a tracé, commenta-t-il, l'air songeur.

— Ou bien une autre personne a été en possession de la photographie, rétorquai-je. Un membre de la secte, par exemple, qui aurait eu pour mandat d'assassiner Pietro.

Comtois fut sur le point de parler, puis il se ravisa. Son visage s'était assombri. J'eus l'intuition qu'il me cachait quelque chose.

— Qu'est-ce qui te tracasse ?

Il hésita.

— Il semble que Jennings a versé une somme aux frères Harris pour qu'ils me tuent.

— Qui t'a dit cela ? m'exclamai-je, abasourdi.
Mon ami parut embarrassé.
— Tout ce que je sais, c'est que ma tête a été mise à prix.

XLI

Récit de François-Xavier Comtois

Les affirmations de Victor au sujet du père Falcone et de la secte Résurrection du Christ m'avaient ébranlé malgré moi. Je ne croyais pas qu'il y eût un lien entre cette secte et les frères Harris, mais je ne pouvais m'empêcher de penser que le meurtre de Pietro Battista Alesi avait peut-être à voir avec ce mouvement religieux. Le père Falcone avait laissé entendre que certains des membres vivaient encore. Dans son journal, le soir de sa mort, l'ermite avait fait allusion à une silhouette mince, vêtue d'une tunique indienne. Se pouvait-il que le tueur fût un adepte de la secte et qu'il eût adopté une tenue indienne pour détourner les soupçons? Une idée folle me traversa l'esprit: et si le tueur était le père Falcone? Après tout, c'était lui qui avait demandé instamment à son élève de garder le secret sur cette mystérieuse nuit. Mais comment cet homme, qui devait être très âgé, aurait-il pu entreprendre un aussi long voyage jusqu'au Nouveau-Mexique? Et à plus forte raison tuer l'ermite avec une lance, alors qu'il avait été prouvé en cour que seul un homme vigoureux aurait pu utiliser cette arme?

Toutes ces questions me tarabustaient comme autant de mouches importunes, au point que je ne m'endormis qu'aux premières lueurs de l'aube.

Je fus éveillé par les cloches de l'église de Mesilla. Je me rappelai que l'exécution d'Ernesto Flores devait avoir lieu le jour même. Mon cœur se serra de pitié. Dire que des gens, qui n'étaient pas nécessairement méchants, assisteraient à la pendaison du berger comme à une sorte de divertissement !

J'étais à peine levé que la sonnette de la porte carillonna. Je m'empressai d'enfiler une chemise et un pantalon et descendis au rez-de-chaussée, tout en me demandant avec appréhension qui pouvait bien me déranger à une heure aussi matinale. Je jetai un coup d'œil prudent au vasistas. Après tout, quelqu'un cherchait à me tuer... J'aperçus la mère d'Ernesto se tenant sur le seuil. Son visage était ravagé par le chagrin et son corps s'était replié sur lui-même, comme s'il portait un fardeau trop lourd.

J'ouvris la porte. La femme resta muette, le regard perdu dans une douleur sans nom, puis elle me tendit lentement une main tremblante.

— Gracias, señor. Gracias por tratar de salvar a mi hijo.

La pauvre femme me remerciait d'avoir tenté de sauver son fils... Je balbutiai en mauvais espagnol que Me Garcia avait fait de son mieux. Elle leva vers moi ses yeux perclus de souffrance.

— Son los tres hermanos Harris que mataron al san ermitaño. Son ladrones de caballos, el sheriff y Jennings son sus cómplices.

Je ne compris pas tout ce qu'elle disait, mais elle semblait accuser les frères Harris d'avoir assassiné l'ermite. Elle affirmait que c'étaient des voleurs de chevaux, et que le shérif et Jennings étaient leurs complices.

— Mi pequeño Ernesto estaba allí en el lugar equivocado, en el momento equivocado. ¡Es inocente!

Mon petit Ernesto s'est trouvé au mauvais endroit, au mauvais moment. Il est innocent.

Elle inclina la tête avec dignité puis partit, marchant à petits pas, formant une ombre bleue dans la lumière implacable du jour.

*

J'enfourchai mon cheval et galopai jusqu'à la résidence de Victor. Lorsqu'il m'ouvrit, je remarquai qu'il avait le teint plombé de quelqu'un qui se remet d'une cuite. Je lui racontai la visite de la mère d'Ernesto et ce qu'elle m'avait révélé au sujet du shérif, de Jennings et de leur complicité avec les frères Harris.

— Qu'est-ce que je te disais ! Les coupables sont le shérif et sa bande d'escrocs !

— Peut-être, mais maintenant, il est trop tard pour rendre justice à l'infortuné Ernesto.

*

La pendaison d'Ernesto eut lieu l'après-midi. Victor et moi avons refusé d'y assister. Nous ne voulions pas être témoins d'un tel acte de barbarie : la simple idée que le jeune berger allait être pendu nous révulsait.

— Un jour, déclara mon ami, nous vivrons dans une société civilisée où la peine de mort sera abolie !

Les journaux locaux n'en eurent que pour l'exécution, décrivant par le menu les détails du supplice, y compris le fait qu'il avait fallu plusieurs minutes avant que le condamné ne meure, car le nœud de la corde avait été mal effectué. J'allai au saloon dans une vaine tentative de noyer ma colère. Victor s'y trouvait déjà.

— J'en ai assez de ce foutu pays, maugréa-t-il, le nez dans son verre.

— Moi aussi, avouai-je.

— Partons ! dit-il soudain. Allons dans le Piémont !

Je crus que mon ami était devenu fou.

— Dans le Piémont ?

— À Novara, la ville où l'ermite est né.

— Qu'irions-nous faire là-bas ?

— D'abord, ta tête est mise à prix, alors aussi bien ficher le camp. Ensuite, on ne connaît toujours pas l'identité du ou des meurtriers, sinon qu'il pourrait s'agir des frères Harris, ou d'un sbire payé par l'évêque de Santa Fe, ou d'un membre de la secte Résurrection du Christ. Cette secte a vu le jour à Novara, il faut donc s'y rendre pour aller au fond des choses. Un bon journaliste va toujours à la source !

Bien que je ne fusse pas convaincu de la pertinence d'un tel projet, la perspective de m'éloigner de Mesilla et de l'homme qui cherchait à m'assassiner me sembla la bienvenue…

XLII

Récit de François-Xavier Comtois

J'étais réticent à l'idée d'entreprendre ce voyage, dont je ne voyais pas vraiment l'utilité, sinon d'échapper à ce pays de fous qui dévorait ses enfants, mais je finis par céder aux instances de Victor. Peut-être en effet fallait-il aller « à la source », comme l'avait dit mon ami.

J'organisai avec minutie tous les détails de ce très long périple. Je donnai instruction à mon métayer de s'occuper de la ferme durant mon absence, et de faire remettre une somme d'argent à la mère d'Ernesto Flores. J'avais prévu que Victor et moi ferions une partie du chemin à bord d'un *chuck wagon*, de Mesilla jusqu'à la Géorgie. De là, nous monterions à bord d'un train qui se rendrait jusqu'à New York. J'avais calculé que la seule portion du voyage au Texas et en Louisiane en chariot nous prendrait au bas mot quatre semaines.

Une fois au port de New York, nous embarquerions à bord d'un bateau à vapeur, le *Pretoria*, qui met habituellement trois semaines pour faire la traversée de l'Atlantique et de la Manche jusqu'à Douvres, en Angleterre. De là, nous prendrions un ferry jusqu'à la ville de Calais, en France. Il faudrait parcourir le pays en voiture et en train du nord à l'est, vers Grenoble, puis faire route vers Novara, située à cinquante-trois milles à l'est de Turin.

Après avoir planifié notre itinéraire, j'achetai l'équipement et les denrées nécessaires pour la partie du voyage qui s'effectuerait en voiture, en prenant soin de me procurer de bonnes provisions d'eau, sans oublier quelques bouteilles de whisky. Il me fallut plusieurs jours de préparatifs – que je m'efforçai de faire discrètement pour ne pas attirer l'attention de mon ou de mes ennemis. J'avais rapidement retrouvé tous mes réflexes de voyageur, pour qui chaque détail peut faire une différence entre la vie et la mort.

Lorsque tout fut fin prêt, je me rendis chez Victor à cheval et lui demandai de préparer sa valise, car nous quitterions Mesilla le lendemain. Je lui donnai rendez-vous chez moi, un peu avant l'aube, afin que notre départ passe inaperçu.

— Apporte le minimum, l'ai-je averti. Nous devons voyager le plus légèrement possible.

*

Victor arriva comme prévu avant le lever du soleil. Je ne pus m'empêcher de sourire en constatant qu'il portait un costume blanc assorti d'un chapeau de type colonial qui aurait peut-être été convenable pour un séjour en Afrique, mais n'était guère pratique pour le genre d'expédition que nous allions entreprendre. Il avait attaché son cheval à une remorque, dans laquelle il avait déposé une énorme malle.

— Alors, prêt pour la grande aventure ? me lança-t-il d'un ton guilleret.

— Je t'avais dit d'apporter le minimum, maugréai-je.

Nous avons transporté la malle de peine et de misère jusqu'au porte-bagages du chariot.

— Qu'est-ce que tu as mis là-dedans, des pierres ? commentai-je avec mauvaise humeur, essuyant mon front couvert de sueur.

Victor haussa les épaules, vexé.

— Ce sont des livres, figure-toi ! Je ne vais tout de même pas entreprendre un périple de quatre mois sans avoir des lectures dignes de ce nom !

Je fis preuve d'indulgence, car j'avais moi-même commis la même erreur lors de mon premier voyage qui m'avait conduit de Québec à Saint-Louis. J'attelai deux de mes meilleurs chevaux au chariot afin que nous nous déplacions plus rapidement.

Victor se hissa sur le siège en grimaçant.

— Maudite vieillesse ! soupira-t-il en prenant place à côté de moi.

Je secouai les rênes et le *chuck wagon* se mit en route. Par mesure de prudence, j'avais décidé de prendre un chemin de traverse afin de contourner Mesilla. Je ne voulais pas tomber sur le shérif Wallace ni, surtout, sur Doug Jennings ou les frères Harris.

XLIII

Récit de Victor Dumas

Bien qu'il fût peu bavard et de nature solitaire, François-Xavier était un bon compagnon de route, ne refusant jamais une tâche, aussi désagréable fût-elle (comme de vider les pots de chambre ou de faire une corvée de bois). Il était brave, et lorsque nous avons été attaqués en pleine nuit par des bandits de grands chemins, il n'hésita pas à les faire déguerpir en leur tirant dessus, s'assurant toutefois de viser le sol. Car il avait beau manier les armes comme pas un, il avait horreur de la violence et ne se servait de son pistolet qu'en cas d'absolue nécessité. Je le surpris même une fois soignant un oisillon qui était tombé de son nid. Il profitait de nos moments de répit pour étudier l'italien à l'aide d'un livre de grammaire que je lui avais prêté. J'avais également pris soin d'apporter le journal de l'ermite ainsi que ma traduction.

Un soir, je relus à voix haute le passage où Pietro racontait la mort tragique de sa bien-aimée.

— Peut-être qu'il a été assassiné par des membres de la famille de cette Chiara, pour la venger ? dit pensivement mon ami.

*

Nous sommes finalement parvenus sains et saufs à Novara, trois mois et trois semaines après notre départ de Mesilla. Je n'eus aucune peine à reconnaître la basilique San Gaudenzio que l'ermite avait décrite dans son journal, et dont le gracieux campanile dominait la ville.

Nous avons trouvé une auberge confortable, tenue par une femme ronde et charmante, Mme Amaro, qui nous accueillit avec un sourire des plus avenants. Par contre, le palefrenier, un homme d'une quarantaine d'années à la beauté saisissante, que Mme Amaro nous présenta comme son fils, Benedetto, nous jeta un regard sombre et soigna nos chevaux avec une mine renfrognée.

Nos deux chambres étaient côte à côte et communiquaient par une porte. Chacune était meublée d'un impressionnant lit à baldaquin, d'une table de toilette munie d'un miroir et d'une grande armoire de chêne. Des fenêtres, on avait une vue imprenable sur la vieille ville, dont les toits en ardoise formaient une myriade de taches orangées dans l'azur du ciel.

Le premier soir, notre hôtesse nous servit des omelettes aux fines herbes, des viandes froides, une entrée d'agnolotti – préparés avec une farce de veau et de porc garnie de lamelles de truffe –, des crêtes de coq aux champignons porcini et à la cannelle, le tout arrosé d'excellent vin de Barolo. Tandis que je mangeais avec un appétit d'ogre, François-Xavier, mine de rien, posait des questions en italien à la charmante Mme Amaro sur la ville et les lieux qu'elle nous recommandait de visiter. L'aubergiste, ravie d'avoir l'attention de mon ami, ne se fit pas prier et décrivit en long et en large les attraits de Novara. François-Xavier profita d'un moment où elle nous reversait du vin pour faire allusion à un homme qui serait né à Novara en 1800, aurait quitté la ville vers l'âge de vingt et un ans et serait devenu par la suite un ermite, vénéré comme un saint.

— Vénéré comme un saint ? répéta la dame en souriant. En tout cas, ce n'est sûrement pas feu mon mari ! Le nombre de bouteilles qu'il a bues pourrait remplir les voûtes du Vatican !

— Celui auquel je fais référence s'appelait Pietro Battista Alesi. Ce nom vous dit-il quelque chose ?

Une ombre passa sur son visage, puis elle secoua la tête.

— Je n'en ai jamais entendu parler. Il faut dire que je ne viens pas de Novara. Je suis née à Assisi, dans l'Umbria. Mon mari et moi, nous nous sommes installés ici il y a une quarantaine d'années.

J'avais perçu un léger malaise chez elle. J'ajoutai mon grain de sel :

— Connaissez-vous le père Falcone ? Il enseignait la botanique à l'école de Novara et l'un de ses élèves était justement cet ermite.

Mme Amoro fit une moue coquette.

— S'il a enseigné à votre ermite, ça doit sûrement être un *très, très* vieux monsieur. C'est la première fois que j'entends ce nom.

Décidément, notre belle aubergiste ne connaissait pas grand-chose... Ou bien en savait-elle plus qu'elle voulait bien le dire et ne souhaitait pas nous en faire part ?

Avant de nous quitter pour la nuit, Comtois et moi nous sommes mis d'accord pour nous rendre à l'école de Novara le lendemain matin afin d'y glaner des renseignements sur le mystérieux père Falcone.

*

Après une nuit exquise passée dans le lit à baldaquin dont les draps frais fleuraient bon la lavande, je me régalai d'un copieux petit-déjeuner que nous servit Mme Amaro. François-Xavier, qui brûlait d'impatience, m'arracha à de délicieux *cannoli* et m'entraîna dehors. Nous avons marché en direction de l'école en suivant les indications que notre hôtesse nous avait données.

L'établissement était situé dans le vieux quartier, non loin de la basilique San Gaudenzio. Des enfants jouaient dans la cour de récréation, se pourchassaient en riant ou se lançaient un ballon.

Nous sommes entrés par la porte principale. Le plancher de chêne craquait sous nos pas et une forte odeur d'encaustique piqua nos narines. Un vieil homme passait la serpillière. François-Xavier l'aborda poliment en italien.

— Pardon, monsieur. Travaillez-vous depuis longtemps dans cette école ?

L'homme interrompit son nettoyage et leva la tête. Ses joues étaient creusées de rides. Il sourit, dévoilant des gencives édentées.

— Presque aussi longtemps que ces murs, répondit-il.

— Vous devez sûrement connaître l'abbé Falcone ?

Le concierge perdit son sourire.

— Il a quitté l'école depuis belle lurette.

— Savez-vous où il se trouve, maintenant ?

Le vieil homme nous toisa avec méfiance.

— En quoi ça vous intéresse ?

François-Xavier mentit comme un arracheur de dents :

— Mon oncle a été l'un de ses élèves et souhaitait avoir de ses nouvelles.

— Le père Falcone s'est retiré à l'abbaye Saint-Gabriel. Mais je vous avertis, il est complètement cinglé.

Le concierge se tapota le crâne avec l'index, puis il reprit sa tâche, refusant de poursuivre la conversation plus avant. Après avoir quitté l'école, nous nous sommes renseignés auprès d'un passant pour savoir où était située cette abbaye.

— À un demi-mille du cimetière. Vous ne pouvez pas la manquer, le bâtiment est entouré de grands cyprès.

Nous avons fait le chemin à pied. Le passant ne nous avait pas trompés. À un demi-mille du cimetière, des cyprès bordaient un mur de pierre couvert de vignes. On entendait le trille mélodieux d'un rossignol. Je tirai sur le cordon d'une sonnette. Un moine portier vint nous ouvrir. Il avait le visage sans âge des êtres qui ont vécu le plus clair de leur existence dans le silence et la contemplation.

— Nous souhaiterions voir le père Falcone, s'il vous plaît, demanda François-Xavier.

— Notre bon père a une santé fragile et ne reçoit plus personne, répondit froidement le portier.

— Dites-lui que nous voulons lui parler de son ancien élève, Pietro Battista Alesi.

Le moine se rembrunit.

— Je vous l'ai déjà dit, le père Falcone ne reçoit personne.

Mon ami insista.

— Nous sommes venus de très loin pour le rencontrer. C'est une question de vie ou de mort.

Je ne pus m'empêcher de sourire sous cape devant le ton dramatique qu'avait adopté François-Xavier. Ce dernier fouilla dans sa poche et en sortit quelques pièces, qu'il glissa dans la main du moine.

— Pour agrémenter votre ordinaire.

Le moine se racla la gorge et s'empressa d'enfouir l'argent dans sa manche.

— Je vais lui en faire part, mais je vous assure qu'il n'est pas en état de voir qui que ce soit.

Après nous avoir priés d'entrer, il referma la lourde porte derrière nous et désigna un banc adossé à un mur.

— Attendez ici.

Il s'éloigna sans faire de bruit, ses sandales effleurant à peine le sol dallé de pierres. Nous avons pris place sur le banc. Des chants grégoriens nous parvenaient à distance.

Après une attente de quinze minutes, François-Xavier, dont la patience n'est pas la plus grande qualité, se leva et voulut partir lui-même à la recherche de l'ancien professeur lorsque le moine revint de son pas furtif. Il tenait une lanterne.

— Le père Falcone est disposé à vous recevoir.

François-Xavier me lança un regard complice. Après avoir suivi le religieux dans un long couloir à peine éclairé par des lampes torchères, nous avons franchi un escalier et longé un autre corridor.

— On aurait dû apporter des cailloux, comme le Petit Poucet, murmurai-je à mon ami.

Le moine s'immobilisa finalement devant une porte.

— C'est ici.

Il baissa la voix.

— Je vous en prie, ne restez pas longtemps, il supporte mal la compagnie d'étrangers.

Il frappa quelques coups légers à la porte et l'ouvrit doucement, puis il se tourna vers nous en mettant un doigt sur sa bouche pour nous enjoindre au silence. Nous sommes entrés en tâchant de ne pas faire claquer nos semelles, impressionnés malgré nous par les mises en garde du moine portier.

La pièce était si petite qu'elle s'apparentait davantage à une cellule qu'à une chambre. Un simple lit de camp, une chaise droite et un secrétaire constituaient l'ameublement. Un mince filet de lumière, pénétrant par une fenêtre grillagée, jetait un faible éclairage sur une forme recroquevillée dans le lit.

— Père Falcone, ils sont ici.

La forme remua, puis se redressa lentement et tourna la tête vers nous. Un foulard masquait ses yeux.

— Entrez, dit-il d'un timbre étonnamment clair. J'attendais votre visite depuis bien longtemps.

XLIV

Récit de François-Xavier Comtois

Le moine portier suspendit sa lanterne à un crochet, puis s'éclipsa en refermant derrière lui. J'eus cependant l'impression désagréable qu'il était resté debout près de la porte pour entendre notre conversation. Le père Falcone reprit la parole.

— Ainsi, vous souhaitez me parler de Pietro. Avez-vous de ses nouvelles ?

Je ne voulais pas lui révéler la mort atroce de l'ermite et décidai de répondre à sa question par une autre.

— Il paraît que vous l'avez bien connu ?

Le prêtre acquiesça. Son crâne chauve et rond luisait dans la lumière frémissante de la lanterne.

— J'étais son professeur de botanique. C'était un bon garçon. Un peu trop rêveur, peut-être, mais son âme était pure et sincère. Il aurait fait un excellent prêtre.

Victor intervint.

— Pourquoi a-t-il quitté Novara ?

Le père Falcone laissa échapper un soupir.

— C'est un malheur. Un grand malheur.

Il retomba dans le silence. Des gouttes d'eau suintaient du plafond et tombaient sur le sol avec la régularité d'un métronome. Il finit par parler à nouveau :

— Des rumeurs ont couru sur Pietro, mais je ne leur ai jamais accordé de crédit.

— Quelles rumeurs ? demandai-je doucement, pour ne pas le brusquer.

— Certains prétendaient qu'il avait commis le péché de la chair avec une jeune fille de bonne famille, Chiara Lorenzo, et qu'elle en avait porté le fruit, mais je suis convaincu que c'était une odieuse calomnie. Ces enfants s'aimaient d'un amour pur. La pauvre petite a été internée au couvent des Sœurs angéliques, à Milan.

Victor fut sur le point de parler, mais je l'arrêtai d'un mouvement de la main. Je craignais qu'il ne manque de diplomatie et n'éveille ainsi la méfiance du religieux.

— Est-ce pour cette raison que Pietro est parti de Novara, alors qu'il était sur le point de faire ses vœux ? repris-je d'une voix calme.

Le père Falcone leva la tête vers moi. J'eus l'impression étrange qu'il me voyait, même avec le bandeau qui lui couvrait les yeux.

— Il a eu le cœur brisé lorsque Chiara est morte, mais ce n'était pas la seule cause de son départ.

Victor et moi étions suspendus à ses lèvres.

— Pietro était la cible de… de personnes dangereuses.

Nous avons échangé un regard entendu. Victor ne put s'empêcher d'intervenir.

— Pourrait-il s'agir de membres de la secte Resurrezione di Cristo ?

Le vieil homme blêmit. Ses mains aux veines saillantes se mirent à trembler.

— *Resurrezione di Cristo*, répéta-t-il d'une voix blanche. Ce sont des suppôts de Satan…

— Existent-ils toujours ? s'enquit mon ami.

Le prêtre hocha lentement la tête.

— Le diable n'en a jamais terminé avec ses plans pour corrompre les hommes.

— Quel était le lien entre Pietro et cette secte ? reprit Victor.

Le souffle du prêtre se précipita. Il secoua la tête en serrant ses mains l'une contre l'autre.

— Aucun ! Je vous l'ai dit, Pietro avait une âme pure. Non, ce n'est pas ça. Ce n'est pas ça !

Son corps fut pris de convulsions.

— Ils sont partout. Ils surveillent tous nos faits et gestes !

De la sueur perlait sur son front pâle.

— Un jeune homme est venu me rendre visite, il y a longtemps de cela. *L'ange de la vengeance.* Oh, Pietro, Pietro, pardonne-moi !

Le concierge de l'école avait raison : le pauvre prêtre semblait avoir perdu la tête. Je tentai de le raisonner.

— Mon père, je vous en prie, ne craignez rien... Il n'y a personne d'autre que vous et nous dans cette pièce. Ces gens ne peuvent rien contre vous.

Le prêtre se calma peu à peu. Après un long silence, il se remit à parler. Sa voix avait retrouvé un timbre presque normal.

— Pietro et moi avons été témoins d'un rite satanique.

Il enleva soudain son foulard, découvrant des paupières marquées d'horribles cicatrices rougeâtres.

— *Ils* m'ont aveuglé au fer rouge pour me punir. Pietro, lui, a réussi à s'enfuir.

Le prêtre se tourna vers la fenêtre grillagée.

— Pietro est parti loin, très loin, pour échapper à leur terrible vengeance.

Il n'y a pas échappé, songeai-je.

— Quel était ce « rite satanique » dont vous avez été témoin ?

Un frisson sembla parcourir l'échine du religieux.

— Le sacrifice d'un enfant. Le sacrifice de son innocence. Le sceau... Il faut que vous cherchiez le sceau.

— La croix et les deux lettres R et C ? s'écria Victor.

Le père Falcone se signa en prononçant quelques mots en latin, comme pour conjurer le mauvais sort, puis il poursuivit d'une voix tremblotante :

— La cappella dello Spirito Santo.

La chapelle du Saint-Esprit.

— Le tombeau d'Alberto Battista Alesi... Dans la crypte... Vous y trouverez le sceau de la secte. La vérité... Que Dieu nous pardonne nos péchés !

Le prêtre cessa de parler et se recroquevilla à nouveau dans son lit. Je compris qu'il n'en dirait pas davantage.

XLV

Récit de Victor Dumas

En sortant du monastère, François-Xavier et moi avons marché en silence, encore imprégnés par l'étrangeté de notre rencontre avec le père Falcone. Les branches dénudées des arbres formaient des ombres dentelées sur le chemin. Je fus le premier à briser le silence.

— L'ermite a souvent mentionné la chapelle du Saint-Esprit dans son journal. C'était son lieu de recueillement, là où il a trouvé la mandragore. C'est aussi à cette chapelle que le père Falcone lui avait donné rendez-vous, afin de lui montrer la tombe de son grand-père.

— Je me demande à quel rituel diabolique le père Falcone faisait allusion, dit François-Xavier, songeur.

— Si on en croit le religieux, cette secte est capable du pire, y compris d'aveugler un témoin au fer rouge pour garder le secret sur ses activités !

— Ou bien le père Falcone est fou et il a inventé toute cette histoire.

— D'une manière ou d'une autre, il faut trouver cette chapelle. Peut-être y découvrirons-nous quelque chose.

*

Mme Amaro nous accueillit avec son amabilité habituelle et nous servit un fastueux déjeuner. J'engraissais à vue d'œil, au point où j'avais de la difficulté à boucler la ceinture de mon pantalon… Lorsque je lui demandai où se situait la chapelle du Saint-Esprit, l'aubergiste blêmit et fit un signe de croix.

— Pourquoi voulez-vous aller dans un endroit pareil ? s'exclama-t-elle, visiblement perturbée.

— Par simple curiosité, expliqua mon ami, impassible.

La femme poursuivit à mi-voix, comme si elle craignait d'être entendue :

— Je n'y suis jamais allée moi-même, Dieu m'en garde ! Feu mon mari prétendait que c'était le lieu de rassemblement d'une secte. Il paraît que des gens s'y réunissaient durant la nuit pour… faire des choses contre nature. À votre place, je m'en tiendrais loin.

— Soyez sans inquiétude, dis-je en bombant un peu le torse. Nous sommes capables de nous défendre.

Mon affirmation n'eut pas l'heur de la rassurer, mais devant l'insistance de mon compagnon elle accepta tout de même de nous renseigner sur le chemin à suivre pour nous rendre à cette mystérieuse chapelle. Avant notre départ, elle tint à remettre à François-Xavier une médaille de la Vierge.

— Pour votre protection, murmura-t-elle, en lui serrant la main plus longuement que nécessaire, geste qui ne m'échappa point.

Je remarquai également que Benedetto, le fils de notre aubergiste, les regardait avec une hostilité non dissimulée.

*

Il nous fallut une demi-heure pour nous rendre à pied à la chapelle, située au creux d'un vallon bien caché par un épais rideau de chênes qui avaient poussé au fil des ans. Le chemin pour y parvenir avait presque disparu sous les mauvaises herbes et les ronces. À plusieurs reprises, François-Xavier se retourna, comme s'il avait le sentiment que nous étions suivis.

L'église était en ruine. Les murs, à moitié écroulés, étaient envahis par des vignes sauvages, mais une partie du toit avait résisté à l'usure du temps et la porte de chêne tenait toujours debout, telle une sentinelle désarmée. Les mises en garde de Mme Amaro semblaient saugrenues devant des vestiges d'allure bien inoffensive, baignant dans la lumière orangée de ce bel après-midi.

Nous nous sommes avancés à pas prudents vers l'entrée. Un écureuil se faufila entre les pierres et disparut dans les herbes hautes. À l'intérieur, il ne restait plus qu'un autel orné d'un antependium[4] de bois rongé par les vers. Les dalles qui couvraient le sol étaient verdies par la mousse. À première vue, nous n'avons rien remarqué qui aurait pu ressembler au symbole de la secte ; les ornements ou objets sacrés avaient dû avoir été volés depuis longtemps. François-Xavier examinait attentivement le sol lorsqu'il poussa une exclamation.

— Viens voir !

J'allai vers lui. Il s'était accroupi près de l'autel et désignait quelque chose, sous la table de marbre. Je me penchai à mon tour et reconnus la lettre R gravée sur une dalle.

— Nom d'une pipe !

François-Xavier gratta la pierre avec son canif. La lettre C et la croix apparurent. Il s'agissait bel et bien du sceau de la secte dont le père Falcone nous avait parlé…

— Il y a autre chose, murmura mon ami.

4. Dans les traditions liturgiques catholique et orthodoxe, l'antependium (en latin, « qui pend devant ») est un élément décoratif, souvent en toile de lin, en brocart ou en cuir, destiné à orner le devant de l'autel.

Il balaya la terre avec sa main et dégagea un anneau de métal scellé dans une trappe. Il tira sur l'anneau en ahanant. Le panneau ne bougea pas d'un iota.

— Aide-moi !

Je joignis mes efforts aux siens. Tout à coup, un grincement se fit entendre. Nous avons continué à tirer comme des forcenés jusqu'à ce que l'abattant se soulève. Une forte odeur de moisissure et de poussière nous saisit à la gorge. Un petit escalier en bois vermoulu se dessinait dans la pénombre.

XLVI

Récit de François-Xavier Comtois

Je contemplai longuement l'ouverture sombre.

— Allons-y ! s'exclama Victor avec un tantinet d'impatience.

J'hésitai. Nous n'avions évidemment pas songé à apporter une lanterne, étant donné que nous étions en plein jour, et je n'avais pas envie de m'engager dans ce trou noir. Je sortis de ma poche une petite boîte en bois.

— De quoi s'agit-il ? demanda Victor, intrigué.

— Des lucifers.

Il me regarda sans comprendre.

— Ce sont des allumettes, un mélange de sulfure d'antimoine et de chlorate de potassium. On en frotte l'extrémité sur une surface composée de phosphore et de peroxyde de manganèse.

Je lui en fis la démonstration. Une flamme vive surgit du bout de bois dans une valse d'étincelles. Victor poussa un petit sifflement admiratif.

— Ah, les découvertes modernes, tout de même !

Tenant la lucifer dans une main, j'entrepris de descendre l'escalier avec Victor à ma suite. Les marches étroites craquaient sous nos pas. L'allumette créait un faible halo de lumière qui permettait tout juste de distinguer l'escalier.

J'entendis soudain un craquement. Victor proféra une litanie de jurons.

— Que se passe-t-il ? demandai-je, alarmé.

— Une des marches a cédé, grommela mon ami. J'ai bien failli tomber !

Nous avons continué notre descente. L'odeur de moisissure et de terre était de plus en plus prégnante et une sueur froide mouillait mes tempes. Je fus soulagé lorsque je sentis la terre ferme sous mes pieds.

Soudain, la lucifer s'éteignit dans un chuintement, brûlant presque l'extrémité de mes doigts. L'obscurité était telle que j'eus l'impression d'être devenu aveugle, comme si une taie couvrait mes yeux.

— Je ne vois plus rien ! s'écria Victor.

Sa voix semblait provenir d'outre-tombe, bien qu'il fût non loin de moi. Je tâtai ma poche, en extirpai la boîte de lucifers et tentai d'en allumer une autre. Au même moment, un autre craquement, suivi d'un cri, me fit sursauter.

— Sacrebleu !

Une masse me tomba dessus, me faisant perdre l'équilibre. Une douleur aiguë traversa mon bras droit. Il me fallut quelques instants pour reprendre mes esprits.

— Victor ?

Des gémissements me répondirent.

— Je suis là. En morceaux, mais tout de même…

Je réussis à me redresser et je tâtai doucement mon bras. Par chance, je n'avais rien de cassé. Mes yeux s'habituaient à l'obscurité. J'entrevis un faible carré de lumière à travers l'ouverture de la trappe, à une quinzaine de pieds au-dessus de ma tête. Puis j'aperçus Victor étendu sur le dos. Son ventre rebondi le faisait ressembler à une grosse tortue échouée sur une plage. Les restes de l'escalier formaient une pile de planches disjointes non loin de lui.

— Ça va ?

— Aide-moi à me remettre debout au lieu de poser des questions stupides !

Son ton irrité me rassura sur son état. Je glissai mon bras gauche sous ses aisselles et le soulevai péniblement. Nous soufflions tous les deux comme des phoques. L'air confiné du réduit dans lequel nous nous trouvions n'avait rien pour nous aider.

— Où sommes-nous ? dit Victor d'une voix sourde. On dirait un trou à rats…

Je me penchai et réussis à mettre la main sur la boîte d'allumettes. J'en allumai une autre et je jetai un coup d'œil à la ronde. Nous étions dans une petite pièce circulaire dont les murs étaient tapissés de pierres. Les contours de ce qui ressemblait à une tombe se dessinaient à notre gauche. Je m'en approchai. Grâce à la faible clarté provenant de la lucifer, je distinguai une inscription gravée sur un couvercle de marbre.

— Viens voir, murmurai-je.

Victor s'approcha à son tour et lut l'épitaphe avec son œil valide.

— C'est du latin, affirma-t-il.

Il se mit à traduire avec lenteur.

— « Ci-gît Alberto Battista Alesi, qui reviendra à son heure sur la Terre pour sauver les hommes du péché et rétablir le règne du Christ. »

Les lettres R et C surmontant une croix avaient été gravées sous l'épitaphe. Ainsi, le père Falcone ne nous avait pas trompés : le grand-père de Pietro Battista Alesi avait bel et bien été enterré dans une crypte, sous la chapelle. C'est alors qu'un claquement sec retentit. Un souffle d'air éteignit l'allumette. En levant la tête, je remarquai que le carré de lumière avait disparu. Quelqu'un avait refermé la trappe.

XLVII

Récit de Victor Dumas

La crypte était plongée dans un noir d'encre.

— Sacrebleu !

La voix de François-Xavier résonna tout près de moi.

— Quelqu'un nous a enfermés ici.

Son ton était calme, mais je perçus tout de même une note d'inquiétude.

— Il me faut une nouvelle allumette.

J'entendis un froissement de vêtements, comme si mon camarade fouillait dans ses poches, puis le son d'un objet tombant par terre. Après un juron, il se mit à genoux. Je l'imitai. Le contact du sol froid me donna le frisson.

— Où sont-elles, nom de Dieu ! s'exclama mon ami.

Je sentis que la panique le gagnait. L'obscurité était si profonde qu'on ne distinguait rien, pas même nos propres silhouettes. Finalement, François-Xavier poussa un cri de triomphe. Bientôt, une lumière orangée éclaboussa les parois. Il jeta un coup d'œil du côté de l'escalier, dont ne restaient plus que quelques marches, placées de guingois. Il me tendit l'allumette, puis s'agrippa à une planche, tâchant de se hisser jusqu'à une marche qui pendait dans les airs, mais la planche céda sous son poids et il retomba sur le sol. Sans se laisser décourager, il mit le feu à une autre allumette avant que la première ne s'éteigne.

— Faisons la courte échelle.

Il me plaça là où l'escalier s'était trouvé, en position accroupie, dos au mur, puis il se servit de mes cuisses comme d'un marchepied et réussit à se hisser sur mes épaules. Je gémis sous le poids. Mon ami avait beau être svelte, j'avais l'impression de porter un éléphant.

— Maintenant, redresse-toi ! m'ordonna-t-il.

Je n'ai rien d'un acrobate, tant s'en faut, mais on aurait dit qu'une force surhumaine s'était emparée de mes membres. Je me mis debout tant bien que mal en m'agrippant aux reliefs du mur. L'effort fut si intense que je craignis que mon cœur n'éclate.

— J'y suis presque ! s'écria François-Xavier.

J'entendis des coups, comme s'il tentait de repousser la trappe. Son allumette s'éteignit, nous replongeant dans une obscurité totale. Puis ses pieds glissèrent soudain de mes épaules et il se retrouva à terre sans que je puisse le retenir dans sa chute.

— Mon pied ! Je crois que je me suis foulé la cheville...

Un découragement profond s'empara de moi. Nous étions enfermés dans cette maudite crypte, plongés dans la pénombre la plus complète, sans eau ni nourriture. François-Xavier était blessé... Nous étions faits comme des rats. Moi qui n'étais pas croyant, je me surpris à murmurer une prière.

XLVIII

Récit de François-Xavier Comtois

Étions-nous enfermés ici depuis une heure, trois heures, une éternité ? J'avais perdu toute notion du temps. Ma provision d'allumettes étant épuisée, nous étions plongés dans l'obscurité la plus totale. La faim et la soif me taraudaient, mon pied foulé me faisait atrocement mal, malgré le bandage que j'avais effectué en déchirant un pan de ma chemise, et le manque d'oxygène me causait des étourdissements. Quant à Victor, par une sorte d'instinct de préservation, il s'était endormi et ronflait comme une forge, comme s'il se trouvait dans son lit.

Dans mon existence de voyageur, il m'était arrivé à plusieurs reprises de voir la mort de près, mais j'étais alors en pleine action, et je n'avais pas eu le temps d'en mesurer la portée. Ici, dans cette crypte qui deviendrait peut-être notre tombeau, j'en comprenais mieux la signification. La mort ne m'apparaissait plus comme cette image d'une grande faucheuse portant une cagoule et brandissant une faux qui me faisait si peur enfant, mais comme une présence familière, presque rassurante, qui m'ouvrait les bras afin que je m'y endorme pour ne plus me réveiller.

Les moments importants de ma vie, les personnes que j'avais connues et aimées défilèrent devant mes yeux, tel un kaléidoscope aux couleurs évanescentes. Le doux visage de ma mère, qui avait fait montre de tant d'indulgence à mon égard, m'apparut ; s'y superposa celui de mon père, arborant un sourire triste. Comme mon ingratitude avait dû le faire souffrir ! Puis ce fut le tour de ma sœur Léontine, sans doute mariée avec un bon parti de la haute ville de Québec, heureuse et entourée d'enfants ; le joli minois de Laure Maréchal, dont les yeux bleus m'avaient tant charmé, fit une brève apparition. Mon ami Antoine Labonté, au regard pétillant et à la poignée de main franche, me souriait, comme si nous ne nous étions jamais perdus de vue. Tenant les rênes de son boghei, Florence Lightwood s'approchait de moi et insistait pour faire partie de ma caravane. L'infortuné berger, debout dans le box des accusés, me fixait de ses yeux rougis de larmes. Je revis le corps amaigri et mutilé de l'ermite, étendu sur le chemin rocailleux du mont Serrado, le sang qui s'écoulait de ses blessures, les urubus perchés sur un pin, leurs grandes ailes sombres déployées comme des voiles de veuves ; le bruissement de la fontaine dans la cour intérieure de la résidence de Sonia Alvarez, son parfum suave d'acacia, ses cheveux anthracite aux reflets bleutés, la douceur de sa peau…

J'avais dû m'endormir, car un grincement me fit sursauter. Il n'y a rien de plus angoissant que d'ouvrir les yeux et de n'apercevoir que du noir. Peut-être étais-je déjà mort ? Le grincement se poursuivit. Soudain, je crus entrevoir une ligne jaune, puis la ligne s'agrandit et devint un carré de lumière. Une voix féminine me parvint, telle une brise lointaine.

— Signori! Signore Comtois! Signore Dumas! Ci siete?

Je reconnus la voix de Mme Amaro. C'était un rêve, ou bien je délirais de fièvre…

— Signore Comtois! Rispondimi!

J'étais bel et bien réveillé. Je voulus parler, mais je n'émis que des sons indistincts. Je tâchai de calmer les battements de mon cœur.

— Nous sommes ici !

Ma voix sonnait comme une crécelle.

— Signore Comtois! È qui! Che Dio sia benedetto!

Monsieur Comtois ! Vous êtes ici ! Que Dieu soit béni !

Elle m'avait entendu ! J'en éprouvai une telle joie que je dus m'appuyer sur le mur pour ne pas perdre connaissance. Victor se réveilla.

— Au voleur ! Au voleur !

Il me saisit par le collet avec une force étonnante. Je tentai de le raisonner.

— Victor, c'est moi, François-Xavier ! Tu as fait un mauvais rêve. Nous sommes dans la crypte, et Mme Amaro nous a trouvés !

Il se débattit encore un peu, mais le nom de Mme Amaro sembla le rasséréner.

— Ah, la bonne, la charmante Mme Amaro !

J'entrevis alors une échelle de chanvre se balançant dans le vide. Je décidai qu'il serait préférable que Victor monte en premier. Avec son poids, il n'y parviendrait pas sans mon assistance. Je l'aidai à placer le pied sur le premier échelon et maintins l'échelle droite tandis qu'il commençait son ascension. Il faillit tomber à plusieurs reprises, mais s'accrocha de justesse.

Victor réussit à atteindre l'ouverture de la crypte et à se glisser à l'extérieur. J'entrepris alors ma propre ascension. Dans l'effort, j'oubliai mon entorse, la faim, la soif, la peur : tout mon être était concentré sur chaque échelon que je devais franchir pour arriver à la lumière. Ce n'est qu'une fois à l'air libre, étendu à plat ventre sur les dalles froides de la chapelle, en sueur et à bout de souffle, que je compris vraiment à quelle mort atroce nous venions d'échapper.

XLIX

Récit de Victor Dumas

Jamais nourriture ne me parut plus délicieuse, ni vin plus revigorant. Mme Amaro s'était encore une fois surpassée. François-Xavier, pâle et silencieux, ne fit toutefois pas honneur au repas. Même le récit de notre aubergiste – qui nous expliquait avec force gestes son inquiétude après notre absence prolongée, et son idée d'aller à notre recherche, accompagnée de son fils Benedetto – ne le tira pas de son étrange léthargie. Ce n'est qu'au moment où Mme Amaro nous servit le dessert, un tiramisu des plus divins, qu'il prit la parole.

— Comment saviez-vous que nous étions dans la crypte, madame Amaro ? Vous en connaissiez donc l'existence ? demanda-t-il en italien.

Notre hôtesse rougit.

— Tout le monde la connaît.

— Avez-vous aperçu quelqu'un lorsque vous êtes arrivée à la chapelle ?

Mme Amaro secoua la tête.

— Non, je n'ai vu personne. Nous étions seuls, mon fils et moi.

Mon ami retomba dans un silence songeur. Après le repas, alors que nous étions accoudés à la balustrade du balcon qui donnait sur un vignoble, il sortit de son mutisme.

— Il faut revoir le père Falcone. Il semble convaincu que des membres de la secte sont encore en vie. Ce sont sans doute eux qui nous ont enfermés, nous devons connaître leurs noms.

*

Le lendemain matin, nous sommes retournés au monastère. Le même moine portier nous ouvrit.

— Nous souhaitons revoir le père Falcone, dit François-Xavier.

Les traits du moine s'assombrirent.

— Il est mort la nuit dernière. Dieu ait son âme.

La nouvelle tomba comme un couperet.

— Comment est-ce arrivé ? demanda mon compagnon, la voix blanche.

— Je l'ai trouvé ce matin, dans son lit. Il était très âgé, et bien malade.

Le moine voulut refermer la porte. François-Xavier s'avança d'un pas.

— Connaissez-vous la chapelle du Saint-Esprit ?

Le portier se signa.

— Je n'en ai jamais entendu parler.

Il voulut à nouveau fermer la porte, mais mon ami était fermement campé sur le seuil.

— Le père Falcone nous a informés de l'existence de cette chapelle. Nous avons découvert une crypte, dans laquelle se trouve la tombe d'un certain Alberto Battista Alesi, le fondateur de Résurrection du Christ.

Le portier blêmit.

— Je ne suis qu'un humble frère. Je ne suis au courant de rien.

— Vous connaissiez l'existence de cette secte, n'est-ce pas ?

Il secoua obstinément la tête.

— Non ! Je vous en prie, partez.

— Le père Falcone la connaissait. Il semblait même croire que des membres sont toujours vivants. Qui sont-ils ?

Des gouttes de sueur s'étaient formées sur le front large et pâle du moine. Il croisa ses mains si fort que les jointures blanchirent.

— Je n'en sais rien.

— Nous ne partirons pas d'ici avant que vous nous ayez dit la vérité !

Le religieux jeta un regard furtif derrière lui, puis se pencha vers nous.

— J'en connais un seul.

— Qui ? insista mon ami.

Le moine hésita, puis murmura dans un souffle :

— Le père Falcone. Maintenant, je vous en conjure, partez, et ne revenez plus jamais ici. Laissez les morts reposer en paix.

L

Récit de François-Xavier Comtois

— Le père Falcone, un membre de la secte ! s'exclama Victor alors que nous marchions sur le chemin bordé de cyprès. Jamais l'ermite n'a fait allusion à cela dans son journal.

— Il l'ignorait sans doute.

— C'est à n'y rien comprendre, reprit le journaliste. Si le père Falcone était un membre de la secte, alors comment se fait-il qu'il ait prétendu avoir été aveuglé parce qu'il avait assisté à un rituel satanique ?

— Il a peut-être inventé cette histoire.

— Je mettrais ma main au feu qu'il n'est pas mort de sa belle mort.

— Il était très âgé. Il n'y a rien d'étonnant à ce qu'il se soit éteint dans son sommeil…

Victor secoua la tête, la mine sombre.

— Il en savait trop. Quelqu'un l'a tué. La même personne qui nous a enfermés dans la crypte.

*

À notre arrivée à l'auberge, Mme Amaro courut vers nous, l'air éploré. Elle nous apprit qu'en entrant dans nos chambres pour y faire le ménage elle avait constaté que le plus grand désordre y régnait.

— Ladri…

Des voleurs… Victor se lança vers l'escalier, qu'il franchit aussi rapidement que sa corpulence et son unique œil le lui permettaient. Notre hôtesse n'avait pas exagéré : nos matelas avaient été éventrés, les tiroirs des commodes, renversés. Même les pots de chambre gisaient sur le sol, brisés en mille miettes. De toute évidence, une ou des personnes mal intentionnées cherchaient quelque chose. Mais quoi ?

Victor se précipita vers son matelas. Il le souleva, provoquant un nuage de plumes.

— Le journal de l'ermite ! s'écria-t-il, catastrophé. Je l'avais caché sous le matelas. Il a disparu !

Il fouilla dans le cartable qui ne le quittait jamais et en extirpa un paquet de feuilles.

— Heureusement, j'ai eu la bonne idée d'apporter la traduction !

Qui voulait ce journal, et pourquoi ? Il s'agissait sûrement des mêmes gens qui nous avaient enfermés dans la crypte… Je jetai un coup d'œil suspicieux à Mme Amaro. La peur et l'embarras se lisaient sur son visage. Était-il possible qu'elle soit partie prenante de ce complot ? Au point où nous en étions, je me méfiais de tout un chacun.

— Vous ne pouvez pas rester ici ! s'exclama-t-elle.

Je la fixai dans les yeux.

— Savez-vous qui a mis nos chambres à sac ? lui demandai-je en italien.

Elle éclata en sanglots.

— Vattene! Prego! Sei in pericolo!

Partez ! Je vous en prie ! Vous êtes en danger !

C'était dans les mêmes termes que Sonia Alvarez m'avait mis en garde. Et elle avait fait preuve du même mutisme quant aux causes de ce danger…

*

Après avoir payé les frais de notre séjour à Mme Amaro, je lui offris également une compensation pour le saccage de nos chambres, bien que nous n'en fûmes pas responsables. Elle se confondit en remerciements, serrant mes mains un peu trop fort, avec des larmes qui me parurent sincères.

Avec l'aide de son fils, qui arborait toujours la même mine renfrognée, Victor et moi sommes allés porter nos bagages dans la voiture, que j'avais garée discrètement dans la cour intérieure de l'auberge, puis nous avons pris le temps de faire le point sur la situation. Une ou des personnes mal intentionnées (sans contredit des membres de la secte Résurrection du Christ) avaient tenté de se débarrasser de nous en nous enfermant dans la crypte de la chapelle du Saint-Esprit, et ces mêmes personnes avaient par la suite vandalisé nos chambres et volé le journal de l'ermite. S'il fallait en croire le moine portier, le père Falcone aurait été un adepte de la secte. Malgré tout, nous n'avions pas davantage d'indices sur la cause du meurtre de Pietro Battista Alesi, ni sur l'auteur ou les auteurs de l'assassinat.

— Allons à Milan, suggéra Victor. Nous découvririons peut-être du nouveau sur les circonstances de la mort de Chiara.

Mon ami n'était pas sans défauts, mais il avait une grande qualité : la persévérance.

LI

Récit de François-Xavier Comtois

Il nous fallut à peine deux heures pour parvenir à Milan. À notre arrivée à la piazza del Duomo, nous avons été émerveillés par la beauté de la cathédrale, dont les six colonnes corinthiennes surmontées de flèches dentelées semblaient monter à l'assaut du ciel. Victor insista pour que nous visitions l'église, qui était réputée pour les œuvres d'art qu'elle abritait. À l'intérieur, une forêt de piliers soutenait les multiples voûtes, sous lesquelles se dressaient d'innombrables statues. Je fus rasséréné par la majesté du lieu, comme si nos mésaventures étaient devenues de lointaines réminiscences, dont le bruit et la fureur s'étaient éteints au pied de la cathédrale.

Nous n'avons eu aucune difficulté à trouver le couvent des Sœurs angéliques de Saint-Paul, situé en retrait du centre de la ville, au milieu d'une forêt de hêtres dont les branches formaient un dôme sombre au-dessus des toits. Un petit cimetière jouxtait le bâtiment principal. L'endroit était silencieux et avait un air d'abandon.

Victor se dirigea vers le porche, mais je le pris par le bras.

— Attends…

Une silhouette noire se profilait dans le cimetière. Nous nous sommes approchés d'elle à pas feutrés afin de ne pas l'effaroucher. C'était une religieuse. Elle récitait une prière en effleurant d'une main une stèle grise, dont le seul ornement était un ange en pierre aux mains levées vers le ciel.

Je m'adressai à elle.

— Buongiorno, sorella.

La femme tressaillit. Je m'empressai de la rassurer. (Je traduis le reste de notre conversation en français.)

— Nous sommes de passage à Milan. Nous visitons la région.

Elle sourit, ce qui borda ses yeux d'un réseau de fines rides.

— Pardonnez-moi si j'ai sursauté en entendant votre voix. Nous recevons si peu de visiteurs.

Sentant que j'avais gagné sa confiance, je m'avançai vers elle. Je tâchai de déchiffrer l'inscription sur la pierre tombale, rongée par la mousse et le salpêtre, de sorte que je ne pus entrevoir que quelques lettres, « iara », et le début d'une date, 181… La sœur suivit mon regard. Une tristesse infinie ombra son visage.

— Elle était si douce, si gentille…

Je jouai l'innocence pour ne pas la brusquer.

— Vous parlez de Chiara, n'est-ce pas ?

La religieuse leva des yeux étonnés vers moi. Ses prunelles étaient pâles au point de se confondre presque avec le blanc de ses yeux.

— Vous l'avez connue ?

Elle ne se rendait pas compte que j'étais beaucoup trop jeune pour avoir pu faire la connaissance de Chiara qui, selon le journal de l'ermite, était morte en 1817.

— J'ai connu quelqu'un qui l'avait beaucoup aimée.

La vieille femme eut l'air songeuse.

— Vous n'êtes pas le premier à vous intéresser à son sort. Une jeune femme est venue ici, il y a longtemps. Comme elle lui ressemblait ! On aurait dit Chiara.

Elle poussa un soupir.

— La chère petite… Elle ne méritait pas un tel sort.

La nonne effleura à nouveau la tombe du bout de ses doigts déformés par l'arthrite.

— Elle était si jolie, avec ses beaux cheveux blonds et ses yeux si doux !

Une légère brise fit voltiger des feuilles mortes, qui retombèrent sur le sol, tels des oiseaux blessés. La religieuse continua à caresser la stèle. Je compris qu'il valait mieux la laisser parler. Victor demeurait en retrait, comme s'il avait suivi ma pensée.

— C'est moi qui ai assisté le médecin lors de son accouchement. Comme elle a souffert ! Notre mère supérieure prétendait que c'était la punition de Dieu pour ses péchés, mais aucun être ne mérite de souffrir à ce point, car sinon le Christ aurait sacrifié sa vie pour rien, n'est-ce pas ?

Elle n'attendait pas de réponse, se parlant à elle-même.

— La pauvre Chiara est morte.

Victor essuya subrepticement ses yeux avec la paume de sa main. Ces réminiscences évoquaient sans doute le souvenir douloureux de sa propre femme.

— Puis j'ai entendu un vagissement, si faible qu'on aurait dit le miaulement d'un chat.

Victor et moi sommes restés figés d'étonnement. La nonne ferma ses paupières mauves.

— Le nouveau-né reposait dans un berceau. La petite était si faible que je l'ai crue morte. Je l'ai prise dans mes bras. Elle s'est mise à pleurer doucement. Elle était vivante.

Pourtant, dans son journal, Pietro Battista Alesi avait écrit que l'enfant n'avait pas survécu… Je pris la parole, tâchant d'adoucir ma voix.

— Savez-vous ce que l'enfant est devenue ?

La vieille femme sembla se réveiller d'un rêve. Ses traits se figèrent, sa bouche pâle se serra, puis elle croisa ses mains sur son ventre.

— Beaucoup d'eau a coulé sous les ponts.

Sans dire un mot de plus, elle s'éloigna. Je la suivis des yeux, préoccupé. Si elle avait dit la vérité, qu'était devenue cette femme ? Était-elle toujours en vie ? J'avais le sentiment que la mort de l'ermite avait un lien avec le fait qu'il en était le père.

LII

Récit de François-Xavier Comtois

Après notre visite au couvent des Sœurs angéliques, Victor et moi avons pris la décision de retourner au Nouveau-Mexique, avec le sentiment que nous avions appris à la fois beaucoup et peu de choses. Notre voyage se déroula sans encombre, même si j'avais toujours le sentiment désagréable que nous étions suivis. Nous sommes parvenus à Mesilla au début du mois de juin 1861, à l'aube. La petite ville semblait endormie. Seul un chien aboya, comme pour saluer notre arrivée. J'aidai Victor à transporter son énorme coffre à l'intérieur de sa maison. Nous sommes restés debout l'un devant l'autre dans l'entrée, épuisés par le très long voyage. Victor prit un mouchoir et s'épongea le front.

— Que fait-on, maintenant? demanda-t-il d'une voix éraillée par la fatigue.

— Je crois que nous ne saurons jamais le fin mot de cette histoire.

— Alors tu laisses tomber? commenta-t-il avec une note d'agressivité.

— Ce n'est pas ce que j'ai dit.

Il enleva le bandeau qui cachait son œil. La paupière avait guéri, mais elle était rougie et couverte de cicatrices.

— J'ai donc perdu cet œil pour rien ?

— Victor, il faut être raisonnable…

— Il n'y a pas de « Victor » qui tienne ! Le shérif m'a rendu borgne parce que je m'attaquais au pouvoir en place. L'ermite a été assassiné parce qu'il défendait les pauvres. Ernesto a été pendu à la place du vrai coupable. Il n'est pas question que j'abandonne cette enquête ni qu'Ernesto soit mort pour rien. Je vais trouver le véritable assassin de l'ermite, entends-tu ? Je n'ai pas vécu cette vie pour la finir comme un poltron !

Il me fit signe de partir, puis me ferma brusquement la porte au nez. Je voulus frapper, puis me ravisai. Nous étions tous les deux à bout de forces. Il valait mieux laisser Victor se reposer. Je reviendrais le voir le lendemain matin. Si seulement j'avais su…

*

Le reste de la phrase était illisible. Sonia Alvarez interrompit sa lecture. Son souffle était devenu plus court, comme si elle manquait d'air, et son front était moite de sueur. Les rideaux de la fenêtre restaient immobiles, comme pétrifiés. Pas la moindre brise pour la rafraîchir. Même l'eau que sa servante lui avait apportée ne parvenait pas à étancher sa soif. Elle déposa le manuscrit sur la table. Il ne lui restait plus qu'une dizaine de pages à lire, mais aurait-elle le courage d'aller jusqu'au bout ?

LIII

Récit de Victor Dumas

Je laissai le coffre là où François-Xavier et moi l'avions déposé, montai à ma chambre et m'étendis sur mon lit sans prendre la peine de me déshabiller. J'étais si enragé que je n'arrivais pas à fermer l'œil. J'étais incapable d'accepter que Comtois laisse tomber notre enquête, alors que j'étais convaincu que nous nous approchions du but. Il n'y avait plus de doute dans mon esprit que des membres de la secte Résurrection du Christ étaient responsables de l'assassinat de Pietro Battista Alesi et qu'ils avaient tenté de nous tuer, François-Xavier et moi, afin de protéger le secret sur leurs mystérieuses activités. Trop d'indices s'accumulaient en ce sens : la mort soudaine du père Falcone, la mise à sac de nos chambres à l'auberge de Mme Amaro, la disparition du journal de l'ermite...

N'en pouvant plus de me tourner comme une crêpe, je me levai, descendis au rez-de-chaussée et bus un verre de bourbon pour tenter de me calmer, mais rien n'y faisait. Je m'installai à mon secrétaire et replongeai dans la lecture de la traduction que j'avais effectuée du journal de l'ermite, espérant y détecter un mot, une phrase qui auraient pu me mettre sur une piste, mais mon cerveau était mou comme une éponge et rien n'attira mon attention. Je relus les derniers paragraphes, qu'il avait écrits juste avant sa mort, à l'affût d'un indice :

« Chiara m'était apparue la veille. Ses cheveux étaient couverts d'un voile, comme la statue de la basilique San Gaudenzio. Son regard était empreint de tristesse. Elle m'avait tendu les bras et j'avais entendu sa voix dans ma tête. "Pietro, tu viendras me rejoindre bientôt. Surtout, il ne faut pas avoir peur. Je t'attendrai de l'autre côté du monde, là où il n'y a plus de souffrance, plus de désirs, mais seulement la paix et l'amour." Je lui avais tendu les bras à mon tour, mais elle s'était transformée en une ombre évanescente et avait disparu. »

Je poursuivis ma lecture. L'ermite décrivait sa solitude, ses regrets, puis il s'était mis à prier et avait ensuite rouvert son journal, sans savoir qu'il y écrivait pour la dernière fois.

« C'est alors que j'entendis un bruissement de pas, si ténu qu'il se confondit d'abord avec le son des gouttes d'eau. Le bruit de pas s'approchait. Je me retournai lentement et j'aperçus une forme debout devant l'entrée de la caverne. Je n'arrivais pas à distinguer les traits du visage, caché par un pan d'ombre.

La mince silhouette, vêtue d'une tunique à franges, le corps légèrement ployé, comme prêt à bondir, tient une lance dans sa main droite. La peur me quitte. Je ne ressens plus qu'un grand apaisement, comme si je ne formais qu'un avec l'univers. Les pas s'approchent encore. Je tourne le dos à l'ombre qui s'avance afin de prier en silence. Mon Dieu, je me remets entre vos ma... »

Le journal se terminait abruptement. Un détail m'avait frappé, mais je n'arrivais pas à savoir de quoi il s'agissait. Je relus la dernière page. C'est alors qu'un élément de la vérité m'apparut, aussi clair qu'un soleil en plein été. L'ermite avait écrit qu'il s'était retourné et qu'il avait aperçu une silhouette tenant une lance *dans sa main droite.* Une scène me revint à l'esprit, lorsque François-Xavier et moi étions allés au mont Serrado pour y rendre visite à l'ermite. En arrivant à proximité de la Cueva, nous avions croisé le jeune berger Ernesto Flores promenant ses moutons. Il avait un bâton à la main. *Il le portait dans sa main gauche.*

J'étais à la fois galvanisé et terrassé par ma découverte. Si seulement j'avais compris cela avant aujourd'hui, il aurait peut-être été possible de sauver la vie d'Ernesto en faisant la preuve qu'il n'avait pas pu tuer l'ermite, étant gaucher, alors que l'assassin, entrevu par Pietro Battista Alesi, était droitier... Mais à quoi bon ressasser tout cela? Le berger avait payé de sa vie le crime perpétré par un autre. C'était cet autre, le véritable assassin, qu'il fallait identifier.

Trop fatigué pour monter à ma chambre, j'enlevai mes chaussures et me jetai sur un canapé, laissant la mèche de ma lampe légèrement remontée, au cas où une autre idée de génie me viendrait en tête. Je songeai à l'ermite. Qui pouvait en vouloir à cet homme pacifique au point de lui enlever la vie d'aussi brutale façon? Que signifiaient les étranges hiéroglyphes et pointillés qui couvraient sa main droite sur le daguerréotype? Était-ce l'assassin qui avait dessiné ces signes et gravé l'emblème de la secte Résurrection du Christ, à gauche de la photo?

Las de toutes ces questions sans réponses, je tâchai de faire taire mon cerveau en ébullition, en espérant que le sommeil viendrait enfin. Soudain, j'entendis un craquement inhabituel. Je me redressai, aux aguets. J'avais l'impression que quelqu'un montait l'escalier, mais peut-être n'était-ce que mon imagination: la relecture de la traduction du journal de l'ermite m'avait mis les nerfs en boule. Je tendis l'oreille; tout était redevenu silencieux.

J'étais sur le point de m'endormir lorsqu'un son étrange m'extirpa de mon état de demi-sommeil. Le bruit ressemblait à une crécelle. Je restai immobile. Le son de crécelle se rapprochait. Le cœur battant, je me mis debout et je remontai un peu plus la mèche de la lampe, dont la lumière forma un halo rassurant autour de moi, laissant toutefois le reste de la pièce dans l'obscurité.

Je tentai de distinguer quelque chose avec mon œil valide. Je ne voyais que des ombres qui se reflétaient sur les murs. Le son de crécelle semblait être maintenant tout près de moi.

L'impression que je n'étais pas seul dans la pièce devint une certitude terrifiante. Je pris ma lampe d'un mouvement brusque et la brandis devant moi comme une torche. Je ne vis personne, mais le son de crécelle était presque assourdissant. Saisi d'angoisse, je m'avançai. Je sentis quelque chose de mou sous mon pied. Je reculai d'un pas. Une forme longue et sinueuse, couverte de losanges brunâtres, s'éleva vers moi dans un sifflement.

LIV

Récit de François-Xavier Comtois

Un vif sentiment de culpabilité me tenaillait depuis mon altercation avec Victor. Son caractère irascible, doublé d'un entêtement qui confinait à l'obsession, m'irritait au plus haut point, mais je devais reconnaître qu'il avait parfaitement deviné mes intentions. J'en avais plus qu'assez de cette histoire. L'ermite était mort et enterré ; Ernesto avait payé de sa vie pour un crime qu'il n'avait pas commis. Qu'importait de savoir qui était le véritable assassin ? La vérité ne ferait pas revivre les victimes. Non seulement notre enquête nous avait mis le shérif et ses sbires à dos, mais il s'en était fallu de peu pour que Victor et moi laissions notre peau dans cette affreuse crypte. J'aspirais à la tranquillité, à une vie paisible, loin de la violence et du sang. Je me rendis compte que je souffrais du mal du pays. L'idée de repartir, de retrouver L'Ancienne-Lorette s'était glissée dans mon cœur à mon insu. Même la perspective d'affronter nos hivers rigoureux, de subir les assauts du froid et de la neige pendant de longs mois me semblait plus attrayante que l'éternel et implacable été qui régnait ici.

Je fus réveillé au beau milieu de la nuit par les hurlements d'un coyote. Je tentai de me rendormir, mais des chiens avaient entamé un concert pour enterrer les cris de la bête. Ma pensée revenait constamment à Victor. Sous ses dehors bougons, c'était un brave et honnête homme, qui était devenu borgne à cause de sa soif de vérité. J'eus honte de ma pusillanimité et je décidai de me rendre chez lui au lever du jour afin de faire amende honorable.

À l'aube, je m'habillai en vitesse, glissai mon pistolet dans ma ceinture, non sans m'être assuré qu'il était chargé, puis je me rendis à l'écurie et sellai ma jument Jolly, qui n'était plus aussi fringante qu'autrefois mais avait encore bon pied bon œil, malgré ses quinze ans.

La beauté du ciel dont les nuages rosissaient dans une clarté diaphane m'émut malgré moi. Il y avait quelque chose de grandiose dans ces territoires que l'homme blanc avait conquis au détriment des populations locales et dans lesquels la nature, invaincue, reprenait chaque jour un peu plus ses droits.

*

La façade de la maison de Victor baignait dans une lumière crayeuse. J'attachai Jolly à la clôture et je marchai vers la porte. Je remarquai que celle-ci était entrouverte. Le cœur serré par l'appréhension, je dégainai mon revolver, puis j'avançai prudemment dans le salon. Tout était silencieux. Le poêle était éteint, et je ne sentis pas d'odeur de café ou de pain, ce qui était inhabituel, car Victor était un lève-tôt. Soudain, j'aperçus une forme étendue près du secrétaire. C'était Victor. Je sus aussitôt que le pire s'était produit. Une lampe s'était fracassée sur le sol, formant une nappe d'huile couverte de débris de verre. Je courus vers mon ami.

— Victor !

Son visage était pâle et convulsé. Sa bouche distordue émettait un faible râle, comme s'il avait peine à respirer.

Dieu merci, il vivait encore ! Je me mis à genoux près de lui et déchirai sa chemise pour qu'il puisse respirer plus librement. Je l'examinai sommairement, mais ne détectai à première vue aucune contusion ou blessure.

— Victor, que s'est-il passé, pour l'amour du ciel ?

Son œil valide s'entrouvrit. Le bleu de la pupille était devenu grisâtre. Il essaya de parler, mais n'émit que des sons indistincts. C'est alors que je vis deux marques rouges sur son épaule droite. La peau autour des marques était boursouflée et purulente. Durant mes nombreuses expéditions, il m'était arrivé à quelques reprises d'observer ce genre d'entailles. Il s'agissait probablement d'une morsure de serpent à sonnette, dont le venin pouvait être dangereux, voire mortel. Comment cela avait-il pu se produire ? Je levai les yeux vers la fenêtre du salon, qui était fermée. Le serpent était sans doute entré par la porte. Je regardai autour de moi, mais je ne vis aucune trace de l'animal. Le soupçon que quelqu'un s'était introduit chez mon ami et y avait délibérément laissé un serpent me vint à l'esprit.

Un râle de Victor me ramena à la réalité. Il était blanc comme un linge, et de grosses gouttes de sueur roulaient sur ses joues.

— Je vais te tirer de là ! m'écriai-je, tâchant de ne pas céder à la panique.

Je me rappelai l'une de mes expéditions, durant laquelle un voyageur avait été mordu par un serpent à sonnette. Miguel, un Indien de la nation Piro, avait aspiré le venin avec sa bouche, le recrachant aussitôt. Je m'apprêtai à procéder ainsi, mais Victor me repoussa faiblement. Il se mit à parler avec difficulté, hachant ses mots.

— Laisse. Il… il faut bien… mourir… un jour.

— Victor, c'est une morsure de serpent, il faut la traiter tout de suite !

— Trop tard…

Sa respiration devenait de plus en plus ardue.

— Les signes… les points…

J'ai cru qu'il délirait. C'était le venin qui faisait son œuvre funeste.

— De quoi veux-tu parler ?

— L'ermite… Il y a… des signes… des points… C'est… un code.

Je dus coller mon oreille à sa bouche, car je comprenais à peine ce qu'il disait.

— Tu veux parler du daguerréotype ?

Il acquiesça. Son visage était d'une pâleur cadavérique.

— Dans ma chambre… Sous le lit… ses choses… mets tout… en sécurité… N'oublie pas, les signes… le… le code… secret…

Sa voix s'étrangla dans sa gorge. Il avait cessé de respirer.

LV

Je restai je ne sais combien de temps auprès de mon ami, incapable de faire un geste. Sa mort m'apparaissait si irréelle que j'avais du mal à y croire. Pas plus tard que la veille, Victor était exubérant, il vitupérait à qui mieux mieux, et maintenant… J'étais encore trop en état de choc pour envisager que sa mort pût être autre chose qu'un terrible malentendu. Je fermai délicatement son œil gauche, puis pris mon ami dans mes bras et le déposai sur le canapé. Au moment où je voulus croiser ses mains, je me rendis compte qu'il tenait quelque chose dans son poing droit. Je dépliai ses doigts un à un, tâchant de ne pas les briser, car ils commençaient déjà à devenir rigides. Une feuille de papier était roulée en boule dans sa paume. Je l'ouvris. La feuille avait visiblement été arrachée. Des signes biscornus accompagnés de points y avaient été tracés d'une main tremblante. Trois lettres, presque difformes, avaient été ajoutées sous les symboles :

Qu'est-ce que cela pouvait bien signifier ? Juste avant de mourir, Victor avait fait allusion à des signes et à un code secret. Sur le moment, j'avais cru qu'il délirait, mais le fait qu'il ait pris la peine de transcrire ces caractères alors que les effets délétères du venin paralysaient de plus en plus ses membres ne pouvait être qu'une preuve de la grande importance qu'il y attachait.

Je glissai la feuille de papier dans la poche de ma veste, puis jetai un dernier coup d'œil à Victor. Ses traits s'étaient détendus et il souriait presque. Jamais je ne l'avais vu aussi serein. Ma croyance en Dieu avait été sérieusement mise à mal par mon existence d'aventurier, mais je fis tout de même une prière, en espérant dans mon for intérieur que mon compagnon avait rejoint un monde meilleur.

Comme il n'avait plus de famille et que j'étais son seul proche, il m'incombait de m'occuper de ses funérailles et de son inhumation. Je couvris la dépouille d'une couverture que je trouvai dans une armoire. C'est alors que j'avisai un cahier sur le sol, près du secrétaire. Je le feuilletai. Il s'agissait de notes que Victor avait prises tout au long de notre enquête. La dernière page avait été arrachée : celle que j'avais trouvée dans sa main. D'autres paroles de Victor me revinrent à l'esprit : « Dans ma chambre… Sous le lit… ses choses… »

Je montai l'escalier. La porte de la chambre de Victor était entrouverte. Un calme angoissant régnait dans la pièce. Je me dirigeai vers le lit, qui n'était pas défait, mais dont l'édredon était légèrement froissé, ce qui indiquait que Victor s'y était étendu. Je m'agenouillai et jetai un coup d'œil sous le lit. Il y avait une bouteille de bourbon vide, quelques chaussettes, ainsi qu'un coffret. Je tendis la main, tirai le coffret vers moi et l'ouvris. Il contenait le journal de l'ermite traduit en français par Victor ainsi que le daguerréotype. Je soulevai la photographie et l'examinai avec attention. La main gauche, difforme, était posée sur le ventre. Le sigle de la secte Résurrection du Christ apparaissait à gauche. Je regardai de plus près la main droite, qui tenait un bâton de pèlerin, et reconnus les signes et les points reproduits par Victor sur la feuille de papier. *Des signes… des points… C'est un code…* J'eus la conviction que la clé du mystère du meurtre de Pietro Battista Alesi résidait dans ces étranges formes géométriques, et que Victor avait commencé à en percer le secret.

LVI

Avant de partir, je rangeai le cahier de notes de Victor, sa traduction du journal de l'ermite et le daguerréotype dans le cartable en cuir qui lui avait appartenu. Je m'empressai de sortir, ne pouvant plus supporter le silence qui régnait dans la maison et qui me rappelait trop la perte de mon seul ami.

Le soleil était maintenant haut dans le ciel, et ses rayons écrasaient les champs de piments. À l'horizon, les troncs noirs des pacaniers se succédaient sans fin. Un vent sec soulevait des tourbillons de poussière, au point que je dus couvrir mon nez et ma bouche avec mon foulard. Je me hissai sur ma monture, le cœur en berne. Mon ami me manquait déjà. J'aurais tout donné pour qu'il soit encore vivant et qu'il m'enguirlande de sa voix éraillée !

Mon premier arrêt fut chez le menuisier pour commander un cercueil. Il ne montra aucune émotion lorsque je lui appris le décès de Victor. La mort était bonne pour ses affaires, et puis elle était monnaie courante dans un territoire où bêtes et gens étaient soumis aux rigueurs du climat et à la violence des hommes. Je me rendis ensuite chez le curé Gonzales. Je savais que Victor était athée, mais je souhaitais tout de même qu'il ait une sépulture décente. Le prêtre se montra compréhensif. Normalement, m'expliqua-t-il, les non-croyants ne pouvaient être enterrés en terre catholique, mais il avait de la sympathie pour mon ami journaliste, qui avait tout fait pour tenter de sauver le pauvre Ernesto, et il m'assura qu'il lui trouverait un lot dans le cimetière adjacent au presbytère, là où l'ermite avait été enterré. Malgré mon insistance, il ne voulut pas accepter d'argent pour les frais de l'inhumation.

Je rentrai chez moi et cachai le précieux cartable dans le grenier, sous des sacs de jute contenant les dernières récoltes de piments.

*

L'enterrement de Victor eut lieu le lendemain. Seuls le curé, Florence Lightwood, la mère d'Ernesto Flores et moi-même étions présents. J'aurais voulu pouvoir rendre hommage à mon ami, mais j'avais la gorge si serrée que je fus incapable de lire le texte que j'avais préparé. Florence Lightwood s'offrit pour en faire la lecture à ma place, en français.

« Victor Dumas était un homme passionné et intègre. C'était un humaniste, qui croyait à la justice et à l'égalité des êtres humains, quelle que soit leur origine. Il a mis sa plume au service des causes auxquelles il croyait, sans hésiter devant le danger ou plier devant l'intimidation. Il était mon ami. Son souvenir restera à jamais gravé dans mon cœur. »

Elle me tendit ensuite une rose rouge, que je déposai sur le cercueil. Le son de la première pelletée de terre jetée dans la fosse scella ma solitude. Sentant mon désarroi, l'ornithologue me proposa de prendre le thé chez elle. J'acceptai avec reconnaissance. Tandis que nous marchions dans l'allée du cimetière en direction du portail, j'aperçus le shérif Wallace et ses deux adjoints qui nous observaient à distance. Que faisaient-ils là ? J'aurais mis ma main au feu qu'ils avaient joué un rôle dans la mort de mon ami, mais encore fallait-il le prouver…

*

La maison de Florence Lightwood était située à proximité de l'église de Mesilla. Un joli jardin, composé d'une variété étonnante de fleurs et d'arbustes, l'entourait.

— À Londres, mon mari et moi étions des jardiniers fanatiques, m'expliqua-t-elle avec un sourire empreint de nostalgie. Nous gagnions même des prix d'horticulture. Ici, à cause du manque d'eau, j'ai dû mettre un frein à mes ambitions.

Elle me fit asseoir dans une petite salle à manger, dont la table était couverte de livres d'ornithologie et d'esquisses d'oiseaux. Elle se contenta de repousser une pile afin de faire de la place pour deux tasses en porcelaine de Worcester, peintes avec des motifs d'hirondelles.

Tandis qu'elle versait le thé, elle me demanda sans mettre de gants blancs :

— Comment votre ami est-il mort ?

Je fus saisi par sa question directe, mais je ne voyais pas pourquoi je ne lui dirais pas la vérité.

— Une morsure de serpent à sonnette.

Son visage demeura calme, comme si mourir des suites d'une morsure de serpent à sonnette était une chose banale.

— Il a été mordu chez lui ?

J'hésitai.

— Je crois bien.

— Comment le serpent est-il entré dans la maison ?

Je lui fis part du fait que la fenêtre du salon était fermée, mais que la porte d'entrée de sa maison était entrouverte.

— Il n'avait pas l'habitude de verrouiller sa porte, ajoutai-je.

Elle prit une gorgée de thé, pensive.

— D'une manière ou d'une autre, les serpents ne décident pas d'entrer chez les gens dans le but de les mordre. Ils n'attaquent jamais, si ce n'est pour se nourrir ou se défendre.

— Comment expliquez-vous que Victor ait été mordu ?

Elle déposa sa tasse sur la soucoupe.

— De deux choses l'une : ou bien le serpent est entré de lui-même dans la maison de votre ami, qui a marché dessus par inadvertance, ou bien quelqu'un l'a délibérément introduit chez lui.

LVII

Je me dirigeai vers chez moi, ressassant ma conversation avec Florence Lightwood. Était-il vraisemblable d'imaginer que quelqu'un ait apporté un serpent à sonnette chez Victor dans le but délibéré de le tuer ? Si c'était le cas, il s'agissait probablement de la même personne qui avait assassiné l'ermite. Mais peut-être deux personnes différentes étaient-elles en cause, et la mort de Victor n'avait aucun lien avec celle de Pietro Battista Alesi… Ou bien cet accident n'était que le fruit du hasard. Cette dernière hypothèse était presque rassurante…

Une fois à la maison, je me rendis au grenier, cherchai le cartable de Victor que j'avais enfoui sous les sacs de piments. Heureusement, il s'y trouvait toujours. Je le pris et le ramenai en bas, puis je me versai un grand verre de scotch (ce qui n'était pas dans mes habitudes, si tôt dans l'après-midi) et je m'installai à mon secrétaire. J'ouvris le sac de cuir et en disposai le contenu devant moi, puis je sortis de ma poche la feuille de papier sur laquelle Victor avait reproduit les formes géométriques.

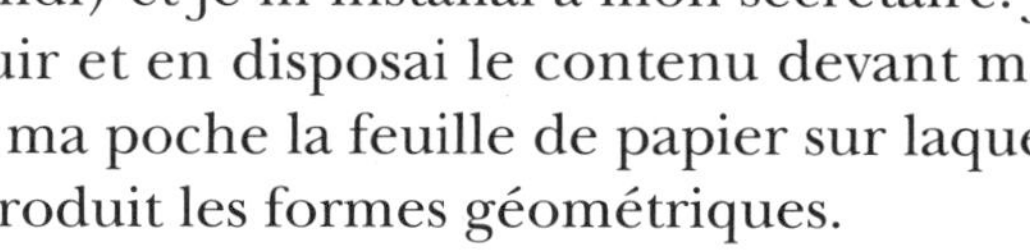

Lorsque je fréquentais l'école, l'un de mes passe-temps favoris était d'inventer des codes secrets afin de pouvoir communiquer avec mes camarades sans être compris par nos professeurs. J'écris « inventer » alors que ces codes étaient vieux comme le monde, mais je pouvais passer des heures à combiner des nombres et des lettres afin de trouver le code le plus indéchiffrable possible. Évidemment, mes premiers essais furent puérils : par exemple, écrire les mots à l'envers. « On se rejoint dans la cour d'école » devenait ainsi : « No es tniojer snad al ruoc elocéd. » Ou bien j'inversais les lettres, de sorte qu'on ne pouvait déchiffrer le code qu'en plaçant la feuille sur laquelle les mots avaient été écrits devant un miroir. Un autre code consistait à inscrire les lettres A jusqu'à M sur une feuille de papier, puis les lettres N à Z juste en dessous, en une seule ligne, et de composer un mot en remplaçant chaque lettre par la lettre opposée. Mais le code que Victor avait retranscrit était composé de symboles. J'étais convaincu qu'ils étaient liés à l'alphabet ou à des nombres, mais quelle était la correspondance entre eux ?

Je pris une feuille de papier, j'y retranscrivis le code, puis je tentai de le résoudre. J'avais passé plusieurs heures à m'escrimer sur toutes sortes de formules, en vain, lorsque mon estomac grogna. Je me rendis compte que je n'avais pas avalé une bouchée depuis le matin. Je mangeai ce qui me tomba sous la main et repris mon travail. À quoi rimaient les lettres « Fra » que Victor avait tracées sous le code ? Étaient-elles le début d'un déchiffrage ? La première lettre était une majuscule, F. Se pouvait-il qu'il ait voulu écrire « France » ? Je trempai ma plume dans l'encrier et commençai à écrire le mot « France ». Puis suivirent les mots « français » et « franc ».

Franc... Victor avait-il voulu écrire « franchise » ? Je secouai la tête. Je me remis à écrire sans tenter de réfléchir, par association : « Franc. Code. Secret. Secte. Société secrète. »

— Eurêka !

J'avais crié sans m'en rendre compte. *Franc, société secrète…* Victor avait voulu me faire comprendre qu'il s'agissait d'un code utilisé par une société secrète. « Fra » était le début du mot « Franc-maçon ». Je me rappelai alors qu'à l'époque où j'étais passionné par les codes je m'étais intéressé à une formule que j'avais trouvée dans un article du journal *L'Écho de Québec*, auquel mon père était abonné. Le papier était consacré aux francs-maçons, qui venaient d'ouvrir une loge dans notre ville. On y révélait ce qu'on appelait « le chiffre franc-maçon », autrement dit leur code secret. Je me raclai la cervelle afin de le retrouver. J'écrivis fébrilement les lettres de l'alphabet dans l'ordre. Puis je fermai les yeux, tâchant de me concentrer. Je me souvins que le chiffre franc-maçon comportait deux grilles. Je les traçai l'une à côté de l'autre.

Je me mis ensuite à inscrire des lettres dans le premier quadrillage. Les bribes du chiffre franc-maçon me revenaient peu à peu en mémoire. Les deux grilles contenaient respectivement neuf lettres de l'alphabet, accompagnées de points dans la deuxième, puis, en dessous, un X qui comprenait les quatre lettres suivantes, ainsi qu'un deuxième X où figuraient les quatre dernières lettres de l'alphabet, accompagnées de points. *Des signes… des points…*

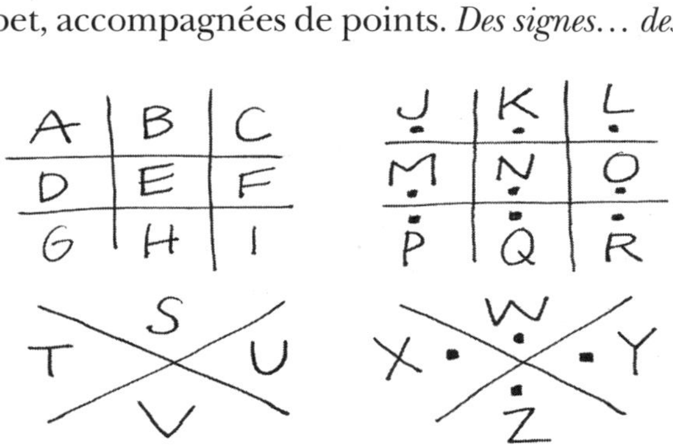

Chaque symbole géométrique correspondait à une lettre. Le cœur battant la chamade, je repris un à un les signes dessinés par Victor et cherchai les lettres correspondantes dans les grilles. J'arrivai à ce résultat : E L V I R A

Un prénom de femme, qui m'était parfaitement inconnu.

LVIII

C'est la mort de Victor qui me décida à entreprendre ce récit. Je le faisais autant pour honorer la mémoire de mon ami que par un besoin impérieux de témoigner de la vérité. J'aiguisai ma plume, la trempai dans l'encrier et commençai à écrire.

« Cher lecteur, vous me pardonnerez si je m'attarde quelque peu aux raisons qui ont mené à ma présence dans un territoire aussi éloigné et exotique que celui du Nouveau-Mexique, mais je les crois utiles pour la compréhension de ce récit. Je suis né à L'Ancienne-Lorette, en 1832... »

Les mots me venaient facilement. J'écrivis toute la nuit sans ressentir la moindre fatigue, comme si une sorte de fièvre s'était emparée de moi. Lorsque les premiers rayons de soleil s'infiltrèrent à travers les persiennes, je dormis une heure, puis je me sustentai légèrement et me remis au travail. Je restai ainsi plusieurs jours enfermé chez moi, mangeant peu et dormant à peine quelques heures par nuit.

Après une semaine de ce régime, je dus sortir pour acheter des provisions au magasin général, mais je fis en sorte de me procurer des aliments qui se conservaient bien, tels du pain, des noix, de la viande séchée, afin de ne pas être obligé d'y retourner avant un bon moment. Lorsque je payai mes achats à la caisse, le propriétaire, M. de Santis, me jeta un regard réprobateur. Un coup d'œil dans la glace en rentrant chez moi me fit comprendre pourquoi : j'avais les traits tirés et une barbe me mangeait le visage. Je fis une toilette sommaire et me remis au travail. Je constatai avec étonnement que j'avais rempli près d'une trentaine de feuillets d'une écriture serrée, presque sans ratures. J'eus le sentiment désagréable que, d'une certaine manière, j'écrivais mon testament.

*

Le soir était tombé. La lune, blanche et ronde comme une miche de pain, se profilait à travers les carreaux de la fenêtre. La stridulation lancinante des criquets accompagnait le grincement de ma plume sur le papier. J'en étais au chapitre relatant la mort de l'ermite lorsque j'entendis un raclement, comme si quelqu'un tentait de forcer la serrure de la porte. Je m'emparai de mon pistolet, que je garde toujours à portée de main, baissai la mèche de la lampe à huile et marchai furtivement jusqu'au vestibule. Le raclement se poursuivait. J'ouvris brusquement la porte, brandissant mon revolver. Un raton laveur se dressait sur le seuil, toutes griffes dehors, avec ses yeux luisants masqués de noir tournés vers moi. Je ne pus m'empêcher de rire devant un tel spectacle.

L'animal s'enfuit sans demander son reste. J'allais refermer la porte lorsque trois hommes se jetèrent sur moi. La peur me galvanisa et je réussis à me dégager. Je braquai mon pistolet et j'appuyai sur la détente, mais la balle siffla dans les airs et mon arme fut projetée à quelques pieds de moi. L'un des hommes, plus grand et baraqué, le visage masqué par une cagoule, s'élança dans ma direction.

Une pointe de métal brilla dans un rayon lunaire. *Une lance.* Mû par l'instinct, je roulai sur moi-même et me relevai au moment où la lance se fichait dans le sol, là où je m'étais trouvé l'instant auparavant. Le deuxième homme, le visage également caché par une cagoule, se précipita vers moi, brandissant un couteau. Je lui assénai un coup de pied dans les parties. Il poussa un hurlement de douleur et tomba sur ses genoux. J'entendis soudain des coups de feu. L'homme baraqué fut atteint à l'épaule et projeté à terre sous l'impact. J'entrevis un cavalier à distance, mais il était trop loin pour que je puisse le reconnaître. Je courus vers l'entrée et refermai la porte derrière moi. J'eus tout juste le temps de tirer sur le verrou que déjà des coups forcenés retentissaient. Je traversai le salon au pas de course, saisis le cartable de Victor, y jetai pêle-mêle mon manuscrit, le cahier de notes de mon ami, sa traduction du journal de l'ermite et le daguerréotype, puis je détalai vers la porte de la cuisine en direction de l'écurie. J'avais gardé l'habitude, héritée de mes années de voyageur, d'avoir un cheval sellé en tout temps. Je me hissai sur ma monture et piquai des deux, galopant vers le Rio Grande, en direction opposée de celle où se trouvaient mes assaillants.

LVIX

Je parcourus plusieurs milles à bride abattue, longeant le fleuve, dont les flots jaunâtres roulaient rapidement. Je me retournai à plusieurs reprises : le chemin était désert, j'avais réussi à semer mes agresseurs. Pas de traces non plus du mystérieux cavalier sans qui je ne serais sans doute plus là pour raconter cette histoire.

J'engageai ma monture dans un sentier qui traversait un champ de pacaniers en direction de Mesilla, tout en réfléchissant à l'identité des hommes en cagoule. Il s'agissait peut-être des frères Harris. L'un d'eux était armé d'une lance, le même genre d'instrument qui avait servi à assassiner l'ermite.

Il faisait encore nuit lorsque je parvins au centre de Mesilla. Les clochers de l'église formaient deux colonnes sombres au fond de la place déserte. Je la traversai au petit trot, soulagé de ne pas voir âme qui vive. Quelques coins de rue plus loin, j'aperçus le muret entourant la maison de Sonia Alvarez. Il n'y avait aucune lumière aux fenêtres, tout était silencieux ; même les grillons s'étaient tus. J'attachai mon cheval à un arbre, puis je m'emparai du lasso qui était fixé à la selle et le lançai vers une branche qui surplombait le muret. Je dus m'y prendre à plusieurs reprises avant de réussir à accrocher l'anneau de la corde. Je commençai alors à grimper le long du tronc. Une fois parvenu à la hauteur du muret, je sautai sur la crête, tenant la corde bien serrée dans mes poings. Je vacillai sur mes jambes et il s'en fallut de peu que je perde l'équilibre, mais je me redressai. Je me plaçai alors dans une position perpendiculaire au muret, puis j'entrepris de descendre par paliers, m'agrippant à la corde qui se tendit comme un arc. Je sentis mes paumes brûler, comme si quelqu'un y avait mis le feu.

Enfin, mes pieds touchèrent le sol. La lune traçait des pans argentés dans la cour intérieure. Je contournai la fontaine et m'approchai de la porte principale. Celle-ci s'ouvrit brusquement. Sonia Alvarez, portant un habit d'homme, était debout sur le seuil, brandissant un pistolet. Je ne fis pas un geste.

— Décidément, c'est devenu une habitude de vous introduire chez moi sans invitation, persifla-t-elle.

— Trois hommes m'ont attaqué.

Elle me tint en joue, puis abaissa lentement son arme.

— Vous avez eu de la chance que je sois de retour chez moi, dit-elle sèchement. Où est votre monture ?

— À l'extérieur du muret.

Elle appela son palefrenier et lui donna l'ordre de ramener mon cheval dans l'écurie.

*

Adela versait du thé tandis que Sonia Alvarez, installée sur un canapé, ses jambes encore chaussées de bottes posées sur une table à café, m'observait en silence tout en fumant un cigarillo. Après avoir effectué son service, la bonne quitta la pièce de son pas de souris.

— Vous dites que trois hommes vous ont attaqué ?

Je lui expliquai les circonstances de l'agression.

— Leur visage était caché par une cagoule. Je n'ai pas pu les identifier, mais je ne m'étonnerais pas que ce soit les frères Harris.

Elle prit une bouffée de son cigarillo. Une spirale de fumée bleue entoura son visage.

— J'ai appris la mort de votre ami. J'en suis désolée. Il avait du cran.

Je fus à la fois surpris et touché par l'hommage rendu à Victor par cette femme qui montrait habituellement si peu ses sentiments.

— C'était mon seul ami ici, dis-je, la gorge serrée.

Elle déposa son cigarillo dans un cendrier en céramique. Elle avait les paupières baissées, de sorte que je ne voyais que l'ombre de ses cils sur ses joues.

— Peut-être pas le seul.

Elle avait prononcé ces mots à mi-voix, comme si elle ne souhaitait pas vraiment que je les entende. Je n'osai prendre la parole, de crainte de briser la fragile connivence qui venait de s'établir entre nous. J'eus alors une intuition fulgurante. *Vous avez eu de la chance que je sois de retour chez moi.* Les mots jaillirent de ma bouche sans que je puisse les retenir.

— C'était vous.

— Je ne sais pas de quoi vous voulez parler.

— Le cavalier, c'était vous.

Elle ne répondit pas, mais son silence m'indiqua clairement que je ne m'étais pas trompé.

— Je vous dois la vie.

— Ne soyez pas aussi grandiloquent. Je vous ai donné un coup de main, c'est tout.

Un doute s'insinua dans mon esprit.

— Comment saviez-vous que ces hommes s'en prendraient à moi ?

Ma question ne parut pas la troubler.

— Je l'ignorais. Je suis insomniaque, et il m'arrive parfois de faire de longues chevauchées pour m'aider à retrouver le sommeil. Lorsque j'ai vu trois individus s'en prendre à un homme seul, je me suis approchée. Je vous ai reconnu et j'ai décidé d'intervenir.

Bien qu'elle semblât sincère et que son explication fût plausible, j'éprouvais encore un doute. Elle leva ses yeux vers moi. Ses pupilles étaient si dilatées que l'iris gris ne formait plus qu'un cercle étroit.

— Vous n'êtes pas obligé de me croire. L'important, c'est que vous soyez en vie, non ?

Cette fois, ce fut elle qui prit mes mains dans les siennes.

— On est si seuls ici, murmura-t-elle.

Elle posa ses lèvres sur les miennes. Nous nous sommes enlacés comme deux naufragés qui ont enfin trouvé leur planche de salut.

LX

Nous étions étendus sur un lit à baldaquin. Sonia en avait tiré les rideaux de tulle, de sorte que j'avais l'impression d'être dans un cocon, isolé du reste du monde. Son corps nu était lové contre le mien. La mèche d'une lampe à huile grésillait doucement. Je caressai ses longs cheveux anthracite répandus sur l'oreiller blanc.

— Il paraît que vous êtes veuve et que vous venez d'une famille aristocratique de Madrid.

Elle me jeta un coup d'œil gentiment moqueur.

— Qui vous a dit ça?

— Victor. Il le tenait d'Ed Caldway, le directeur de la banque.

— Il ne faut pas croire tout ce qu'on raconte.

— Alors pourquoi êtes-vous venue vous enterrer ici?

Son regard se voila.

— Pour échapper à l'ennui. Et vous? Pour fuir un mariage malheureux?

Je souris.

— Je ne suis pas marié. Je trouvais la vie de commis comptable routinière, je rêvais de voyages, d'aventures...

Elle rit. Je crois que c'était la première fois que j'entendais son rire, très franc, qui dévoilait des dents blanches et légèrement écartées, lui donnant l'air d'une gamine.

— Vous en avez eu pour votre argent.

Je songeai à Victor.

— Beaucoup plus que je ne l'avais souhaité.

Elle passa sa main dans mes cheveux d'un geste empreint de tendresse.

— Pardonne-moi, j'ai manqué de tact.

Elle venait de me tutoyer, ce qui me toucha.

— Je t'ai fait rire, c'est tout ce qui m'importe.

— C'est vrai qu'ici, on ne rit pas souvent.

C'était elle maintenant qui arborait une mine sombre. Elle effleura de son index une cicatrice sur mon épaule.

— Comment cela t'est-il arrivé ?

Je lui fis part des mésaventures que Victor et moi avions vécues lors de notre séjour à Novara, la ville natale de l'ermite. Elle m'écouta avec attention. Lorsque j'eus terminé mon récit, elle saisit mon visage entre ses mains.

— Tu aurais pu mourir.

— Je suis ici, Sonia, dis-je avec une fausse légèreté.

Elle s'arracha brusquement à moi, se leva, repoussa le rideau de tulle et couvrit ses épaules d'un châle déposé sur le dos d'une chaise. Elle se dirigea ensuite vers sa coiffeuse, saisit un broc en porcelaine anglaise laissé par sa servante et versa de l'eau dans une bassine. Elle se rinça le visage à grands jets d'eau. Des gouttelettes éclaboussèrent la surface en acajou du meuble. L'atmosphère de tendre intimité avait fait place à un mur d'hostilité.

— Sais-tu qui vous a enfermés dans cette crypte ? demanda-t-elle avec un frémissement dans la voix.

— Je n'en sais rien. Victor croyait qu'il aurait pu s'agir de membres de la secte Résurrection du Christ.

Elle se tourna vers moi. Ses beaux yeux exprimaient la peur.

— Tu ne dois pas rester ici. Ils vont finir par te tuer.

— Mais qui sont-ils, à la fin ? m'écriai-je.

— Si tu m'aimes un peu, quitte ce pays et ne reviens plus jamais.

— Pas tant que tu ne m'auras pas dit qui ils sont.

— Et moi je t'ai dit de t'en aller !

Elle avait crié. La porte s'entrouvrit. La silhouette d'Adela se profila sur le seuil.

— ¿Está todo bien, señora?

— Sí, sí, todo está bien. Déjanos.

La porte se referma. Je me rhabillai en silence, puis je me tournai vers elle.

— Est-ce toi qui as donné l'ordre à ces hommes de m'éliminer ?

Elle me regarda sans ciller.

— Je t'ai sauvé la vie. Cela devrait répondre à ta question.

Elle alla vers un secrétaire, ouvrit un tiroir, prit une bourse de cuir, puis revint vers moi et me la tendit.

— Cela te permettra de te débrouiller pendant un certain temps.

— Je ne veux pas de ton argent.

— Ne sois pas ridicule. Tu ne peux pas retourner chez toi. Va-t'en avant qu'il soit trop tard.

Je pris la bourse à contrecœur et je quittai la pièce sans me retourner.

*

Les premières lueurs du jour teintaient le ciel. J'aperçus un homme qui clouait une pancarte sur la devanture du magasin général. Je n'eus que le temps de voir un dessin grossier de mon visage, accompagné du mot « Wanted ». Je m'éloignai sans demander mon reste et galopai en direction nord pendant plusieurs heures sans m'arrêter, suivant des chemins à l'écart des villages pour éviter d'être repéré. La livrée de ma monture était couverte de sueur et de l'écume commençait à se former dans sa bouche.

Je quittais la ville de Mesilla avec un profond sentiment d'échec. Mon ami Victor reposait dans un petit cimetière, je laissais une femme à laquelle je tenais déjà sans savoir si je la reverrais jamais, et le mystère de la mort de Pietro Battista Alesi demeurait entier.

DEUXIÈME PARTIE

Elvira

LXI

Elvira dormait. Elle avait demandé à sa bonne de laisser les volets de sa chambre ouverts, à cause de la chaleur. Soudain, un éclat de voix la réveilla. C'étaient ses parents. Ils semblaient se disputer. Elle se leva et se dirigea vers le grand escalier qui menait aux appartements de sa mère, d'où provenaient les voix. Les dalles de marbre étaient fraîches sous ses pieds nus. Elle s'avança vers le boudoir, dont la porte était entrouverte. À travers l'interstice, elle distinguait le lustre, dont les pendeloques de cristal scintillaient dans la lueur des chandelles.

Elle fit quelques pas, puis s'immobilisa derrière une courtine en soie. Les mains pâles de sa mère étaient posées sur ses genoux, le bord de sa jupe de velours grenat effleurait le carrelage. La fumée du cigare de son père formait des spirales blanches qui montaient jusqu'au plafond en caissons de chêne sculpté. La scène ressemblait à un tableau de Goya qu'elle avait vu au musée du Prado, lors d'une visite qu'elle avait effectuée avec ses parents à Madrid, l'année précédente.

Tous les détails de ce court moment qui avait fait basculer sa vie s'étaient incrustés dans sa mémoire. Elle n'avait rien oublié, ni la lumière du lustre, ni l'odeur de tabac et de cire, ni la voix douce et calme de sa mère.

— Nous lui devons la vérité. Elle a le droit de savoir d'où elle vient.

— Et pourquoi le saurait-elle ? Elle n'a que douze ans ! De toute façon, rien ne nous oblige à lui révéler quoi que ce soit ! répliqua son père.

Une toux sèche et nerveuse ponctua la fin de sa phrase. Comprenant confusément que ses parents parlaient d'elle, Elvira résista à la tentation de courir les rejoindre et resta cachée derrière la courtine.

— Chiara m'est apparue en songe, reprit sa mère.

Qui était cette Chiara ? C'était la première fois qu'elle entendait ce prénom.

Son père secoua impatiemment son cigare, dont la cendre voleta autour de lui.

— Cesse de me casser les oreilles avec tes histoires de bonne femme ! Ta sœur a commis un grave péché, elle a déshonoré notre famille. Tu devrais plutôt garder en tête le bien-être de notre fille, à qui j'ai donné mon nom pour la sauver de la honte et de la déchéance ! C'est une Sandrini, ne l'oublie jamais !

Un grave péché, la honte, la déchéance…

Sa mère demeura silencieuse, ses mains froissant avec nervosité le tissu moiré de sa jupe.

— Tu as raison, mais le remords me ronge, finit-elle par murmurer.

— Le remords ! Nous avons sauvé la vie de cette enfant ! Que serait-elle devenue si elle était restée au couvent, après la mort de sa mère ? Tu aurais voulu qu'elle y demeure jusqu'à son dernier souffle, enfermée entre quatre murs, sans jamais connaître une vie de famille respectable ?

La mort de sa mère ? Mais sa mère était là, dans ce boudoir, assise dans ce fauteuil de satin damassé, ses belles mains maintenant croisées sur ses genoux comme pour une prière ! Elvira sentit ses pieds se dérober sous elle et dut s'appuyer sur le chambranle de la porte pour ne pas tomber. *Nous avons sauvé la vie de cette enfant...* De quel danger l'avaient-ils secourue ? Pourquoi aurait-elle été enfermée dans un couvent jusqu'à son dernier souffle ? Ses parents parlaient en espagnol, mais ils semblaient utiliser une langue étrangère, dont le sens lui échappait.

— Le sujet est clos, martela son père. Je ne veux plus entendre parler de ces folies.

Il se dirigea vers la porte, faisant claquer ses talons. Elvira n'eut que le temps de se plaquer contre le mur de pierre. La manche de son père frôla son épaule, l'odeur de tabac faillit la faire tousser. Elle retint son souffle, comme si sa vie en dépendait. Les pas de son père s'éloignèrent. Elle resta derrière la porte, pantelante, glacée par une angoisse intolérable. Il y avait eu un *avant* et un *après* cette *Révélation*. C'est ainsi qu'elle avait surnommé ce moment de vérité qui avait créé un gouffre infranchissable entre sa vie d'avant et celle de maintenant.

Sa mère était toujours assise dans son fauteuil, immobile, telle une statue. Elvira s'en approcha lentement, les jambes lestées de plomb, puis s'arrêta à sa hauteur. Sa mère leva la tête.

— Tu n'es pas encore couchée ? Il est tard...

— Qui est Chiara ? demanda la jeune fille d'une voix ferme.

Sa mère resta figée, puis secoua la tête, honteuse.

— Tu écoutes aux portes, maintenant ?

— Qui est Chiara ?

Mme Sandrini poussa un long soupir. Elvira avait toujours fait montre de bravoure et de ténacité, depuis qu'elle était toute petite. Elle n'abandonnerait pas avant que sa mère ne lui ait dit la vérité.

— C'était ma sœur cadette. À la mort de tes grands-parents maternels, Chiara a été accueillie par une tante, à

Novara. Quant à moi, j'ai été remarquée par ton père, qui était un vieil ami de notre famille. Il était veuf et il avait une vingtaine d'années de plus que moi, mais il avait de l'affection pour moi. Il m'a demandée en mariage et j'ai accepté. Je l'ai suivi à Valence, où on lui avait offert le poste de consul. Nous nous sommes mariés.

— Pourquoi ne m'avez-vous jamais parlé de ma tante ?

— J'ai juré à ton père de garder le secret.

— J'ai le droit de savoir.

Sa mère voulut caresser ses longs cheveux blonds, mais la jeune fille se cabra.

— Sache que ton père et moi t'avons aimée comme notre propre enfant.

Elvira attendait la suite, devinant ce que sa mère s'apprêtait à lui dire, sachant que cette Révélation briserait à jamais ses certitudes et ferait d'elle une autre personne.

— Nous n'avons pas eu d'enfant. C'était la seule ombre à notre mariage. Et puis Chiara est morte. Ma petite sœur…

Sa voix s'étrangla dans sa gorge. Ses yeux se remplirent de larmes. Il lui fallut faire un effort pour continuer son récit.

— C'était une jeune fille si belle, si joyeuse… mais elle n'avait pas de dot, et notre tante ne voulait plus d'une bouche à nourrir. Il n'y avait qu'une issue pour une fille de bonne famille désargentée et sans espoir de mariage, c'était de devenir religieuse. Chiara a commencé son noviciat au couvent des Sœurs angéliques de Saint-Paul, à Milan. Huit mois plus tard, j'ai reçu une lettre de la mère supérieure du couvent qui m'apprenait sa mort, me demandant de me rendre sans délai à Milan pour régler la succession. Lorsque je suis arrivée au monastère, une religieuse, sœur Anna, m'a conduite à sa tombe. Comme il m'avait fallu plusieurs semaines pour me rendre de Valence à Milan, on avait dû procéder à l'enterrement de Chiara.

Mme Sandrini sortit un mouchoir de sa manche et essuya ses yeux.

— Je n'arrivais pas à croire que ma petite sœur était morte, que son corps était couvert de terre, que je ne la reverrais jamais plus… La nonne m'a regardée avec bonté. « Chiara a rejoint Dieu et ses anges. »

Sa mère s'interrompit, fermant les yeux, comme si elle allait puiser du courage au plus profond d'elle-même.

— Après avoir rempli les différentes formalités, j'ai reçu un mot de la mère supérieure qui souhaitait me rencontrer dans son bureau. C'est alors que j'ai appris… Chiara attendait un enfant. Elle est morte en couches.

Elvira la regarda sans comprendre. Sa mère lui expliqua, la gorge serrée :

— Elle est morte en donnant naissance à un enfant. Une belle petite fille. Toi. Ton père et moi avons pris la décision de te ramener à Valence. J'ai insisté pour garder le prénom que Chiara t'avait donné avant de rendre son dernier soupir. Elvira.

Elle fit une pause avant de poursuivre.

— Il faut nous pardonner. Nous avons fait de notre mieux.

Il y eut un silence. Elvira n'entendait plus que les battements de son cœur.

— J'aimais Chiara. Si j'avais su quel sort l'attendait… Aujourd'hui encore, j'éprouve du remords de ne pas avoir été là pour l'aider, la protéger…

— Qui est mon vrai père ?

Au mot « vrai », sa mère se recula dans son fauteuil.

— Ton père est celui qui t'a élevée et aimée comme sa propre fille.

— Je veux savoir le nom de mon *vrai* père.

Mme Sandrini baissa la tête, comme si elle avait honte.

— Je ne connais pas son nom. Il a quitté l'Italie après la mort de Chiara. Personne ne sait ce qu'il est devenu.

Elle se leva.

— Attends-moi ici.

Elle revint quelques minutes plus tard avec une chaîne en or à laquelle était suspendu un médaillon de forme ovale, qu'elle remit à Elvira.

— C'est tout ce qu'il me reste de ta mère. Je suis certaine qu'elle veille sur toi de là-haut.

C'était la première fois qu'elle utilisait le mot « mère » pour parler de sa sœur. Elvira ouvrit le médaillon. Il contenait le portrait miniature d'une jeune fille d'environ quinze ans. Elle fut saisie par la ressemblance : les mêmes yeux gris, les mêmes boucles d'un blond vénitien. Elle avait l'impression de se regarder dans un miroir.

LXII

En apparence, Elvira n'avait pas changé. Elle se comportait en jeune fille modèle, écoutait son précepteur, faisait ses devoirs, accompagnait ses parents à la messe tous les dimanches et tous les vendredis du mois, jouait les jeux des petites filles de son âge. Mais depuis la Révélation, elle n'éprouvait que de la haine pour cet homme qui avait mis sa mère enceinte et qui l'avait ensuite lâchement abandonnée. Elle portait religieusement le médaillon que sa mère adoptive lui avait remis, comme s'il s'agissait d'une relique précieuse. Chaque soir, avant de se coucher, elle le déposait sur le repose-livre de son prie-Dieu, s'agenouillait et adressait une prière silencieuse à Chiara, lui faisant le serment qu'elle retrouverait celui qui avait été responsable de son malheur. Toutes ses pensées, toute sa volonté étaient tournées vers ce seul but.

Élève brillante, Elvira avait un don particulier pour les langues. Elle parlait couramment l'espagnol, l'italien et le français, et avait même des notions de latin. Elle profita de ses leçons de géographie pour étudier un plan détaillé de l'Italie, où elle repéra la ville de Novara.

À l'âge de quinze ans, elle demanda à son père la permission de s'initier à l'escrime, à l'équitation et aux techniques de tir au pistolet, activités qui étaient habituellement réservées aux garçons. M. Sandrini, qui avait toujours rêvé d'avoir un fils, fut ravi que sa fille démontre autant de caractère. Il engagea un professeur d'escrime et donna lui-même à Elvira des leçons de tir et d'équitation, car c'était un chasseur émérite et un excellent cavalier. Bien qu'elle eût préféré que sa fille se consacre à des loisirs plus féminins, Mme Sandrini se réjouissait de la voir dans d'aussi bonnes dispositions, car elle avait vécu dans l'angoisse depuis qu'elle lui avait révélé la vérité au sujet de sa naissance.

À seize ans, Elvira montait à cheval, maniait l'épée et tirait au pistolet aussi bien qu'un homme. Les demandes en mariage affluèrent, mais la jeune femme les refusa toutes, prétextant qu'elle n'avait aucune inclination pour la vie matrimoniale. Mme Sandrini s'en inquiétait, craignant que sa fille, à force de rejeter tous les bons partis, ne finisse ses jours sans mari, mais M. Sandrini se montrait indulgent: « Un jour, elle trouvera chaussure à son pied. »

À la mort de son père, à la suite d'une mauvaise chute de cheval, alors qu'elle venait d'avoir vingt et un ans, Elvira se referma sur elle-même. Elle sortait à peine et pouvait passer des heures enfermée dans sa chambre, se faisant porter des plateaux de nourriture par sa bonne. En réalité, la jeune femme préparait minutieusement sa fuite, avec la complicité de sa servante, qui lui était dévouée au point qu'elle aurait donné sa vie pour sa maîtresse.

Elvira avait tout prévu: le costume de valet qu'elle enfilerait pour fuir avec sa bonne à la faveur de la nuit, les bijoux qu'elle apporterait afin de les revendre à des joailliers sans scrupules, ainsi qu'une somme d'argent provenant du montant hebdomadaire que son père lui octroyait pour ses petites dépenses et qu'elle avait accumulé au fur et à mesure. Elle avait même demandé à sa servante de lui procurer une teinture pour colorer ses cheveux blonds en un noir de jais, la veille de leur départ, afin d'éviter d'être reconnue. Le voyage se ferait dans un boghei dont se servaient les domestiques pour faire les emplettes de la maisonnée.

Une nuit de juillet, alors qu'une demi-lune couvrait le chemin d'une lumière laiteuse, Elvira revêtit son habit d'homme, dissimula sa chevelure devenue noire sous un chapeau cordouan, puis laissa une lettre d'adieu à sa mère adoptive sur son prie-Dieu, dans laquelle elle la remerciait de tout ce qu'elle avait fait pour elle.

« S'il est vrai que vous avez de l'affection pour moi, je vous supplie de ne pas me faire rechercher. Priez pour moi. Elvira. »

Elle prit un miroir au manche ciselé qui se trouvait sur la coiffeuse afin de garder un souvenir de sa mère, puis descendit ensuite à la cuisine pour réveiller sa bonne, qui dormait dans une pièce contiguë.

— Il est temps, chuchota-t-elle.

La servante aida sa maîtresse à transporter leurs valises et des provisions dans le porte-bagages du boghei, qu'elles couvrirent d'une bâche. Elvira vérifia si le petit pistolet au manche de nacre que son père lui avait offert quelques semaines avant sa mort se trouvait bien dans l'étui de cuir qu'elle avait attaché à sa ceinture.

Sa première destination était Milan, au couvent des Sœurs angéliques, où elle espérait en apprendre davantage sur les circonstances du décès de sa mère et sur l'homme qui avait causé son malheur. Elle le poursuivrait sans relâche, quand bien même elle devrait y consacrer le reste de sa vie.

LXIII

Quelques semaines plus tard, les deux femmes parvinrent à Milan tout juste avant le lever du soleil et s'installèrent dans une auberge située à proximité du couvent des Sœurs angéliques de Saint-Paul. Lorsqu'il fit jour, Elvira choisit une robe simple, en taffetas sombre, mit un chapeau dont la voilette masquait en partie son visage, et se rendit à pied au monastère. Elle se fit passer pour une nièce de Chiara Lorenzo. L'accueil de la mère supérieure fut poli, mais froid. Elle ne savait rien sur cette Chiara Lorenzo, sinon que le couvent l'avait admise pendant une courte période, une vingtaine d'années auparavant. On lui donna tout de même la permission de se recueillir sur sa tombe, qui se trouvait dans le cimetière du couvent.

Elvira aperçut avec émotion un bouquet de marguerites dont l'éclat blanc mettait une note de gaieté sur la pierre tombale grise. Sa mère n'avait donc pas été complètement oubliée... C'est alors qu'elle remarqua une nonne qui marchait dans une allée en direction du portail. Elle s'approcha d'elle.

— Ma sœur, c'est vous qui avez déposé ces fleurs sur la tombe de Chiara Lorenzo? demanda-t-elle en italien.

La religieuse se tourna vers elle. Elle avait une cinquantaine d'années et un doux regard de myope.

— Vous la connaissiez?

— C'était ma… ma tante, se reprit Elvira.

La sœur souleva la voilette de la jeune femme et la contempla longuement.

— Vous lui ressemblez beaucoup, murmura-t-elle. Mais elle avait de beaux cheveux blonds, comme ceux d'un ange.

Sentant la bienveillance de la religieuse à son égard, Elvira la questionna habilement et apprit tous les détails sur la grossesse de sa mère, et son agonie lorsqu'elle avait donné naissance à une fille.

— Chiara voulait prendre son enfant dans ses bras, mais notre mère supérieure, que Dieu lui pardonne, a refusé, sous prétexte qu'elle ne devait pas s'attacher au fruit de son péché. La pauvre petite est morte sans avoir pu tenir son bébé sur son cœur.

Elvira retint ses larmes. La révolte qui avait grandi en elle pendant toutes ces années s'accrut, embrasant son âme.

— Je n'ai jamais pu oublier ce jour funeste, poursuivit la sœur. Nous avions eu un terrible orage, le ciel s'était couvert de nuages noirs, que des éclairs déchiraient avec fracas.

Elvira attendit avant de poser sa prochaine question, avec le sentiment de marcher sur des charbons ardents.

— Savez-vous qui est le père de cette enfant?

La religieuse se rembrunit.

— C'était un jeune homme de bonne famille.

— Connaissez-vous son nom?

La nonne la regarda avec un doute dans ses yeux pâles.

— Qui êtes-vous? finit-elle par dire.

Elvira ne perdit pas son sang-froid.

— Je vous l'ai dit, je suis une nièce de Chiara Lorenzo.

La religieuse hésita.

— Ma mémoire n'est plus ce qu'elle était. Tout ce que je me rappelle, c'est qu'il était novice au séminaire de Novara. Il a quitté la ville quelques années après la mort de Chiara.

Novice au séminaire de Novara. Elvira eut la certitude que la nonne connaissait l'identité de son père, mais c'était malgré tout un renseignement précieux.

— Savez-vous où il est allé ?

— Personne ne sait ce qu'il est devenu.

La nonne l'observa à nouveau, la mine inquiète.

— Qui êtes-vous ? répéta-t-elle.

Elvira la remercia et s'éloigna sans demander son reste. Au moins, elle savait où il lui fallait poursuivre ses recherches.

LXIV

Le lendemain, en habits masculins, accompagnée de sa servante, elle fit le trajet de Milan jusqu'à Novara et s'installa dans un établissement tenu par une certaine Mme Amaro. Elle se fit passer pour un étudiant en théologie d'origine espagnole qui faisait un pèlerinage dans les monastères et les églises catholiques. L'aubergiste, une veuve d'une quarantaine d'années, sémillante et bavarde, donna l'ordre à son fils, un jeune homme à la mine taciturne, de conduire l'équipage des deux voyageurs à l'écurie et de donner à manger au cheval. Il obéit sans un mot. Mme Amaro, légèrement embarrassée, expliqua à son hôte que son fils avait manqué d'air à sa naissance et qu'il n'était pas tout à fait comme les autres.

Après le déjeuner, Elvira demanda à Mme Amaro où se situait le séminaire de Novara. C'était au cœur de la ville, à proximité de la basilique de San Gaudenzio, lui apprit l'aubergiste.

Toujours sous son déguisement d'homme, Elvira s'y rendit à pied. Des séminaristes jouaient au ballon dans une cour, sous la surveillance d'un prêtre. Elle s'approcha du groupe et s'adressa au religieux.

— Bonjour ! Est-il possible de visiter l'établissement ?

— Vous désirez vous inscrire comme étudiant?

Le religieux venait de lui fournir un excellent prétexte...

— En effet.

— Je vous suggère d'aller voir notre directeur, l'abbé Garaffo.

Elvira suivit son conseil et se présenta à l'abbé Garaffo, un homme replet, à la mine affable.

— Ainsi, vous songez à entrer dans notre séminaire?

— J'en ai entendu parler en grand bien.

Le prêtre sourit, enchanté.

— Vous m'en voyez ravi.

Sentant qu'elle avait gagné sa confiance, Elvira lui demanda s'il était au séminaire entre les années 1815 et 1821.

— J'étais tout jeune séminariste.

— Il paraît qu'un novice aurait quitté le séminaire avant de faire ses vœux, vers 1821.

L'abbé fronça les sourcils.

— Nous avons suscité tant de belles vocations, dit-il avec componction. Il serait étonnant que l'un d'entre nous ait quitté le séminaire avant d'être consacré prêtre.

— Cela aurait un lien avec une histoire de cœur, concernant une certaine Chiara Lorenzo, qui était novice au couvent des Sœurs angéliques.

Le prêtre lui jeta un regard méfiant.

— En quoi cette histoire vous intéresse-t-elle?

— Chiara Lorenzo était ma tante. J'ai appris qu'elle était morte en 1817. Vous qui êtes un homme important, vous devez sans doute être au courant des circonstances entourant son décès.

L'abbé Garaffo se rengorgea sous le compliment. Il toussota.

— Une bien triste histoire. Oui, bien triste.

La jeune femme attendit patiemment. Elle avait réussi à flatter l'homme d'Église, et elle avait l'intuition qu'il ne demanderait pas mieux que de déballer tout ce qu'il savait, en se donnant le beau rôle.

— Je puis compter sur votre discrétion, jeune homme ?

Elvira fit son sourire le plus suave.

— Bien sûr.

L'abbé Garaffo se pencha vers elle. Son haleine était chargée d'un relent d'ail et de vin.

— Chiara était destinée à devenir religieuse, mais un malheur est survenu. À cause de *lui*.

Elvira surmonta la répugnance que lui inspirait l'abbé, car elle voulait à tout prix savoir la suite.

— De qui voulez-vous parler ?

— Un ancien collègue du séminaire. C'était un garçon bizarre, renfermé. Son grand-père avait fondé une secte surnommée Résurrection du Christ, qui se réunissait la nuit à la chapelle du Saint-Esprit. Il paraît qu'à l'âge de treize ans il aurait assisté à un rituel satanique de cette secte. Non pas que j'accorde du crédit à ces médisances...

Il eut un petit rire entendu.

— Vous souvenez-vous de son nom ? demanda Elvira, tâchant de masquer son émotion.

— Comment aurais-je pu l'oublier, après toutes ces années d'études passées avec lui au séminaire ! Il s'appelait Pietro. Pietro Battista Alesi.

Pietro Battista Alesi... Elle n'eut pas à faire d'effort pour retenir ce nom, qui s'était déjà gravé en lettres de feu dans sa mémoire. Constatant l'intérêt qu'il avait suscité chez le jeune étranger, l'abbé reprit son récit avec verve :

— C'était le fils d'un riche tisserand de Novara. Son père aurait voulu en faire un soldat, mais Pietro était un jeune homme souffreteux. De toute manière, avec son infirmité, il n'aurait pas fait un bon militaire.

— Une infirmité ?

— Une main difforme, dont il avait hérité au berceau. Et puis il avait une tache de naissance en forme de mandragore sur la poitrine droite. Certains prétendaient que c'était la marque du démon. Évidemment, je n'ai jamais cru ces superstitions d'un autre âge...

— Vous avez fait mention d'un malheur survenu à ma tante à cause de lui.

L'abbé pinça les lèvres, puis il croisa les mains, affectant une mine faussement compatissante.

— Vous devez me promettre de ne rien révéler à qui que ce soit, mon enfant.

Elle sourit sous cape devant l'hypocrisie à peine voilée de l'abbé Garaffo.

— Vous pouvez compter sur ma plus entière discrétion.

— Eh bien, le bruit a couru que votre infortunée tante... aurait subi les derniers outrages aux mains de Pietro Battista Alesi.

Elvira s'assombrit.

— Vous voulez dire qu'il l'a violée?

— Ce ne sont que des ragots, s'empressa de préciser l'abbé. Chose certaine, la pauvre jeune femme est devenue enceinte et, contrairement à la Sainte Vierge, ce n'est pas par l'intermédiaire du Saint-Esprit!

Il gloussa, puis, se rendant soudain compte que sa déclaration n'était pas digne de ses fonctions, il sortit un mouchoir de sa poche et fit semblant de se moucher pour cacher son embarras.

— Pardonnez-moi, je ne voulais pas manquer de respect à votre parente...

Elvira souhaitait maintenant en finir au plus vite avec cette conversation désagréable, mais elle s'efforça à la patience.

— Qu'est-il arrivé ensuite?

— Votre tante est morte en couches, après avoir donné naissance à un enfant mort-né.

Ainsi, il ignorait que l'enfant avait vécu et qu'elle avait été donnée en adoption...

— Qu'est devenu ce Pietro Battista Alesi après la mort de ma tante ? poursuivit Elvira, la voix blanche.

L'abbé arbora un air méprisant.

— Il avait toujours eu un comportement étrange, mais son excentricité s'accentua. Il passait des heures enfermé dans sa cellule. Il ne parlait jamais à personne. Je l'ai même vu, une fois, à genoux dans l'église, en train de se flageller…

Elvira sentit l'impatience lui serrer la gorge.

— Dans quelles circonstances a-t-il quitté Novara ?

— C'était une journée de septembre. Je n'ai jamais pu oublier ce moment. Nous étions tous rassemblés à la basilique de San Gaudenzio pour y faire nos vœux. Pietro a brusquement quitté l'église avant de recevoir son ordination.

— Pour quelle raison ?

— À mon humble avis, il a fui Novara pour ne pas faire face au jugement de ses pairs après son comportement abject à l'égard de votre tante.

Le regard d'Elvira se chargea de colère. Elle détourna les yeux pour ne pas montrer ses sentiments.

— Savez-vous ce qu'il est devenu ?

— Il paraît qu'il s'est transformé en ermite, vivant une existence de reclus. Vous en saurez peut-être davantage en parlant au père Falcone, c'était notre professeur de botanique à l'école communale de Novara. Il était particulièrement attaché à Pietro.

— Où puis-je le trouver ?

— Il finit ses vieux jours à l'abbaye Saint-Gabriel. Mais n'accordez pas trop de crédit à tout ce qu'il vous racontera…

L'abbé baissa la voix.

— Le pauvre homme n'a plus toute sa tête.

LXV

Elvira marchait rapidement sur le chemin menant à l'abbaye Saint-Gabriel. Son enquête avançait de façon satisfaisante : elle connaissait le nom de son père, et elle avait appris qu'il était devenu un ermite. Il lui fallait maintenant savoir où ses pas l'avaient mené, ce qui ne serait pas une mince tâche, car une quinzaine d'années s'étaient écoulées depuis qu'il avait quitté Novara. Elle se remémora ce que l'abbé Garaffo lui avait confié : le père Falcone était particulièrement attaché à son ancien élève. Il y avait donc de bonnes chances que le prêtre ait reçu de ses nouvelles...

De grands cyprès cintraient un bâtiment en pierres grises. Quelques moines binaient un potager. Elvira s'avança vers le portique et sonna. Lorsqu'un moine en robe de bure ouvrit la porte, elle joua le rôle d'un étudiant en théologie, mais cette fois elle évoqua son intérêt pour la vie des saints et des anachorètes.

— L'abbé Garaffo m'a dit que le père Falcone avait enseigné à un élève, Pietro Battista Alesi, qui est devenu un ermite. Je souhaiterais le rencontrer à ce sujet.

Le moine portier secoua la tête.

— Le père Falcone ne reçoit personne.

— J'ai fait une longue route pour venir jusqu'ici.

— Notre bon père s'est retiré du monde et souhaite demeurer dans la solitude.

Elvira eut l'intuition qu'il lui fallait insister sur le lien entre le prêtre et son ancien élève.

— Dites-lui que je sais des choses sur Pietro Battista Alesi qui pourraient l'intéresser.

Le religieux lui jeta un regard furtif sous son capuchon.

— Je vais voir ce que je peux faire.

Après lui avoir demandé d'attendre sur un banc, le moine portier revint la chercher quelque temps plus tard.

— Le père Falcone est disposé à vous recevoir, mais je vous prie de ménager ses forces.

*

Le moine s'arrêta devant une porte en chêne munie d'un vasistas grillagé.

— Je dois vous avertir, dit-il à mi-voix, notre pauvre père est aveugle. Un terrible accident. Cela pourrait vous incommoder.

Le prêtre était agenouillé sur son prie-Dieu lorsque Elvira fut introduite dans sa cellule. Il continua à prier comme s'il était seul. Elle resta debout, mal à l'aise, se demandant s'il s'était rendu compte de sa présence.

— Assoyez-vous, je vous en prie, finit-il par dire tout en restant à genoux.

Sa voix était claire et son corps, bien que frêle, se tenait droit. Elle prit place sur une chaise, décontenancée par le comportement étrange du religieux. Après un long moment, il se tourna vers elle. Elvira aperçut avec effroi ses paupières, couvertes de cicatrices de lacérations. Le moine portier avait beau l'avoir mise en garde, la vision de cette mutilation n'en était pas moins pénible.

— Ainsi, vous souhaitez me parler de Pietro, reprit-il. Qu'avez-vous à me dire à son sujet?

Encore troublée par la vue des yeux mutilés, Elvira s'efforça de raffermir sa voix.

— On m'a dit que vous étiez très attaché à lui.

Il y eut un long silence.

— Pietro était mon meilleur élève.

Elvira prit le temps de réfléchir avant de poser sa prochaine question.

— Pourquoi est-il devenu ermite ?

— Il vénérait saint Antoine. Il a choisi de suivre la voie des anachorètes et de vouer son existence à la gloire de Dieu et à l'amour de son prochain.

— Savez-vous où il est allé ? demanda-t-elle, sur le qui-vive.

Malgré sa cécité, le père Falcone leva la tête vers elle, comme s'il la situait avec précision dans l'espace.

— Qui êtes-vous ?

Prise de court par la question subite de l'ancien professeur, Elvira décida de lui dire une partie de la vérité.

— Je suis le neveu de Chiara Lorenzo. On dit que Pietro Battista Alesi l'a mise enceinte, et qu'elle est morte en donnant naissance à l'enfant.

Le père Falcone secoua la tête.

— Pietro était une bonne âme. Il n'aurait pas fait de mal à une mouche.

Et pourtant, ma mère est morte à cause de lui ! aurait-elle voulu crier. Elle contint son indignation. Il ne fallait surtout pas effaroucher le vieil homme. C'était la seule personne qui pouvait la mettre sur la piste de son père.

Le religieux prit place sur son grabat, la respiration haletante, comme s'il cherchait son souffle.

— Les choses ne sont jamais aussi simples qu'on voudrait bien le croire, murmura-t-il.

Elvira revint à l'objet de sa quête.

— L'abbé Garaffo m'a appris que Pietro Battista Alesi avait quitté Novara en septembre 1821, avant de prononcer ses vœux.

Le père Falcone acquiesça.

— J'ai assisté à la cérémonie d'ordination. J'ai vu le regard de Pietro s'attarder à la statue de la Vierge, juste au moment où nous récitions la grande litanie des Saints, puis il a quitté l'église avant d'être ordonné prêtre. Il est parti le lendemain.

— Vous devez sûrement avoir une idée de sa destination ?

Il secoua la tête.

— Pietro est parti depuis si longtemps…

Elvira insista :

— Il vous a sans doute donné de ses nouvelles ?

— J'ai reçu une lettre de lui, quelques mois après son départ. Je n'ai pas pu la lire, bien entendu, mais je l'ai toujours gardée précieusement.

Elvira sentit son cœur battre plus vite.

— Pourrais-je la voir ?

Le vieil homme hésita, puis souleva un coin de son grabat et en retira une enveloppe jaunie par le passage du temps.

— Un confrère l'avait lue pour moi à voix haute, mais si vous pouviez la relire, cela me serait d'un grand réconfort.

Elvira prit l'enveloppe et se rendit compte qu'elle n'avait pas été décachetée. Elle l'ouvrit délicatement, en tâchant de ne pas déchirer le papier. La lettre était rédigée en italien. Il n'y avait pas de date. Elle en commença la lecture :

« Cher père Falcone,

Pardonnez-moi de ne pas vous avoir écrit plus tôt. À vous seul je peux confier toute la souffrance qui est mienne depuis la mort de Chiara, dont j'ai causé la perte. Chaque jour que Dieu amène, je marche sans relâche, ne prenant que peu de repos et me nourrissant de baies cueillies sur mon chemin, buvant l'eau des ruisseaux, et acceptant le pain que l'on m'offre. Le soir venu, je dors à la belle étoile en remerciant Dieu d'avoir créé le ciel et la terre et, lorsqu'il pleut, je trouve parfois refuge dans une grange grâce à la bonté des habitants.

Mes pas m'ont mené jusqu'en Catalogne, où j'ai découvert un endroit merveilleux. Les montagnes sont si hautes et dentelées qu'elles donnent l'impression de percer les nuages, et les bâtiments de l'abbaye semblent avoir été construits à même le roc. Une grande paix règne dans ce lieu créé pour apaiser l'âme et adoucir les plus noirs chagrins. Je crois bien que je vais y rester. Il me semble que dans cette maison bénie de Dieu je m'approcherai de l'idéal de la vie contemplative auquel saint Antoine et saint François aspiraient. Mais peut-être ne suis-je pas digne de cette paix de l'âme et que Dieu me réserve un chemin plus ardu, afin d'expier tout le mal que j'ai fait.

Adieu, cher père. Priez pour moi.

Pietro Battista Alesi »

Elle replia lentement la lettre. La déception et le doute lui serraient la poitrine. L'ermite n'avait pas précisé le nom de l'abbaye où il se trouvait au moment d'écrire sa missive, sinon qu'elle était située en Catalogne. Et il semblait avoir éprouvé du remords pour ce qu'il avait fait à Chiara, ce qui la troublait sans qu'elle veuille l'admettre.

— Avez-vous eu d'autres nouvelles de lui ? s'enquit-elle.

Le vieil homme fit non de la tête.

— Non, jamais.

Elle s'efforça d'endiguer le désespoir qui l'envahissait.

— Connaissez-vous la Catalogne ?

— Je n'ai jamais quitté Novara.

Il leva la tête vers l'étroite fenêtre, comme s'il cherchait la lumière, malgré sa cécité.

— Cependant, il existe plusieurs monastères de grande réputation dans cette région de l'Espagne. L'un de mes oncles, qui était franciscain, m'avait quelquefois parlé d'une abbaye catalane qu'il avait visitée dans sa jeunesse et qui l'avait ébloui.

— Vous rappelez-vous le nom de cette abbaye ?

Le père Falcone mit une main sur son front, comme pour fouiller dans sa mémoire.

— Il m'avait décrit de hautes montagnes, des bâtiments construits à même les rochers.

— Cela ressemble à la description que votre ancien élève a faite dans sa lettre : des montagnes hautes et dentelées, les bâtiments de l'abbaye construits à même le roc…

Le prêtre se balançait d'avant en arrière.

— Des montagnes hautes et dentelées, répéta-t-il. Cela ressemblait à une scie. Oui, c'est cela, mon oncle m'avait parlé de montagnes dentelées comme une scie. Mont-Scié. *Montserrat*. L'abbaye de Montserrat !

Elvira retint une exclamation de triomphe. Enfin, elle possédait un indice tangible de l'endroit où séjournait peut-être l'assassin de sa mère ! Elle effleura de ses doigts le médaillon de Chiara qu'elle portait à son cou, convaincue qu'il lui avait porté chance.

— Approchez-vous, dit soudain le prêtre, le front plissé par l'angoisse.

Déconcertée, la jeune femme obtempéra. Il tendit ses mains osseuses et ausculta son visage.

— Vous avez des traits fins, comme ceux d'une jeune fille. Et beaucoup de colère dans votre cœur.

Elle se recula, saisie par sa clairvoyance. Le teint du vieil homme était devenu bilieux, et un filet de salive coulait sur son menton.

— Le pardon vaut mieux que la vengeance.

Puis il se redressa soudain, comme s'il avait été touché par la foudre.

— Je n'ai pu résister à la tentation. Il faisait sombre. La crypte… Que Dieu me pardonne !

Des gouttes de sueur roulaient sur ses joues telles des larmes.

— Le Seigneur a fait à Pietro la grâce de l'oubli. Mais moi, je n'ai pas oublié. J'ai vécu avec le poids de mon péché durant toutes ces années.

Il couvrit ses paupières tuméfiées avec ses mains.

— Ces mains que vous voyez ont tenu le tisonnier pour châtier celui qui avait commis le crime le plus odieux qui puisse exister sur terre : tuer l'innocence d'un enfant !

Sa bouche était tordue, comme s'il brûlait de l'intérieur, et sa pâleur était presque cadavérique. L'abbé Garaffo avait raison : le vieil homme n'avait plus toute sa tête...

Il recommença à se balancer d'avant en arrière.

— Je le vois ! Il est tout près de moi.

Elvira le regarda avec effroi.

— De qui parlez-vous ?

— L'ange du châtiment. Oh, Pietro, pardonne-moi mes péchés ! C'est moi qui aurais dû mourir, et c'est toi qui seras occis !

LXVI

Le pardon vaut mieux que la vengeance. L'ange du châtiment. C'est moi qui aurais dû mourir, et c'est toi qui seras occis... Elvira ressassait les paroles du père Falcone tout en parcourant la route de gravier à pied. Avait-il deviné ses intentions meurtrières ? Elle secoua la tête. De toute évidence, il avait l'esprit dérangé, il ne savait plus ce qu'il disait...

Perdue dans ses pensées, elle se rendit compte, après une demi-heure de marche, qu'elle s'était égarée. Les ruines d'une chapelle se profilaient derrière un rideau de vieux chênes aux branches sinueuses. Elle s'en approcha et aperçut quelqu'un assis, adossé à l'un des murs qui tenaient encore debout. Elle reconnut Benedetto, le fils de Mme Amaro. Ce dernier, en entendant des pas, leva la tête et eut l'air fâché en la voyant. Il se mit prestement debout et alla vers elle en agitant les bras d'une façon qui se voulait menaçante.

— Partez ! Vous n'avez pas le droit d'être ici ! C'est une propriété privée !

Elvira enfonça son chapeau d'homme sur sa tête, puis fit un signe apaisant de la main.

— Pardonnez-moi, j'ai perdu mon chemin.

Benedetto sembla reconnaître le jeune hôte qui résidait à l'auberge de sa mère, car sa mine se radoucit.

— L'auberge n'est pas loin d'ici. Prenez ce sentier et tournez à droite à la croisée.

Elvira l'observa de plus près. Sa beauté était saisissante : des traits fins, un menton ciselé comme chez une statue de Michelangelo, des yeux gris semés de points cuivrés, mais il s'était montré peu bavard jusqu'à présent et il avait des manières frustes. Que serait-il devenu s'il avait été élevé dans une famille riche, comme la sienne ? L'injustice commençait dès le berceau.

— Comment s'appelle cette église ? demanda-t-elle d'une voix douce, afin d'apprivoiser le jeune homme.

Benedetto hésita.

— La chapelle du Saint-Esprit.

La chapelle du Saint-Esprit… L'abbé Garaffo avait mentionné cet endroit, en lien avec une secte. Quel était son nom, déjà ? *Résurrection du Christ…* Oui, c'était bien cela. Le directeur du séminaire prétendait que Pietro Battista Alesi aurait participé à un rituel satanique à l'âge de treize ans. Il fallait à tout prix qu'elle en apprenne davantage.

— Vous semblez aimer ce lieu, reprit-elle.

Il eut un sourire timide.

— C'est mon refuge.

— Me permettez-vous de le visiter ? C'est si calme, si beau, ici.

Le jeune homme resta silencieux, comme s'il était en proie à un débat intérieur.

— D'accord, mais il faut me jurer que vous n'en parlerez à personne.

Il y avait une telle candeur dans la façon dont il lui demandait de garder le secret qu'elle en fut touchée.

— Je le jure.

Il lui prit la main dans un geste spontané.

— Suivez-moi.

Il l'entraîna à l'intérieur de la chapelle et se rendit sans hésitation vers un autel, dont la table de marbre était restée intacte. Il souleva sans effort une trappe qui se trouvait à gauche de l'autel.

— Par ici !

Il s'engagea dans un petit escalier en bois. Elvira le suivit, s'efforçant de calmer les battements de son cœur. Il faisait si sombre qu'elle dut s'appuyer sur une paroi de pierre pour ne pas perdre l'équilibre. Ce fut avec soulagement qu'elle sentit la terre ferme sous ses pieds. Une forte odeur de terre et de moisissure régnait. Il lui fallut quelques secondes pour distinguer les contours d'une pièce en rotonde.

Benedetto lui fit signe de s'approcher.

— Venez.

Elle obtempéra, malgré une crainte irraisonnée qui s'était soudain emparée d'elle. Le jeune homme désigna une masse sombre, qui ressemblait à un tombeau.

— Mon ancêtre a été enterré ici, déclara-t-il avec une fierté naïve.

— Quel était son nom ?

Benedetto ne répondit pas. Elvira ne voyait pas clairement son visage, éclairé seulement par une faible lumière provenant de l'ouverture de la trappe, mais elle sentit son malaise.

— Il faut partir.

Il saisit son bras avec autorité et la poussa vers l'escalier. Lorsque Benedetto et Elvira accédèrent à l'air libre, le soir commençait à tomber. Une étoile solitaire scintillait dans le ciel.

— Vénus, murmura Elvira.

— Vous connaissez le nom des étoiles ?

— Tout le monde les connaît.

Le jeune homme baissa les yeux.

— Pas moi.

— Vous n'êtes pas allé à l'école ?

Il continua à fixer le sol sans répondre. Elvira entreprit alors de lui montrer les constellations qui parsemaient le firmament, les nommant une à une, lentement, telle une incantation. Il l'écoutait avec attention, la bouche légèrement entrouverte, comme celle d'un élève studieux. Un sentiment de connivence s'établit entre eux.

D'un geste tendre, Benedetto lui enleva son chapeau d'homme. Les longs cheveux noirs se répandirent sur les épaules d'Elvira. Il la regarda avec un étonnement mêlé d'admiration. Ainsi, leur hôte était en réalité une femme… Il resta longtemps à la contempler. Puis ils s'étreignirent comme s'ils se connaissaient depuis toujours et s'étendirent sur le sol duveteux. C'était la première fois qu'ils accomplissaient ce ballet des corps et des âmes, mais on eût dit que chaque geste leur était familier, comme un savoir immémorial.

Après l'amour, ils restèrent enlacés, les yeux tournés vers les étoiles. C'est alors qu'il lui révéla son secret. Elle l'écouta en silence. Et un abîme vertigineux s'ouvrit sous elle. Elle enleva la chaîne munie du médaillon de sa mère qu'elle portait autour du cou et l'offrit à Benedetto.

— Garde-le toujours, en souvenir de moi.

LXVII

Elvira quitta l'auberge avant l'aube avec sa bonne, sans faire ses adieux à Benedetto ni à Mme Amaro, prenant soin de laisser de l'argent sur la commode de sa chambre afin d'acquitter les frais du séjour. Elle avait enfoui le secret du jeune homme dans un repli de sa conscience, tel un objet précieux, mais recélant un pouvoir délétère. Elle savait qu'elle ne le reverrait jamais plus, et cela lui déchirait le cœur et l'âme, mais ce qu'il lui avait révélé les séparait inexorablement.

Elvira ne quittait jamais ses habits d'homme lorsqu'elle devait se montrer en public. Si elle apercevait des soldats ou des officiers, elle faisait en sorte de ne pas être remarquée. Sa prudence était dictée par sa crainte que sa mère adoptive n'ait signalé sa fuite, mais jusqu'à présent, elle n'avait pas eu d'ennuis.

Après un long voyage, Elvira et sa servante parvinrent à Montserrat, dont les montagnes en forme de scie ressemblaient à la description qu'en avait faite le père Falcone. La jeune femme demanda à sa servante de couper ses longs cheveux. Son ancienne nourrice refusa, affirmant que ce serait un crime que de taillader une aussi belle chevelure. Elvira s'empara alors des ciseaux et les coupa elle-même, puis elle revêtit une robe de bure et se fit passer pour un pèlerin.

L'accueil des moines bénédictins fut chaleureux. L'un en particulier, aux yeux de basset, fit montre de bonté à son égard. Lorsqu'elle lui demanda si un ermite du nom de Pietro Battista Alesi avait déjà séjourné à l'abbaye, le moine sourit.

— Oui, il y a très longtemps. Je l'avais pris sous mon aile.

Son regard se voila de tristesse.

— Il est resté plusieurs mois à Montserrat, puis il nous a quittés, sans même un au revoir.

— Savez-vous où il est allé ?

— Je l'ignore. Mais Pietro avait une profonde dévotion pour saint Ignace de Loyola. Il n'est pas impossible qu'il se soit rendu au village de Manresa, où se trouve la grotte de saint Ignace, très prisée par les anachorètes.

Elvira se rendit à Manresa et visita la fameuse grotte où saint Ignace avait écrit ses exercices spirituels. Elle fit la rencontre d'un vieux guide qui se rappelait avoir vu, une quinzaine d'années auparavant, un pèlerin en robe de bure. Il en avait gardé le souvenir, car l'homme s'était recueilli pendant plusieurs heures dans le sanctuaire, et il avait remarqué que sa main gauche était difforme. Le pèlerin lui avait confié vouloir se rendre à pied jusqu'à Lisbonne, où il avait l'intention de prendre un bateau jusqu'à Caracas.

Elvira fut prise de vertige devant l'immensité de la tâche qui l'attendait. Comment réussirait-elle à trouver la trace de Pietro Battista Alesi, alors que tant d'années s'étaient écoulées et qu'il pouvait se trouver dans n'importe quelle partie du monde ? Peut-être même était-il mort… Mais elle refusa d'abandonner. Elle reprit la route en direction du Portugal. À Lisbonne, avant d'embarquer avec sa servante dans un bateau qui se rendait à Caracas, elle vendit à un bijoutier une bague sertie d'une émeraude, de quoi voir venir pour un bon moment.

La quête d'Elvira se poursuivit. Toujours accompagnée de sa bonne, elle parcourut l'Amérique latine, du Venezuela jusqu'en Colombie, de l'Équateur au Pérou. Plus Elvira progressait dans son périple, plus la renommée de Pietro Battista Alesi grandissait. On parlait de lui comme d'un guérisseur qui sauvait des vies. Au Pérou, elle apprit par des Indiens quechuas que l'*ermitaño* avait entrepris de se rendre dans le Nouveau Monde, vers le nord. Elle revint donc sur ses pas, faisant route vers le Mexique. Au village de San Miguel, où elle s'arrêta, on vouait une vénération à l'ermite, au point de l'appeler un saint. Une petite statue avait même été installée dans une grotte où il s'était réfugié.

De San Miguel, Elvira poursuivit son chemin vers le nord et parvint à Chihuahua, puis à la ville d'El Paso del Norte. On lui dit alors que le *san ermitaño* vivait dorénavant dans le territoire du Nouveau-Mexique. Elle continua à suivre les pérégrinations de l'ermite, s'arrêtant dans des villages où il avait séjourné, repérant des grottes où il avait vécu, jusqu'à ce qu'elle arrive au village de Mesilla. Elle aperçut un attroupement dans le marché public. Un homme en robe de bure donnait sa bénédiction à une femme qui s'était jetée à ses pieds en pleurant.

— Salvó la vida de mi hijo Ernesto. ¡Que Dios lo bendiga!

Vous avez sauvé la vie de mon fils Ernesto. Que Dieu vous bénisse ! L'ermite l'aida à se relever avec douceur. Elvira s'adressa à un badaud qui assistait à la scène.

— Qui est cet homme ?

— Pietro Battista Alesi. C'est un saint. Il fait des miracles.

Elvira se tourna vers l'homme en robe de bure. *Son père.* Sa quête avait duré plus de vingt ans.

LXVIII

Elvira loua deux chambres à l'hôtel situé au-dessus du saloon, l'une pour elle et l'autre pour sa bonne. Son premier geste fut de prendre un bain chaud. Puis elle revêtit une robe simple mais élégante, releva ses cheveux en bandeaux avec l'aide de sa servante, mit un chapeau à voilette et des gants et se rendit à la banque. Elle demanda à voir le directeur. Un commis obséquieux la mena au bureau d'Ed Caldway. Ce dernier, qui n'avait jamais reçu la visite d'une dame aussi bien habillée et visiblement en moyens, l'accueillit avec empressement.

Se faisant appeler Sonia Alvarez, une riche veuve de Madrid, Elvira exprima le souhait d'acheter une maison qui serait située à proximité du centre de Mesilla, mais dans une rue discrète.

— J'ai ce qu'il vous faut ! s'exclama le directeur.

M. Caldway lui fit part de la vente de succession d'une propriété ayant appartenu à un rancher prospère, tué par balles à la suite d'une rixe. Elvira fit l'acquisition de la maison sans même l'avoir visitée, ce qu'il trouva étonnant, car la somme n'était pas négligeable.

Elvira s'installa donc dans sa nouvelle demeure, qu'elle avait l'intention de transformer en maison close. Sa servante Adela s'y opposa farouchement, jugeant ce commerce déshonorant pour une femme de la bonne société, mais Elvira lui expliqua que c'était une façon simple de connaître les us et coutumes ainsi que les secrets des hommes de Mesilla, et un paravent idéal pour cacher sa véritable identité. Elle n'eut pas de difficulté à recruter des filles, car il y avait beaucoup de misère dans la région. Elle les traitait avec respect, leur offrant un salaire décent, ainsi que le gîte et la nourriture, sans compter des examens périodiques du Dr Jones, afin de s'assurer qu'elles ne souffraient pas de maladies vénériennes.

La réputation de la nouvelle maison close ne tarda pas à se répandre. Des notables de Mesilla, dont Doug Jennings, l'un des adjoints du shérif, devinrent des habitués. M. de Santis, le propriétaire du magasin général, qui se targuait pourtant d'être un bon père de famille et un fervent catholique, lui avait fait l'honneur de quelques visites. On venait de Las Cruces, de Deming, et même d'El Paso, au Texas, pour fréquenter le *cathouse*.

Tandis que son commerce florissait, Elvira préparait son plan. Elle avait appris par l'une de ses filles, qui le tenait de M. de Santis, que Pietro Battista Alesi vivait dans une grotte, la Cueva, située dans la montagne Serrado. Sa première idée fut de reprendre son déguisement d'homme, de se rendre à cheval à la Cueva et de tuer l'ermite avec son pistolet. C'était risqué, bien sûr, mais cela avait l'avantage d'être expéditif. Toutefois, la lecture des journaux transforma son projet. On y rapportait plusieurs incidents de voyageurs ayant été attaqués par des Apaches. Elle entrevit donc la possibilité de porter une tunique d'Indien, ce qui détournerait l'attention et mettrait les autorités sur une fausse piste.

Sa rencontre inopinée avec François-Xavier Comtois, qui s'était réfugié chez elle avec Victor Dumas pour échapper au shérif et à sa bande, retarda cependant l'exécution de son plan. Elle fut touchée malgré elle par le courage dont Comtois avait fait preuve pour sauver son ami, et révoltée par la violence subie par le journaliste, qui était devenu borgne à cause de ce salaud de Wallace. Et puis, sans vouloir se l'avouer, la ferveur du regard que l'étranger avait posé sur elle ne l'avait pas laissée indifférente. Depuis sa nuit avec Benedetto, elle n'avait jamais autorisé un autre homme à l'approcher.

Lorsque François-Xavier Comtois revint le lendemain pour rendre visite à son ami, Elvira resta enfermée à double tour dans son bureau, car elle ne souhaitait pas le revoir, troublée qu'elle était par l'émotion qu'il avait suscitée chez elle. Aussi, son émoi fut à son comble quand elle vit la poignée de la porte tourner doucement. Avait-elle oublié de la fermer à clé ? Elle se leva d'un bond et s'avança furtivement vers la porte. La tentation presque irrépressible de l'ouvrir prit possession d'elle. Il lui fallut toute sa volonté pour ne pas céder à son impulsion. Puis elle entendit avec soulagement un bruit de pas qui s'éloignait.

Elle prit place dans un fauteuil, épuisée par la force de cette bataille intérieure à laquelle elle ne comprenait rien. Elle se rendit compte avec effroi que son désir de vengeance commençait à perdre de son intensité. N'y avait-il pas suffisamment de violence dans cette contrée brutale, où régnait la loi du plus fort, sans qu'il faille y ajouter le sang de son père ? Mais elle sentait confusément que ses sentiments pour le voyageur canadien-français, plus que son horreur de la violence, étaient la cause de sa faiblesse. Elle se jura qu'elle ferait tout pour ne plus le revoir ou, à tout le moins, éviter sa présence. Elle évoqua alors, telle une incantation pour se protéger de l'amour, la mort tragique de sa mère, la lâcheté répugnante de son père, et sa résolution revint peu à peu l'habiter, plus forte que jamais.

Après quelques jours, François-Xavier Comtois revint chercher son ami. Là encore, elle se terra dans son bureau, mais elle se surprit à courir vers sa fenêtre et à y jeter un coup d'œil. L'étranger leva la tête dans sa direction. Elle se recula vivement, craignant qu'il l'ait aperçue.

*

Peu de temps après, Elvira apprit avec satisfaction que l'évêque de Santa Fe avait émis un mandement d'excommunication contre tous les catholiques qui s'évertueraient à apporter des vivres à Pietro Battista Alesi. Le fait que l'ermite fût ainsi devenu un paria convenait parfaitement à son dessein. Mais en allant faire son marché avec Adela elle tomba sur un article de Victor Dumas qui la plongea dans une colère froide: « Bravant la menace d'excommunication décrétée par Mgr Lamy, des citoyens de Mesilla et des environs continuent d'apporter des vivres à l'ermite Pietro Battista Alesi, qui a élu domicile dans une grotte située au creux de la montagne Serrado, que les gens de la région appellent "la Cueva". Le courage de ces citoyens force l'admiration, car nous ne pouvons ignorer qu'ils sont, pour la plupart, des paysans d'origine mexicaine, pour qui la religion catholique est au cœur de leur existence. En accomplissant ces gestes d'humanité, ils risquent d'être exclus pour toujours des rites catholiques et, selon leurs croyances, être ainsi condamnés à l'enfer éternel. Et pourtant, leur seul crime est d'avoir porté secours à un homme qui n'a jamais fait de mal à une mouche. »

Un homme qui n'a jamais fait de mal à une mouche... Elle regretta amèrement d'avoir accueilli ce scribouilleur chez elle. De quel droit prenait-il la défense de l'homme qui avait tué sa mère ? Cet article fut suivi quelque temps plus tard par un autre papier incendiaire de Dumas qui accusait Mgr Lamy de chercher « ... à mettre le peuple à genoux ». Il poursuivait plus loin: « Je continuerai à défendre l'ermite Pietro Battista Alesi qui est devenu, bien malgré lui, un symbole de résistance et de liberté. » Cette dernière phrase, surtout, attisa sa révolte. Que ce journaliste transforme en héros ce meurtrier la conforta dans la légitimité de sa vengeance. La colère avait désormais chassé tout autre sentiment.

*

Elvira confia à sa bonne la tâche de se procurer discrètement au marché public une veste à franges en peau de daim, sans lui révéler l'usage qu'elle en ferait. Elle profita de l'absence d'Adela pour nettoyer méticuleusement son pistolet et y insérer des balles. Avant la tombée de la nuit, elle attendit que sa servante se soit retirée dans sa chambre pour revêtir un habit d'homme. Elle enfonça un chapeau sur sa tête, glissa son pistolet dans sa ceinture, rangea la veste de daim dans une besace qu'elle mit en bandoulière, puis sella elle-même un cheval et partit en direction de la montagne Serrado.

Lorsqu'elle parvint à proximité de la Cueva, elle perçut des voix à distance. Elle descendit de sa monture et approcha doucement. Au tournant de l'arroyo, deux silhouettes se découpèrent dans le soleil couchant. Elle reconnut Florence Lightwood, qui parlait à un jeune berger. Ce dernier tenait une lance dans ses mains. Elvira était trop loin pour entendre leur conversation, mais elle distingua quelques mots. « Careful… It's not a toy. » Florence Lightwood s'engagea ensuite dans le sentier en direction de sa voiture, qu'elle avait laissée en contrebas. Elvira s'empressa de se dissimuler derrière un gros pin pour ne pas être vue. Elle attendit, tâchant de calmer les battements de son cœur.

Un bruit de roues finit par se faire entendre, mais Elvira resta cachée derrière l'arbre, car le berger était toujours debout au même endroit. Le jeune homme examina la lance encore un moment, puis la déposa sur le sentier et reprit son bâton, qu'il avait laissé près d'un rocher. Il appela son troupeau avec des sons gutturaux. Les moutons se regroupèrent autour de lui avec un tintement de clochettes.

Elvira attendit que le berger et son troupeau se soient éloignés pour sortir de sa cachette. Elle attacha son cheval au tronc de l'arbre, puis revêtit la tunique à franges et s'avança à pas prudents vers la Cueva. En chemin, elle se pencha pour prendre la lance que le berger avait abandonnée sur le sentier, puis se remit en marche. Le soleil continuait à descendre. Les nuages étaient rouge sang.

LXIX

Elvira s'approcha de la grotte à pas feutrés. Le soleil avait complètement disparu derrière les montagnes, laissant des traces carmin à l'horizon. L'entrée de la Cueva dessinait un trait de lumière dentelé sur les rochers sombres. Elvira fit encore quelques pas, puis s'immobilisa près de la voûte. Une chandelle éclairait la caverne d'un halo spectral. L'ermite était agenouillé devant un autel improvisé, lui tournant le dos. Comme s'il avait senti une présence, il se tourna vers elle. Elle fut saisie par la sérénité de son visage. Il avait une plume à la main et un cahier ouvert devant lui.

— Je vous attendais, dit-il d'une voix douce.

Elle resta figée, incapable de soutenir son regard empreint d'une gravité calme.

— Je m'appelle Elvira, finit-elle par dire, la gorge serrée dans un étau. Je suis la fille de Chiara. *Votre fille.*

Une douleur infinie creusa les traits de l'anachorète.

— Elvira, répéta-t-il. La fille de Chiara. Mon enfant.

Il la regarda longuement.

— Tu lui ressembles. On m'avait dit que tu étais morte, mais tu es là, bien vivante. Dieu soit béni.

— Je suis vivante, mais toi, tu as tué ma mère !

Il acquiesça lentement.

— Il n'y a pas de pardon pour le mal que je lui ai fait.

Elvira fut émue malgré elle par les remords exprimés par l'homme qui était son père. Elle s'était attendue à des dénégations, à des excuses, mais il prenait la pleine responsabilité de ses actes. Il remarqua la lance qu'elle tenait dans ses mains.

— Ainsi, c'est toi, ma fille, qui me délivreras de mes chaînes terrestres.

Encore une fois, elle ne sut que répondre. Toute la haine qu'elle avait accumulée en elle depuis tant d'années avait fondu brusquement, ne lui laissant qu'une immense lassitude. Elle se détourna et sortit de la grotte, serrant toujours la lance dans son poing. Elle marchait comme une somnambule. Qui était cette femme qui trébuchait sur les cailloux ? Elle ne le savait plus elle-même. Son identité s'était dispersée aux quatre vents, comme sa colère. Une ombre se dressa soudain devant elle. C'était le jeune berger. Il la fixa pendant un long moment, puis il repartit en courant, comme s'il avait le diable à ses trousses.

Elle entendit alors un claquement de sabots. Trois cavaliers galopaient sur le sentier. Elle jeta la lance sur le sol, se précipita vers son cheval et resta tapie derrière le gros pin.

*

L'ermite traça le prénom « Elvira » sur le daguerréotype en utilisant le chiffre des francs-maçons que le père Falcone lui avait appris quand il était enfant. Ce serait leur secret, un souvenir du passage bref mais merveilleux de sa fille dans sa vie. Puis il se rappela son étrange nuit à la chapelle du Saint-Esprit. Sa nervosité lorsqu'il avait quitté sa chambre, la lune qui luisait telle une pièce d'or, la fraîcheur du soir, son cœur de garçon de treize ans qui battait comme un tambour dans l'excitation de cette aventure inusitée, les ruines de l'église, l'ombre du père Falcone se reflétant sur le mur encore debout, l'escalier étroit, l'odeur de mousse et de terre, la lumière tremblotante de la lanterne que son professeur tient devant lui, la tombe de son grand-père Alberto, le goût amer du thé, sa soudaine torpeur, le corps lourd du père Falcone sur le sien, puis la douleur qui pénètre son corps, une douleur sans nom, une peur sans nom.

L'ermite inscrivit les initiales de la société secrète dont le père Falcone lui avait révélé l'existence sur le coin gauche du daguerréotype : R et C. Sans vouloir dénoncer le prêtre qui lui avait enlevé son innocence, il souhaitait laisser une marque symbolique du lieu où il l'avait perdue à jamais.

Il entendit alors des bruits de pas. Pendant un court instant, il espéra que c'était Elvira, mais les pas étaient trop lourds, des pas d'hommes. Il s'empressa de remettre le daguerréotype et son journal dans sa besace de cuir. Puis trois silhouettes surgirent soudain dans la caverne, tels les cavaliers de l'Apocalypse.

LXX

Elvira avait vu les cavaliers descendre de leur monture et se diriger vers la Cueva. C'étaient les frères Harris. Elle attendit qu'ils entrent dans la caverne pour détacher son cheval et mettre le pied à l'étrier. La peur, au lieu de paralyser ses membres, la galvanisa. Elle s'efforça d'aller d'abord au trot pour ne pas attirer l'attention des hommes, puis, après un demi-mille, poursuivit la route au galop.

Lorsque Elvira arriva chez elle, son corps était en sueur. Ses mains avaient tenu les rênes avec une telle force qu'elles étaient endolories. Elle s'écroula sur son lit sans avoir l'énergie de se déshabiller. Sa bonne la trouva ainsi au lever du jour, et constata que le lit n'avait pas été défait. Elle retira les bottes couvertes de poussière de sa maîtresse et lui enleva ses vêtements sans dire un mot. À voir la mine pâle de sa *señora,* Adela se doutait bien que quelque chose de grave s'était produit, mais elle savait aussi qu'il valait mieux ne pas poser de questions : sa maîtresse finirait par lui dire la vérité à son heure.

— Brûle ce manteau, dit soudain Elvira. Et fais couler un bain.

Adela obéit en silence.

*

Elvira fut réveillée par sa bonne, qui était dans tous ses états. En se rendant au magasin général pour y faire des courses, Adela avait appris la mort de Pietro Battista Alesi. L'ermite avait été assassiné à coups de lance. Elvira accueillit la nouvelle avec un calme apparent, mais en réalité elle était submergée par l'horreur. La vengeance, qui lui avait donné une raison de vivre pendant toutes ces années, avait un goût de cendre. Elle demanda à sa servante de se procurer tous les journaux sur lesquels elle pourrait mettre la main. La plupart des articles accusaient les Apaches d'avoir assassiné l'ermite, mais elle savait que les frères Harris étaient les vrais coupables.

Quelques jours plus tard, elle sut par l'une de ses filles, Rosie, qui l'avait appris par Doug Jennings, que le jeune berger qu'elle avait aperçu près de la Cueva s'était rendu au bureau du shérif et s'était accusé du meurtre de l'ermite. Elle fut atterrée par la nouvelle. Pourquoi ce pauvre jeune homme s'accusait-il d'un crime qu'il n'avait pas commis ? Elle repensa à la scène, alors qu'elle sortait de la grotte, la lance à la main, et qu'elle avait croisé le berger sur le sentier. Peut-être qu'il la croyait coupable et qu'il s'était accusé à sa place, par pure bonté d'âme. Mais l'hypothèse la plus vraisemblable était que les frères Harris, avec la complicité du shérif, l'avaient terrorisé et lui avaient extorqué de faux aveux.

Il ne fallait pas qu'un innocent paie pour un crime commis par d'autres. Elvira sella un cheval et se rendit au bureau du shérif afin de témoigner de ce qu'elle avait vu le soir du meurtre. Une fois à la place de Mesilla, elle aperçut un rassemblement devant le palais de justice. Les frères Harris traînaient le jeune berger vers une potence improvisée sous les cris de la foule. Elle reconnut François-Xavier Comtois, qui se précipita vers Ernesto Flores, coupa la corde qui allait le pendre et l'entraîna vers le shérif, prenant la défense du berger avec éloquence.

Elvira fendit alors la foule avec sa monture.

— ¡No tiene pruebas de que este hombre sea culpable!

L'adjoint du shérif la toisa avec mépris.

— I don't take any advice from a woman, especially not from a whore.

Elle prit son courage à deux mains.

— Pourtant, vous êtes l'un de nos clients les plus fidèles. Cela signifie sans doute que vous appréciez nos services.

Jennings blêmit de rage. Le jeune berger fut finalement ramené dans sa cellule par le shérif et ses adjoints sous les vivats de la foule. Ernesto Flores avait échappé à la vindicte populaire, mais il devrait maintenant faire face à un procès. Elvira comprit qu'elle avait commis une grave erreur en humiliant ainsi Jennings publiquement. Non seulement en avait-elle fait un ennemi juré, mais elle ne pouvait plus désormais témoigner du fait qu'elle avait vu les frères Harris entrer dans la Cueva le soir du meurtre sans se mettre elle-même dans une situation périlleuse. Wallace défendrait bec et ongles ces hommes, dont le trafic de chevaux volés lui profitait amplement. Et puis elle devrait admettre qu'elle était sur les lieux le soir du meurtre, et risquait alors d'être considérée comme un suspect ou, pire, d'être accusée d'avoir commis le meurtre. Le fait qu'elle était la « madame » d'une maison close ne ferait qu'aggraver son cas. Qui croirait une femme qui exerçait une profession si peu honorable ?

*

Un soir, le barman du saloon appartenant à Jennings et au shérif vint faire un tour à la maison close et, après avoir sifflé une bouteille de scotch, confia à l'une des filles que les frères Harris s'apprêtaient à régler son compte à François-Xavier Comtois, « the fucking Frenchman ». Elvira réfléchit à la meilleure façon d'avertir Comtois du danger qu'il courait. Elle ignorait où il habitait. Lorsque le procès d'Ernesto Flores commença, elle s'y rendit dans l'espoir de l'y trouver et glissa un mot dans sa paume. *Vous êtes en danger. Partez !*

Puis le Canadien français s'était présenté chez elle, se blessant légèrement. Elle l'avait soigné et mis en garde contre Jennings, l'informant qu'il avait engagé les frères Harris pour le tuer. François-Xavier disparut du jour au lendemain, sans laisser de traces. Les premiers jours, elle espéra qu'il avait réussi à échapper aux frères Harris, mais huit mois s'écoulèrent sans qu'elle ait reçu le moindre signe de vie de sa part. Elle le crut mort. Un désespoir sans nom s'empara de tout son être. Ainsi, dans cette contrée dure comme le silex, seuls les hommes de bonne volonté mouraient.

Un matin de juin 1861, alors qu'elle se rendait au magasin général avec sa bonne, Elvira apprit par M. de Santis que Victor Dumas était revenu au pays après un long voyage et qu'il venait de mourir brusquement, de mystérieuse façon.

— Quand on sème le vent, on récolte la tempête, affirma-t-il d'un ton sentencieux.

Elvira fit appel à toute sa volonté pour masquer ses sentiments.

— Et son compagnon, François-Xavier Comtois, qu'est-il devenu ?

— Le Canadien ? Il est venu s'approvisionner à mon magasin à quelques reprises.

Il est vivant.

— Mais je ne donne pas cher de sa peau, poursuivit M. de Santis en baissant la voix. Le bruit court qu'il a participé à un vol de chevaux. Le shérif s'apprête à mettre sa tête à prix.

Elvira était convaincue que ce « vol de chevaux » n'était qu'un prétexte pour se débarrasser d'un homme qui en savait trop. Et il y avait fort à parier que la mort « mystérieuse » de Victor Dumas était tout bonnement un meurtre. Elle demanda à Adela de l'attendre dans la voiture et se rendit à l'hôtel de ville, où elle consulta les registres. François-Xavier Comtois avait fait l'acquisition d'une ferme à quelques milles de Mesilla, l'année précédente.

Le soir venu, elle sella un cheval et prit la direction de la ferme dans le but d'avertir le Canadien du danger qu'il courait. Que les frères Harris aient été payés par Jennings pour le tuer était déjà périlleux, mais le fait que le shérif en personne ait décidé de le faire rechercher comme criminel signifiait que François-Xavier n'était plus à l'abri nulle part.

Après avoir fait le trajet au galop, elle aperçut une maison entourée de champs. Trois cavaliers s'en approchaient. Elle arrêta son cheval et les observa de loin. Les cavaliers sautèrent de leur monture et s'avancèrent en catimini vers la maison. La porte d'entrée s'ouvrit et une silhouette se profila sur le seuil. Malgré la distance, elle reconnut François-Xavier. Un animal se dressa sur ses pattes arrière, puis détala. Les trois hommes se jetèrent alors sur le Canadien. L'un d'eux tenait une lance. Un coup de feu retentit. Elvira arma son pistolet et piqua des deux dans leur direction. Elle attendit d'être à portée suffisante pour tirer plusieurs coups, atteignant l'un des hommes à l'épaule. François-Xavier s'élança vers la porte et la referma derrière lui, tandis que ses trois agresseurs tentaient de la défoncer. Elle rebroussa chemin, en priant pour que le Canadien échappe à ses attaquants.

*

À peine Elvira était-elle descendue de son cheval qu'elle entendit du bruit provenant de la cour intérieure. Elle n'eut que le temps de se faufiler dans sa maison en passant par la cuisine et courut vers la porte d'entrée, qu'elle ouvrit brusquement, braquant son pistolet, s'attendant à voir l'un des frères Harris, ou encore Jennings. François-Xavier était debout devant elle, l'air aussi étonné qu'elle. Elle cacha son soulagement sous l'ironie.

— Décidément, c'est devenu une habitude de vous introduire chez moi sans invitation.

ÉPILOGUE

Elvira termina la lecture de la dernière page du manuscrit de François-Xavier Comtois et la déposa sur la table à café, par-dessus les autres feuillets étalés dans le désordre. Le soleil entrait maintenant à flots par la fenêtre dont elle avait gardé les persiennes ouvertes. La lampe à huile s'était éteinte. «Je quittais la ville de Mesilla avec un profond sentiment d'échec. Mon ami Victor reposait dans un petit cimetière, je laissais une femme que j'aimais sans savoir si je la reverrais jamais, et le mystère de la mort de Pietro Battista Alesi demeurait entier.» Le récit de François-Xavier se concluait sur ces deux phrases. Ainsi, il n'avait jamais deviné sa véritable identité, ne s'était jamais douté que Pietro Battista Alesi était son père, et qu'elle avait voulu le tuer afin de venger la mort de sa mère. Elle en éprouva un immense sentiment d'apaisement.

Elle contempla les pages éparses, puis elle se leva, s'avança vers l'âtre où des braises achevaient de se consumer et y jeta quelques bûches, ranimant le feu avec un tisonnier. Elle revint vers la table, saisit une poignée de feuillets et les lança dans le foyer sans l'ombre d'une hésitation. Des flammes jaunes et bleues s'élevèrent dans un crépitement et léchèrent les pages, dont les rebords noircirent et se recroquevillèrent. Elle s'empara des feuilles restantes et les jeta à leur tour dans le feu, les regardant brûler comme si les flammes la libéraient de son passé.

Il ne restait plus que des vestiges calcinés. De faibles étincelles jaillirent et s'éteignirent aussitôt. Elle se rappela alors la lettre de François-Xavier qui accompagnait le manuscrit. La missive était restée sur la table. Elle la relut. « Je vous ai d'ores et déjà accordé toute ma confiance dans un pays où il est périlleux de l'accorder à qui que ce soit. Je vous laisse donc le soin de disposer de cet écrit comme vous l'entendrez. »

Elle replia la lettre et la glissa dans son corsage, contre son cœur.

— Adela !

La porte de son bureau s'ouvrit.

— Prépare nos bagages. Nous partons cette nuit.

— Pour aller où ?

— Loin d'ici. Tiens, peut-être au Canada. Il paraît que l'hiver y est froid et interminable, mais c'est un pays libre, où l'on peut commencer une nouvelle vie sans craindre que la mort nous assaille à chaque coin de rue.

*

Les cloches du couvent sonnèrent les vêpres. Sœur Anna, étendue sur son lit, tourna la tête vers la fenêtre et contempla le coucher de soleil, dont les rayons diapraient les nuages de lueurs mauves et orangées. Les couchers de soleil avaient toujours eu le pouvoir de la réconcilier avec le divin. Une toux creuse la secoua, lui arrachant des larmes. Depuis deux semaines, elle souffrait d'une mauvaise bronchite qui s'était transformée en pneumonie. Elle porta un mouchoir à sa bouche.

La porte s'ouvrit et Julietta, la sœur converse, une petite femme ronde aux yeux bruns espiègles, entra dans la pièce.

— Sœur Anna, toujours cette mauvaise toux...

Elle se rendit compte que le mouchoir de la religieuse était taché de sang.

— Avez-vous soif? Un peu d'eau vous fera du bien.

— S'il vous plaît, dites à notre mère supérieure que je souhaite la voir.

La sœur converse acquiesça et sortit. Elle revint une demi-heure plus tard, accompagnée de la mère supérieure. Cette dernière, le dos courbé par l'âge et une canne à la main, fit signe à sœur Julietta de les laisser seules, puis fit quelques pas vers le lit de la malade.

— Je serais venue à votre chevet plus tôt, mais je devais assister à l'office des vêpres.

Sœur Anna sourit faiblement.

— Je vous remercie d'avoir pris la peine de me rendre visite, mère. Il y a une chose que je souhaite vous confier.

Elle s'interrompit, tâchant de reprendre son souffle.

— Il faut vous reposer, sœur Anna. Je repasserai plus tard.

Sœur Anna se redressa sur ses coudes.

— Je dois vous parler maintenant, avant qu'il soit trop tard !

La mère supérieure fut saisie par la soudaine véhémence de la religieuse. Elle lui mit une main sur le front.

— Vous faites encore de la fièvre. Je vais demander à sœur Julietta de vous donner une décoction d'écorce de saule.

— Je vous en prie, écoutez-moi.

— Calmez-vous, sœur Anna. De quoi s'agit-il?

La religieuse déposa sa tête sur l'oreiller. Ses traits s'apaisèrent.

— Vous vous souvenez de l'accouchement de Chiara Lorenzo?

La mère supérieure se rembrunit.

— Ce serait difficile à oublier.

— Elle a mis au monde une belle petite fille.

— Pourquoi revenir sur le passé ? Cette enfant a été placée dans une bonne famille.

La respiration de sœur Anna devint sifflante.

— Elle n'était pas toute seule.

— Je ne comprends pas ce que vous voulez dire.

— Elle n'était pas toute seule, répéta sœur Anna, le souffle court. Il y avait un autre bébé.

La mère supérieure devint pâle.

— La fièvre vous égare, ma pauvre enfant.

— C'est la vérité ! Après l'accouchement, j'ai lavé et enveloppé le nouveau-né dans des langes. Le docteur a annoncé qu'il reviendrait le lendemain pour examiner la parturiente et il est parti. Par la suite, Chiara s'est remise à geindre. Je me suis approchée d'elle et je me suis rendu compte que ses douleurs continuaient. J'ai vu une tête apparaître. J'ai extirpé le deuxième bébé tant bien que mal. C'était un garçon. Il était bleu, je l'ai cru mort.

La religieuse se tut, visiblement épuisée. La mère supérieure trempa un linge dans une bassine d'eau fraîche et lui épongea le visage, puis attendit qu'elle eût repris son souffle avant de lui poser la question qui lui brûlait les lèvres.

— Qu'est-il advenu de cet enfant ? demanda-t-elle.

— Il avait des muqueuses dans la bouche. Je les ai enlevées, il s'est mis à respirer peu à peu. Je l'ai lavé, entouré d'un linge et je l'ai emmené dans ma cellule.

— Mon Dieu, pourquoi avoir fait une chose pareille ?

Sœur Anna se remit à tousser, puis ferma les yeux. Il lui fallut quelques secondes avant de pouvoir poursuivre.

— Ma plus jeune sœur, Luisa, avait fait plusieurs fausses couches. Elle avait réussi à mener la dernière grossesse à terme, mais le bébé était mort-né. Elle désespérait d'avoir jamais un enfant. Je suis sortie du couvent à la faveur de la nuit et j'ai amené le bébé chez elle, à l'orée du village. Elle avait encore du lait, elle a pu l'allaiter.

— Vous avez commis là un grave péché, dit la mère supérieure d'un ton de reproche.

— Si vous aviez vu le visage de Luisa lorsqu'elle a tenu le petit dans ses bras ! Je me suis dit que Dieu l'avait envoyé pour la consoler de son chagrin. Elle l'a d'ailleurs appelé Benedetto. Béni de Dieu.

Un long silence s'ensuivit, ponctué par la toux creuse de la malade.

— Est-il encore de ce monde ?

La religieuse acquiesça.

— Luisa me donne de ses nouvelles de temps en temps. Il habite toujours chez elle. Malheureusement, il est un peu lent d'esprit, parce qu'il a manqué d'air à sa naissance, mais c'est un bon garçon.

— Est-il au courant qu'il a une sœur jumelle ?

— Je ne le crois pas.

Une autre quinte de toux l'empêcha de continuer. La mère supérieure essuya un filet de sang qui coulait sur son menton.

— Il aurait peut-être mieux valu pour lui de ne pas vivre, murmura-t-elle.

*

Benedetto, le dos appuyé à l'un des murs intacts de la chapelle du Saint-Esprit, observait le ciel rempli d'étoiles tout en touchant du bout des doigts le médaillon que la belle étrangère lui avait offert, il y avait bien longtemps. Grâce à Elle, il savait reconnaître la Grande Ourse et la Petite Ourse, le Dragon, et, par temps clair, la constellation d'Orion. Mais l'étoile la plus importante à ses yeux était Vénus. Chaque soir, il guettait son apparition. C'était la plus brillante d'entre toutes, la première à se montrer et la dernière à s'éclipser. Chaque fois qu'il la contemplait, il pensait à Elle.

Le jour où elle était arrivée à l'auberge, il l'avait prise pour un homme, car elle portait un habit masculin. Puis, un après-midi, alors qu'il avait terminé ses tâches et qu'il s'était rendu à la chapelle du Saint-Esprit pour y rêvasser, il avait aperçu un jeune homme qui avait perdu son chemin. Il avait d'abord voulu le chasser, car la chapelle était *son* refuge, et il ne voulait y voir aucun intrus, mais il avait reconnu l'étranger qui séjournait à l'auberge. Ce dernier s'était montré gentil à son égard, contrairement à la plupart des gens qui se moquaient de lui parce qu'il était lent. Benedetto s'était senti en confiance et, la joie au cœur, lui avait fait visiter la chapelle et la crypte qui abritait son ancêtre. Puis le soir était venu. La lune s'était levée et une étoile brillante était apparue dans le ciel. L'étranger lui avait appris le nom de l'étoile, Vénus, puis celui des constellations. Benedetto gardait un souvenir ébloui et confus de ce qui s'était produit ensuite. D'un geste spontané, il avait enlevé le chapeau du jeune homme, et de longs cheveux noirs s'étaient répandus sur ses épaules.

Toute sa vie, Benedetto n'avait connu d'autre femme que sa mère. Bien sûr, il y avait des clientes qui logeaient parfois à l'auberge avec leurs maris. Parfois, l'une d'elles s'exclamait : « Quel joli garçon ! » et lui caressait la tête comme on le fait avec un animal de compagnie, mais elles repartaient et il ne les revoyait plus jamais.

Il n'avait jamais fréquenté l'école. Vers l'âge de neuf ou dix ans, lorsqu'il avait demandé à sa mère pourquoi il n'allait pas « alla scuola » comme les autres enfants, elle lui avait répondu qu'elle craignait qu'il ne fût la proie des moqueries des élèves.

— Pourquoi ?

Sa mère avait paru embarrassée.

— Parce que tu n'es pas comme eux.

— Pourquoi je ne suis pas comme eux?

— Tu as manqué d'air à ta naissance, ce qui fait en sorte que tu auras toujours un esprit d'enfant, même lorsque tu deviendras un homme.

Pourtant, il ne se sentait pas différent des autres. Il avait un visage, des mains, des pieds, tout comme les garçons de son âge, et, tout comme eux, il aimait jouer avec ses billes, voler des pommes dans le jardin du voisin et faire des ricochets avec des pierres dans les flaques d'eau après une grosse averse. Il avait même apprivoisé une mésange qui venait chaque jour manger des miettes de pain dans le creux de sa main, mais peut-être qu'il était le seul garçon à s'intéresser aux oiseaux, car un jour il avait vu un garnement s'amuser à tuer un merle à l'aide d'une fronde, et il en avait éprouvé un immense chagrin. Il ne comprenait pas qu'on puisse prendre du plaisir à enlever la vie à une créature aussi gracieuse. Il n'avait pas compris non plus lorsque son père s'était mis à le battre.

Benedetto appuya sa tête contre le mur de pierre, le regard tourné vers le firmament. Pourtant, son père n'avait pas toujours été méchant avec lui. Lorsque Benedetto était un petit enfant, son père le prenait même de temps en temps sur ses genoux, lui racontait parfois des histoires avant d'aller au lit; puis Benedetto avait grandi, et son père avait commencé à s'impatienter, à le traiter d'idiot, de « ritardato ». Peu à peu, il avait pris l'habitude de le frapper quand il n'y avait pas de clients. Au début, c'étaient des taloches, qui laissaient des marques rouges et brûlantes sur la joue, ensuite des fessées pour un oui ou pour un non. Un soir, il lui avait donné un coup de poing qui l'avait envoyé au plancher. Il s'en souvenait, sa mère avait crié, elle s'était précipitée vers lui pour le protéger, mais son père l'avait écartée d'un geste si brusque qu'elle s'était elle aussi retrouvée sur le sol. Il avait saigné du nez et perdu une dent. Sa mère avait attendu que son père s'endorme, affalé près de l'âtre, puis elle avait entraîné Benedetto vers la cuisine, où elle avait étanché le sang avec un linge humide. Elle lui avait ensuite expliqué en le mettant au lit que son père buvait parfois un peu trop, ce qui le rendait malfaisant.

Son père buvait de plus en plus, et il était de plus en plus malfaisant, mais Benedetto avait grandi, il était devenu plus fort, et son père n'osait plus s'attaquer à lui. Il s'en prenait maintenant à sa mère. Benedetto essayait de la défendre comme il le pouvait, se plaçant devant elle lorsque son père tentait de la frapper pour recevoir les coups à sa place. Sa mère le suppliait de ne pas intervenir, lui disant que cela ne faisait qu'empirer les choses, mais il ne pouvait pas supporter de la voir souffrir.

Un soir, son père avait bu encore plus qu'à l'accoutumée et roua sa mère de coups de poing. Il était comme un chien enragé, les coups pleuvaient, sa mère criait et pleurait. Incapable d'en prendre davantage, Benedetto courut à la cuisine, s'empara d'une poêle en fonte et assomma son père. Son père tomba sur les genoux, comme s'il priait, puis s'affaissa sur le plancher. Benedetto tenait toujours la poêle dans sa main. Son père ne bougeait plus, une flaque de sang s'était formée sous sa tête. Sa mère se releva lentement, mit de l'ordre dans ses vêtements, et fit quelques pas vers le corps inerte.

— Il est mort.

Elle prit l'ustensile des mains de son fils, alla vers la cuisine, le lava avec de l'eau qui se trouvait dans une bassine, l'essuya avec soin et le remit à sa place. Elle revint dans le salon.

— Aide-moi à le transporter, dit-elle calmement.

Il lui obéit sans réfléchir, empoigna son père par les épaules, tandis que sa mère le prenait par les pieds, et ils l'emmenèrent à l'écurie. Ils déposèrent le cadavre à proximité d'une stalle. Elle regarda son fils dans les yeux :

— Écoute-moi bien, Benedetto. Il en va de notre vie. Ton père est rentré ivre. Il a été tué par la ruade d'un de nos chevaux. Comprends-tu ?

Benedetto secoua la tête.

— Tout ce que je voulais, c'est qu'il arrête de vous faire du mal.

Elle lui saisit les mains avec fermeté.

— Je sais que tu n'as pas voulu le tuer, que tu voulais me défendre, mais il est mort, et si un *poliziotto* t'interroge et que tu dis la vérité, tu risques d'aller en prison pour meurtre.

Elle lui fit répéter à plusieurs reprises qu'il s'était rendu à l'écurie pour nourrir les chevaux et qu'il avait trouvé son père gisant par terre, près d'une stalle.

En fin de compte, aucun policier n'était venu. Sa mère était allée chercher le curé de l'église San Marco afin de bénir le mort. Une voisine l'avait aidée à faire sa toilette. Deux hommes vêtus de noir, travaillant pour un *impresario di pompe funebri*, un entrepreneur de pompes funèbres, étaient venus pour la levée du corps. Très peu de gens avaient suivi le convoi funèbre, car la réputation d'ivrogne de M. Amaro s'était répandue dans tout le quartier, et les clients avaient déserté l'auberge depuis belle lurette.

Benedetto et sa mère reprirent leur vie comme si de rien n'était. La grande différence, c'était qu'ils n'avaient plus à vivre dans la peur constante que M. Amaro revienne à la maison complètement ivre et qu'il les batte comme plâtre. Mme Amaro avait retrouvé le sourire et fait repeindre l'auberge ; les hôtes avaient recommencé à y venir. Malgré tout, Benedetto éprouvait du remords d'avoir tué son père, et il portait ce sentiment tel un portefaix ployé sous un fardeau trop lourd. Sa mère s'en rendait compte et se doutait bien de ce qui en était la cause.

Un jour, elle se décida à lui dire la vérité.

— M. Amaro n'était pas ton père.

Benedetto accueillit cette nouvelle avec un mélange de joie et de chagrin. Joie, car celui qui l'avait méprisé, maltraité, battu, n'avait aucun lien de parenté avec lui, son sang ne coulait pas dans ses veines, et cela lui enlevait un poids sur sa conscience, comme s'il avait tué un étranger. Chagrin, car cela signifiait que sa mère, qui avait toujours été là pour lui, qui l'avait aimé, protégé, n'était pas sa vraie mère, et cela le plongea dans une profonde détresse.

— Ta mère s'appelait Chiara. Elle est morte en te mettant au monde. Ta tante Anna est venue te porter chez nous. Je t'ai aussitôt aimé comme mon propre fils, Benedetto. Jamais je ne t'abandonnerai.

Il fut rassuré, mais une autre question le tourmentait : qui était son vrai père ? Mme Amaro, qui avait deviné sans peine l'interrogation muette de son fils, prit les devants.

— Si je te dis la vérité, jure-moi de garder le secret.

Il jura.

— Ton père s'appelle Pietro Battista Alesi. Il a quitté Novara quelque temps après ta naissance. Personne ne sait où il se trouve, ni s'il est encore vivant. Mais son grand-père, ton arrière-grand-père, Alberto Battista Alesi, a été enterré dans une crypte, non loin d'ici.

Le jeune homme demanda à voir la tombe de son ancêtre. Sa mère le conduisit à la chapelle du Saint-Esprit et lui montra la trappe qui menait au caveau.

— Il faut descendre par ici.

Benedetto fut très impressionné en voyant le tombeau en marbre et les inscriptions étranges qui y étaient gravées.

— C'est du latin, expliqua sa mère. Je ne sais pas ce que cela signifie.

— Mon ancêtre devait être quelqu'un d'important pour être enterré dans une crypte.

La candeur de son fils la fit sourire.

— En tout cas, il avait des adeptes.

Constatant qu'il ne comprenait pas, elle lui expliqua qu'Alberto avait fondé un groupe de croyants qui le vénéraient tel un dieu et obéissaient à ses règles. Bien qu'il eût de la difficulté à saisir le sens de ce que sa mère lui avait dit, Benedetto ressentit de la fierté d'avoir eu un arrière-grand-père qui pouvait susciter un tel engouement.

Depuis ce temps, il revenait régulièrement à la chapelle et se recueillait devant la tombe de son ancêtre. Dans ce lieu secret, il tentait d'imaginer à quoi son vrai père avait ressemblé. Il était convaincu que c'était un homme bon, qui n'aurait jamais levé la main sur sa mère ou sur lui.

Un après-midi, il surprit une bande d'adolescents qui voulaient allumer un feu dans la chapelle. Il s'empara d'une pierre et la lança dans leur direction en poussant des hurlements à réveiller un mort. Les jeunes gens, terrifiés, prirent la poudre d'escampette et ne revinrent plus. Il se rappelait également les deux hommes qui avaient séjourné à l'auberge, il n'y avait pas si longtemps de cela, l'un grand et mince et l'autre plus petit et grassouillet. Ils avaient insisté pour visiter la chapelle. Sa mère avait bien tenté de les en dissuader, mais ils étaient têtus comme des mules. Benedetto ne pouvait supporter l'idée que ces étrangers envahissent son lieu secret. C'était *sa chapelle, sa crypte.* Il les avait suivis et avait refermé la trappe sur eux, non pas pour leur faire du mal, mais pour leur donner une leçon. Sa mère avait été très fâchée contre lui, ce qui lui arrivait rarement, et elle l'avait obligé à l'accompagner pour les sortir du caveau. Plus tard, il avait saccagé leurs chambres pour leur faire peur et les forcer à partir. Il avait trouvé un cahier rempli d'une écriture mystérieuse sous un matelas. Il savait à peine lire, mais il avait reconnu le prénom de son père, Pietro. Il avait apporté le cahier et l'avait caché sous son oreiller. Les étrangers avaient quitté l'auberge le lendemain. Il avait été soulagé de les voir partir.

Une étoile se mit à scintiller. *Vénus...* Benedetto sourit. La belle étrangère était partie, mais elle veillait toujours sur lui. Elle l'avait embrassé tendrement sur la bouche, un baiser doux qui l'avait troublé au plus haut point. Il pouvait encore sentir la chaleur de son baiser sur ses lèvres, la douceur de ses mains sur sa peau. Elle ne l'avait pas traité comme un enfant, mais comme un homme à part entière. Après, il lui avait révélé son secret. Il se rappelle qu'elle l'avait alors regardé longuement, comme si elle tentait de lire dans son cœur, et elle lui avait dit une chose étrange, qu'il n'avait pas comprise, mais qui lui avait fait du bien, sans qu'il sache pourquoi: « Alors, Benedetto, nous serons vengés deux fois. » Elle lui avait ensuite offert la chaîne munie du médaillon, qui ne le quittait jamais, car le visage de la jeune femme sur le portrait était celui de la belle étrangère.

Il y avait longtemps qu'elle était partie, mais lorsqu'il se rendait à la chapelle, il pouvait percevoir sa présence. Il était devenu le gardien de ce lieu. Le gardien de son ancêtre. Le gardien du souvenir. Le gardien de l'amour.

Mot de l'auteure

L'idée de ce roman m'est venue lors d'un premier séjour à Las Cruces, au Nouveau-Mexique, en mars 2015. Au cours d'une excursion en montagne, j'ai découvert une grotte, « la Cueva », où a vécu un ermite au milieu du XIXe siècle. Cet homme, Giovanni Maria de Agostini, dit « *el ermitaño* », originaire de Novara, une ville située au nord de l'Italie, a été mystérieusement assassiné. On n'a jamais retrouvé les assassins ni élucidé le mobile du meurtre.

Intriguée par ce fait divers, j'ai commencé à prendre des notes et à faire des lectures sur l'*ermitaño*, mais ce n'est que plusieurs années plus tard que j'ai entrepris l'écriture de *La Cueva*. Tout en m'inspirant de la vie du personnage historique, j'ai sciemment changé son nom et imaginé un scénario autour des circonstances de sa mort et des coupables possibles.

François-Xavier Comtois, le principal narrateur de l'histoire, est un personnage fictif, mais son modèle a réellement existé : il s'agit de François-Xavier Aubry (malheureusement aucun lien de parenté avec ma famille...). Natif du village de Saint-Justin, dans la région de la Mauricie, Aubry est devenu un aventurier et un explorateur célèbre dans l'histoire du Far West américain. Excellent cavalier, il a découvert des chemins plus rapides et sécuritaires allant de Santa Fe jusqu'en Californie, ce qui lui a valu le surnom de « Napoléon des plaines ». L'excellent article de Pierre Cécil, « François-Xavier Aubry : illustre inconnu », publié dans la revue *Énergie et société en Mauricie* et trouvé sur la plateforme d'Érudit[5], m'a été fort utile pour les détails historiques sur ce personnage plus grand que nature, malheureusement méconnu.

Il existe très peu de documents sur le véritable Giovanni Maria de Agostini, mais j'ai pu mettre la main, dans une charmante librairie locale, sur une biographie de David G. Thomas intitulée *Giovanni Maria de Agostini. Wonder of the Century – The Astonishing Traveler Who Was A Hermit*, publiée aux éditions Mesilla Valley History Series. Les photos tirées d'un livre de référence, *Las Cruces, Images of America* (Arcadia Publishing), ont facilité la description des lieux de l'époque. Aussi, je m'en voudrais de ne pas mentionner *Birds of New Mexico*, un guide datant de 1923 écrit par une ornithologue hors du commun, Florence Merriam Bailey, et assorti de merveilleuses illustrations en couleurs d'Allan Brooks. C'est dans ce beau vieux bouquin que j'ai découvert le pic glandivore, qui joue un rôle dans mon roman…

Enfin, je souhaite remercier de tout cœur mon éditrice, Marie-Eve Gélinas, une précieuse complice alliant intelligence du texte et sensibilité, ainsi que Lucia Gayon, qui a révisé les passages en espagnol, et Gilles Duruflé, qui a eu la gentillesse de communiquer avec un ami latiniste, Pierre Lardet, pour la révision d'une phrase en latin. Ces remerciements ne seraient pas complets sans un hommage à mon compagnon de longue date, Robert Armstrong, qui a trouvé ce petit paradis du Nouveau-Mexique et a ouvert ainsi toutes grandes les portes de mon imagination.

5. www.erudit.org/fr/revues/hq/2001-v7-n1-hq1058065/11413ac/

Restez à l'affût des titres à paraître chez Libre Expression en suivant Groupe Librex :
facebook.com/groupelibrex

edlibreexpression.com

Cet ouvrage a été composé en ITC Baskerville Std 11,5/14
et achevé d'imprimer en janvier 2019 sur les presses
de Marquis imprimeur, Québec, Canada.

FSC www.fsc.org
RECYCLÉ
Papier fait à partir de matériaux recyclés
FSC® C103567
100%
TCF
BIO GAZ ÉNERGIE
PERMANENT

Imprimé sur du papier 100% postconsommation,
fabriqué avec un procédé sans chlore et à partir d'énergie biogaz.
Il est certifié FSC®, Rainforest Alliance^{MC} et Garant des forêts intactes^{MC}.